四季花先生

王泽鹏 著

中国文联出版社
http://www.clapnet.cn

图书在版编目（CIP）数据

四季花先生/王泽鹏著.--北京：中国文联出版社，2020.11
ISBN 978-7-5190-4387-2

Ⅰ.①四… Ⅱ.①王… Ⅲ.①长篇小说—中国—当代 Ⅳ.① I247.5

中国版本图书馆 CIP 数据核字（2020）第 215354 号

四季花先生

作　　者：王泽鹏	
终 审 人：朱彦玲	复审人：胡 笋
责任编辑：蒋爱民	责任校对：蔡振英
封面设计：大德文化传媒	责任印刷：陈　晨

出版发行：中国文联出版社
地　　址：北京市朝阳区农展馆南里 10 号，100125
电　　话：010-85923066（咨询）85923000（编务）85923020（邮购）
传　　真：010-85923000（总编室），010-85923020（发行部）
网　　址：http://www.clapnet.cn　http://www.claplus.cn
E - mail：clap@clapnet.cn　jiangam@clapnet.com

印　　刷：中煤（北京）印务有限公司
装　　订：中煤（北京）印务有限公司
本书如有破损、缺页、装订错误，请与本社联系调换

开　　本：710×1000		1/16	
字　　数：220 千字		印张：14.75	
版　　次：2020 年 11 月第 1 版		印次：2020 年 11 月第 1 次印刷	
书　　号：ISBN 978-7-5190-4387-2			
定　　价：38.00 元			

版权所有　翻印必究

目 录		
	春之华	001
	夏之妍	064
	秋之实	129
	冬之藏	178

春之华

立春

初候　东风解冻

二候　蛰虫始振

三候　鱼陟负冰

　　立春的时候,看着没有什么春天的迹象,但是风吹过来,你就是能闻到一股春天的味道。花草们各自携带着植物天生的芬芳,就像每个人身上也是有种独特的人情味一样。

清晨，一丝阳光抖落了冬日的寒气，洒进屋内，投射在地板上，反射到屋里的各个角落，顿时整个房间都被阳光温柔地抚摸着。阳光让屋里多添了几分暖意，温度更加适宜。这是一栋20世纪80年代末的老建筑，外墙红砖，有些陈旧，赵文琪住在顶层，这是母亲留给她的房子，虽说不大却总让她倍感温馨。

今天休息，又时值立春，百草回芽。屋子内微微浸染着清闲之意，窗外也好，街道也罢，尚且都残留着冬日清晨的静谧。赵文琪躺在床上，就像躺在青草地上，周围都是盛开的鲜花，手抱着软绵绵的枕头，安宁、幸福。

时间似乎已经不早了，伸手从床头柜拿起手机，瞅了一眼时间，将手机放下，已经是八点四十五分。

八点四十五分，往日这个时间，赵文琪已经在飞机上为头等舱乘客准备热餐了。微笑问询，跑前跑后，忙忙碌碌。今天，原本可以继续睡觉的赵文琪却不愿意贪婪享受这被窝的温暖和阳光的轻抚，她随意地扎了个马尾，哼着歌，依照往日的生活习惯，开始了属于自己一天的全新生活。

将窗帘全部拉开，抬头望着天空，太阳很遥远，也很难靠近，但是太阳的光芒却温暖着赵文琪。

洗漱完毕，赵文琪对着镜中的自己微笑，四下打量，像在认真培训，标准的八颗牙齿，依然完美的举止，眼角若有若无的细纹，如同最精美的薄胎瓷上出现裂纹，赵文琪眨眨眼，对自己说："笑得太多，都有印记了。"

没事，化点妆，在精致的妆容下，我依旧是娇花一朵，青春无敌。赵文琪心里想着，已经准备打扫卫生，收拾屋子了。

结束了日常清洁，赵文琪手拄着拖把，微微喘着气，怡然自得地看着清清爽爽的房间，这是她的爱好，也是她的休闲。一切收拾妥当，坐在沙发上，赵文琪突然间觉得自己精心收拾的房间，只剩下整洁，却缺乏了些许植物的生气。

三十而立，三十岁成家立业，这个说法让即将迈入三十之龄的赵文琪近三个月来有些不安。的确，家才是人身心归属的地方。空中飞行工作已有六年十一个月零二十天，和飞机的因缘已然将要步入七年之痒。可是她呢，别说婚姻了，就连期待的爱情都迟迟未来。

一个人生活，不用和谁商量今天怎么安排，明天怎么计划，是草原奔腾的自由，亦是辽阔空寂的无疆。一个人吃饭，一个人逛街，一个人看电影，甚至一个人过七夕和情人节。赵文琪经常自嘲，自己是一只赶往恋爱之路途中的迷路羔羊，无论怎样都找不到方向。

正如所有的植物，都有它理想的成长环境。细心的观察和分析植物的呼吸，才能让植物在合适的地方生存，开花结果，欣欣向荣。就像人一样，成长，看似是个词语，也看似是个简单的过程，但却是综合了许许多多机缘巧合与固定规律。受过它洗礼的人，最后都称它为：命运。

赵文琪觉得自己对于命运会有更多的了解，她经常在蓝天之上俯视大地，所有的一切都浓缩成一张地图，那时候，就会觉得什么都很渺小，在命运的伟力下，眼前的一切似乎都已经有着神秘的安排。

很多次，在飞机上工作之余，赵文琪望着碧空万里的天际，想着：这高度该是和上帝对话最近的距离了。她脑海中蹦跶出很多问题，想了很久，却总在自问后，仿佛即将解出答案的时候，被乘客按下的呼叫器声音给截断，而她也只能无奈地凌空挥挥拳头，然后面带微笑地走向呼叫的乘客……

这样的生活，赵文琪早已习惯，笑容有时成了她的面具。脸上笑着，心里却没有了丝毫的笑意，面具之下又有多少是自己发自肺腑的笑容，赵文琪突然间发现，自己的生活好像凝固了一般。

生命中很多东西，总是可想未必可求，但这也是幸福的一部分，留在心底的美好，就像花草有生长，有衰落，也有重生，这是它们轮回的宿命。可话虽如此，抓不住时光流逝的她，还是忍不住焦虑不安，毕竟生活有时仅仅就是生活。

几天后，结束飞行，赵文琪刚下飞机，风就打着旋扑入她的怀中。赵文琪被这股冷风刺得直打了几个喷嚏，整个人突然精神了起来。

同事关心地询问她，别是感冒了，注意保暖。赵文琪摆摆手，笑着对同事说："我哪有那么娇弱，女汉子一枚！"

"那也要多注意身体，我们这一行，整天飞来飞去，都没有时间走一走，接接地气，抵抗力可不是那么强。"

赵文琪笑着点头称是。

自己许久没有散步了，用脚踩了踩地，一种莫名的踏实感油然而生，是该接接地气，逛逛街了。

大街上，热热闹闹的地方群众扎堆，冷冷清清的地方无人问津。春节期间，正月初七之前，大街上并没有多少人，商场里也像放了寒假。往日里熟悉的城市变得一半真实，一半陌生。

大家都去赶庙会了，听戏曲、看杂技、赏花灯、祈福祈愿，赵文琪曾在庙会上见过这样一段文字："敬天地、迎送神，有什么可以崇拜，也算是一种福气吧。但愿喧闹与烟火散尽后，人们留住的，是那一份平安而虔诚的心……"

赵文琪也随人们去了庙会，正月里逛庙会，挤掉不称心，拾来平安如意一整年。这是母亲常说的话，母亲还会在立春这天给赵文琪做春饼，卷上小菜，配上葱、蒜、韭菜、油菜、香菜。一冬天积聚的浊气，就被这辛辣之物合力祛除了。立春，吃辛辣有迎新的含义。

从春饼店出来，赵文琪有些漫无目的地走着，红色的灯笼，挂满了大街小巷。这个时候能有那么几家开门营业的店，不管是什么店，顾不上看对联是打印机字体或手书笔法，都会被春节的气氛所感染，走进去，人会产生一种生活被幸福包围的感觉。可是，赵文琪看着那满屋的喜庆，心中却是不由自主地生出一股夹带着几缕寂寥的小忧伤。

一个人的世界，总需要另一个人去圆满。

天气很好，连东风都变得帅气，不再扎脸了。

"咦？"一股若有若无的香味在撩拨着赵文琪的嗅觉，赵文琪仔细去分辨，却又觉得没有那么的切近，如同一个半遮半掩的美人在弥漫水雾中朝着她掩口轻笑，巧笑嫣然，却又看不清容貌。这种微妙的感觉，引得赵文琪不由自主地跟随着那抹不经意间滑入自己心中的淡雅，四处寻觅。

"丁零。"

一声清脆的铃铛声音在赵文琪耳朵旁边响起，晃过神的赵文琪闻声望去，一个古朴的铜铃，被红线穿了起来挂在了前方。

那股香味似乎就是从前面闭着的木门之中传来，赵文琪心中还在纠结要不要进去，手却已经将门轻轻推开。

"打扰了。"赵文琪小心翼翼地探头进来，那香味拉着赵文琪的手，走进来一探究竟。

进门，便是一片流觞曲水，眼所能见均是奇石异花，处处可见布置者的用心机巧。迎面处写着四季花店四个字。

四季花店在进门的右手边，立着一块提示板，板上用飘逸的毛笔字写着：静。底下还有两行小字：花虽难言能解语，人若无心不懂闲。

居中的店铺中,一个年约四十左右的男人站在一排器皿前,像在思考,又像在冥想。原本琐碎芜杂的世界,忽而变得宁静祥和,赵文琪游目四顾,眼前鲜花的色彩虽然惟妙惟肖,却让人觉得一切都很素雅。仿佛店里的花,不是只供人欣赏的作品,不是诗情画意的娱乐,每一朵花,都是一种呈现与表达,都是一种自我实现。

赵文琪心想,这花店处处巧妙,疏落有致。却不似其他花店那样,所有的东西都要明码标价一般。看遍整个花店,竟然没有一处有标签所在。

这家花店,经营的是花,却更像是为等待与有缘人的相逢。

一花一世界,一花一天堂。

"老板……"赵文琪刚开口想要询问。

男子没有看赵文琪,指了指提示板,示意赵文琪安静地等等。

男人的手指纤长有力,手掌的肌理泛着几丝玉质的光泽,掌握之间,如行云流水一般令人赏心悦目。所谓君子如玉,不过如此。

白皙如玉的手指在各色器皿中轻轻地点着。

人养花,花养人。花吸收了人的兴趣爱好,注入了人的培育情感,既为众人所欣赏,又具备庄严神秘的意味,仔细端详一看,所有的花态都有着养花人的性格。

望着眼前的深深浅浅色系,偏偏这些波澜不惊的花材与器皿把赵文琪给迷住了。大概是花与器皿之间会产生出来一种情绪,各自皆有美的本意。有时候需要一丝丝的抽离,在已知与未知中发现趣味,别有用心,呈现出来的视觉美感,自然往复造化美趣。而老板的妙手,则将这些零零碎碎的美,用自己的方式全部串联起来,并赋予其生命。所有原本是死物的器皿,在老板的妙手之下,居然产生惊人的生命力。

老板手握花剪游刃有余,仅仅摆弄几下花枝,平衡稍微的差异,即可让人觉得心情舒畅。而他选择插花的器皿也是精挑细选后才决定的，花器可决定插花作品的好坏，它既可凸显花材本身蕴含的魅力，亦可扼杀花材原先的美。

老板的目光在各色花器上一一掠过，却难以抉择。

当目光落到赵文琪身上的时候，老板看着依然挂着职业式微笑的赵文琪，不由得皱了皱眉头。于是，老板心里有了答案。

一尊修长的高脖窄口白瓷瓶，一枝百合，含苞待放，似开非开的花瓣，透露出一丝淡淡的芬芳，青翠欲滴的枝叶，似乎快凝结出水珠来，就要顺着那白色瓷瓶的细长脖颈流淌而下。将百合周围点缀，完成了插花的老板，看着赵文琪微微一笑，但没有发出笑声，一种稳重的表情，那种讷讷不出，让人感到像花一样新鲜。那笑容就好像暖意融融的春风，令人心怡。

花先生在插花的时候，不喜欢别人打搅到他与花的交流。一束被剪断的花枝，已无生命之源，留给它的美，能多有一分钟，便要让它多美一分钟。等到他完成这一系列的插花仪式，装点好花枝后，他对赵文琪说："让您久等了。看您有些疲惫，不妨坐下喝杯茶，歇一歇。"

"谢谢。"得到老板的邀请，赵文琪道谢后，入了座，说："欣赏您插花都忘了时间。"

花先生倒了杯桂花红枣蜂蜜茶，递给赵文琪，说："对我这尊插花习作，您有什么看法？"

"我是外行，哪能给您这位行家提看法。"赵文琪有些不好意思地说，"您可别笑话我了。"

"您进来的时候带给我的灵感，也算参与者。"花先生说。

赵文琪沉浸在花材与器具搭配的氛围中，稍缓神情。轻轻地汲了一口杯中的茶水，还在回味，淡淡的芬芳突然在口中绽放，原本她的小忧伤也因为这芬芳得到一丝抚慰。

摆在案几上的花，主材用的是百合，清丽无双，却又幽香馥郁，每一束花都有自己的叙事风格，都是独一无二的，它有着让你无法抗拒的力量，吸引你的注意力，直到你感觉自己似乎真的和它无缝地契合，融为一体。赵文琪只觉得和百合互相吸引，无意之中全身已经浸满了百合的花香。

闻着百合香，赵文琪想起了很多自己的过往。

也想到了自己至今还未找到归宿。

爱情，不是生命的必需，却可以让生命多彩丰富。

一个人有幸福，两个人在一起会更幸福。

一个人有甜蜜，两个人在一起会更甜蜜。

哪怕，爱情只是烟花，那也有过曾经的邂逅和绚烂。

"老板，这花，我越看越喜欢，说不出所以，就觉得像相识多年的朋友。"赵文琪想买下这插花，却担心直接向老板谈买卖，会玷污这个难得的清静之地。可是，不谈价格，人家难道还要送给萍水相逢的自己？

赵文琪有些迟疑，犹豫再三还是开口了："您这插花卖吗？我想买。"

老板笑笑，说："给喜欢它的人找个归处，未尝不是好事。"

"多少钱？我现在给您。"赵文琪说着就从包里取出钱包，那紧张的样子就像怕老板变卦了，赶紧把这插花拿在自己手里才安心。

"百合随缘。"花先生说，"您进来，便感觉到了您的心情有些阴郁，这是有感而发的作品。百合促姻缘，花开如笑脸，总能赶走阴霾。"

人不经意的举动，偶尔便泄露出内心最深处的秘密。

看着眼前的百合，赵文琪越看越喜欢，并听到百合能促姻缘，不由笑道："您就不怕我一毛钱也不给，直接就拿走了。"

老板给赵文琪杯中再添了些茶水，说："为这些花，找到合适的主人，可不是金钱能替代的。"

赵文琪取出钱包，将所有的钱都塞到几案边的招财猫中。调皮地对招财猫说："这次先喂你个半饱，下次来再喂饱你。"

看着阳光欢快的赵文琪，老板微微一笑，开始收拾桌子上的残枝。

赵文琪一起帮忙，跟老板闲聊起来。

赵文琪想起自己曾经看过的一本书，朝着老板好奇地问道："我之前看过一本书，里面讲述了很多关于花神的故事，每一个月的花都被赋予了人格，所以花神和花的人格是有关系的，是吗？"

"一般人们熟知的花被赋予了人格，这样才显得与生活相关的花朵有了人生的意义，这一切都是人为而作。"花先生面对这些沉默不语的花，认为它们和人生品格并无关联，后人加盖的种种惑思词句，并不全是客观。这是自然界生长之物，最好的回答该是回归古老的自然。

有的花草或许生长在不毛之地，有的或许怒放在悬崖缝隙之间，它们可能全是生长在路旁的一种纯白色调，也可能是五颜六色和浓淡深浅层层交织的田园美景。有喜欢顶着太阳开放的花，也有迷恋月夜静怡的花，有热爱亚马孙雨林湿气的花，也有粗野豪放草原之花。它们的生长喜好各有千秋，所以反映出气候条件的戏剧起伏，然而它们全都爱好泥土和水，也在一片时光中热切追求美丽，即使那美丽稍纵即逝。

"嗯，前段时间买了几束花摆在家里，本想着再多摆弄一些其他花放着，可是当我扔掉那些干枯衰败的花枝后，莫名其妙的，心里会有种失落感。就想着算了吧，真花会经历凋谢，不如买些假花来放着，至少它不用搭理也能一直永恒地盛开。"赵文琪说。

花先生慢条斯理道："天地还有四季的更替，万物也有成住坏空生老病死。天地尚且不能永恒，你在不够永恒的时空里，想止住时间求永恒不变的植物花草，这会让你失望的。花的生命，只能鲜活在当下。"

很多人悠然自得地假设过，有一天能够止住时间。这种假设不过是不甘心岁月走得太快，还没来得及满怀喜悦地欣赏周遭事物，便要等待轮回。通过无数次的煞费苦心，用尽心思，尝试着等待、改变、忍耐、挣脱、妥协之后，自然就会知道美好的花会凋谢，花之美影可永印心里，可是这一点，花先生早已知晓。

"您说得对，活在当下。眼下最重要的，还是用这鲜活的百合花，催催我的姻缘吧。"赵文琪说完，哈哈笑了起来。

"百合花听到后，一定会为你尽力寻觅姻缘的。"花先生对赵文琪说。

赵文琪说："谢谢您！几年前，有人说，爱情能保持青春，我嗤之以鼻。如今，却有些羡慕说这话的人，那是有过相遇和相爱的懂得。爱情的驻留是生活对你的馈赠，生活的馈赠不会完全受制于我们掌控，就像人的情绪一样。会高兴得欢呼，会感动得流泪，会抑郁得悲伤，您说大自然的一切也全都是这样吗？"

"嗯，至少花草们是这样的，它们的一切生长变化，都是来自于自然界的本能反应。"花先生说，"天气尚有些冷，我帮你将花束多包几层，记得放在客厅就好，若白天放在卧室里，晚上睡觉要搬出来，不然百合花的香味太浓烈，会呛到你睡不着觉的。"

赵文琪点点头，说："好的，谢谢您了！"

朝着老板道谢后，赵文琪抱着那束百合，带着一路的芬芳回到自己的家中。

就在打开包装的瞬间，赵文琪只觉得原本生硬空荡荡的房间，一瞬间被点亮了。

流动的香味，让赵文琪不由地闭起眼睛，体会着这久违的属于生活的芬芳。

趁着时间还早，赵文琪把花摆放好，便拿起书看了起来。明天早晨她将会和往常一样，8点15分随着飞机起飞，再次接近那自认为与上帝最近的距离，然后便是接着重复所有的服务工作。

她朝着上机的乘客微笑着，带着淡淡的百合清香，笑得真心惬意。赵文琪只觉得自己全身心都要舒展开来，如同被滋润一般。

几天后，赵文琪又去了四季花店："还在摆弄花啊？"赵文琪问了花先生一声，那一声是欢叫声，带有些许参加喜宴的味道，夹裹着甜甜的喜糖迎接来宾的腔调。

看到是赵文琪，花先生朝着她点点头，微微一笑。

赵文琪说："还是帮我包束百合，谢谢您。"

沿路边逛街，边走回家，回到房间，赵文琪将两支粉色百合花插在客厅圆木桌上的粉色陶瓷花瓶内，这个花瓶是她精挑细选，用了一星期空余时间找到的一个外圆瓶口，细脖子，"丰胸瘦腿"样子的粉色花瓶。这么用心做的意义，当然不光是为了好看。总之，有一点确切无疑的是，花与花瓶都被她赋予了自己想要寻觅的祈望。

春天，是令人心动不已和充满希望的季节。

一朵花，成长着自己，是最美的。没有花脉，不用去讨好，没有关系网，不用去建立。把精力都注入在自己身上，只管生长，只管去美，欣赏它的人自然会有，赞美它的诗句，诗人们会去作！而现在的自己呢，赵文琪认为只要默默地感受着这百合花的盛开与凋零，静静地等待着心中的期待便已足矣。

赵文琪突然想起自己还没有问过这个老板的名字，算了，赵文琪想，命运让她走进四季花店，让她遇到老板这么神奇的人，这么喜欢花的老板，以后就称呼他花先生了。

赵文琪忍不住笑了，笑得像瓶中的百合那样，透出那股子就是故意不完全绽放的傲娇劲。

露珠从百合叶梢滴落，仿佛在向赵文琪微笑。

"花先生，以后还请多多关照。"赵文琪对着那百合轻轻说道。

雨水

初候　獭祭鱼
二候　候雁北
三候　草木萌动

"咔嚓、咔嚓、咔嚓……"

胡铭源耳畔不断响起他熟悉的快门声，只是这些快门声不是他亲手按动，他的手心微微发潮，新穿上的西装将后背绷得笔直，他努力扭扭腰，不停地调整自己的姿态，但怎么看都觉得别扭。

快门声一阵阵响起，闪光灯如烟花般绽放。

胡铭源有些尴尬，生硬地挤出一丝笑容，这身体都快僵硬了，脸还得坚持笑成模型。

胡铭源更适合去做自己喜欢的、拿手的事情——拍照。只有手握相机，按动快门的那一刻，他才觉得自己是真真实实地生活着，快门就是他的心脏，只有按动让它跳跃，生命才更有价值。

领奖台胡铭源不想多看，闪光灯有些刺眼，杂乱的快门声也吵得他有些心烦意乱，他开始闭目养神，神游外物，借此躲过这些令人有些紧张又有些嘈杂的时刻，突然一阵雷鸣般的掌声响起。

本想趁乱休息的胡铭源被这掌声惊醒，略带气恼地看了看周围，却看见大家都对他鼓掌致意。

胡铭源有些诧异，这是怎么回事，这么突然？

领奖台上继续播放着：第五十五届世界摄影比赛，日常生活类单幅一等奖：《朋友》，由中国摄影师胡铭源获得。

大屏幕上一个男子有如信仰般聚精会神地将单枝裸莞固定在陶瓷花器中，插单枝花束的美感，使得插多枝花束时消失的线条美，花与花蕾的朦胧表情鲜活了起来，男子的举止眼神，很好地诠释了亨利·梭罗的一句话：我能为朋友做的，就是当他的朋友。

胡铭源有些发愣，画面上的男子神态安详自如，面对着手中的花朵，嘴角不经意间勾勒出一点微笑，那微笑就像包含着对老友温暖的问候和亲切的关怀，眼角的笑纹，一丝一缕的将欣喜挂在了上面。

男子的手在光影的魔力下，更具有一种罗马雕塑的美感，如果说这是维纳斯遗失的手臂，恐怕都不会有人提出太多的争议，毕竟这双手，天生就是为了艺术而活。

此刻，这些都不重要，重要的是，那双眼睛，即使是透过照片，也能感受到那双眼睛的清澈，是的，只有简单的清澈两个字，不是什么旋涡也不是什么魔力，更没有电流存在。

而就是在这清澈的眼睛中，那朵花，完全地占据了男子的整个瞳孔。

My eyes on you，only.

对于朋友，最珍贵的不就是当你我相遇时，不因为财富，也不因为家世，更不因为背景，只是因为你是我的朋友，我的眼中只有你这个人，而不是因为你有什么，而是因为你就是你，即使只是一束花，那么在那一刻，在我们成为朋友的那一刻，我的眼睛里，就只有你的存在。

胡铭源站在了领奖台上，还不时回头看看自己那张无意中拍摄的照片，他懂得这张照片的魅力。

真正动人的，是花的灵魂和花的风采。花先生用双手将美感投射在一束花上，花束也在发自内心地回应着他，那妙不可言的，所谓永恒的灵光，通过相机带进了人的精神世界里，让人能够去追寻。

隐隐约约，胡铭源感到了些许的羞愧，举着奖杯，他开始心虚，这并不是他的能力，而是因为这个男子，是男子的虔诚，男子的态度，透过照片打动了这无数的人。

不过，胡铭源又是自豪的，摄影师说照片是光与影的艺术，不如说是时光的艺术。胡铭源喜欢把珍贵的时光封存，虽然只有短短的几秒，却能透过那张薄薄的相纸，将人们带到那些无法触及的地方。

台下一片明亮，胡铭源站在台上却看不清台下的一切动向，但是他知道，在那些千千万万个人之中，总有一个人，会永远将他的身影留在自己的眸子里。

拿着照片，胡铭源再一次来到四季花店，他想把照片送给照片中的主人公，天落着小雨，有点冷，气温回升的幅度很小。尽日寻春不见春，春，或许只是一种气息，某种味道。

胡铭源手碰到门，门上的那个青铜铃铛依然如故，他像对老朋友一样微微一笑，伸出手，轻轻地点了一下那个铃铛。

丁零的声音，细细碎碎，在这烟雨蒙蒙的时间里却有些发闷。

胡铭源喜欢这个声音，这声音很像母亲回家时候，按着那使用年限已久，声音也已经发闷的门铃。

母亲总会按三下，不多一次，不少一次，这是他们之间的小秘密，他很喜欢和母亲做这个游戏。

记得那一日，天下着蒙蒙小雨，胡铭源并不喜欢雨天，雨天里他的情绪会有些低落，那一日，雨像永远下不完似的，大雨可以将烦乱一洗而尽，蒙蒙雨却有一种甩不掉，黏在骨髓的感觉，天湿湿的，云团仿佛要压倒屋顶的瓦片。胡铭源有种感觉，这个世界再也不会有晴天，有太阳。雨，构成了世界唯一的季节。

年幼的胡铭源把额头贴在冰凉的玻璃上，等待着母亲的身影出现，只有他一个人在家，还是个孩子的他很害怕，怕黑，怕声音，怕一个人，怕这无边无际的连阴雨。

害怕的他，只能一个人默默地看着窗外，就算是玻璃冰凉，也好过他一个人在房子内独自等待。只是许久，远处才一步一晃地飘忽过来一把小小的黑伞，孤独却又倔强的在风雨飘摇之中朝着他坚定地走来，走到门前，门铃不紧不慢地响了三声。

胡铭源知道妈妈回来了，这是他和妈妈约好的暗号，只是，爸爸，却不知道去哪里了。

懂事的胡铭源知道肯定有什么事情发生，而且从此以后，可能只剩下母亲和他，两人相依为命。

母亲收起伞抖落掉伞上的雨水，进门的那一刻，却发现儿子，乖巧却又怯怯地站在门口，母亲心中已经酝酿了如何劝说儿子的种种方案，但是她心里依然没有底，她害怕看到儿子哭闹着问她要爸爸，那时候她该怎么办？是用谎言去欺骗儿子让他暂时安心，还是赤裸裸地揭开伤疤，让儿子知道问题的所在，承受这一切。

她犹豫纠结，面对着儿子，甚至就像面对着一场对自己的审判，她可以坚强的为了儿子面对这个世界上所有的刀枪剑戟，可是怎么面对儿子那么幼小那么柔软的心灵，她怎么能够若无其事的面对儿子的质问。

她紧张得甚至感觉到身体在颤抖，甚至有那么一刻，她想要转过身逃走。可是作为母亲，怎么可以不坚强。她转过身来蹲下，摸摸儿子的额头，强作微笑，那一刻，不用看都知道她笑得很难看。

胡铭源却抱住母亲说："妈妈，有我呢，我会照顾你。"

原本已做好各种预备方案的母亲，在这一刻，情感彻底崩盘，她抱着儿子用自己的额头触碰着儿子冷冰冰的额头，胡铭源只觉得母亲的身体不住地颤抖，眼泪流过他的额头，滑落在脖颈上。

幼小的胡铭源紧抱母亲："妈妈，你哭了吗？"

母亲声音压抑又沙哑："不，只是刚才的雨水。"

日子照常进行，母子两人默契地再也没有提到过父亲的事情，母亲更加辛苦了。

懂事的胡铭源总想帮母亲分担些事情，可是母亲总对他摆摆手，说："你去做你自己的事情吧。"

写作业也好，玩游戏也好，做点小孩子应该做的事情，开心点儿就好。胡铭源记得这是母亲对自己说的话，走出厨房的门，他神使鬼差地转了一下头，看见母亲正对着窗户切洋葱，眼泪断断续续地流着。

"妈，你怎么了？"

母亲慌忙擦擦眼角，却忘记手上沾着的还是洋葱，母亲闭着眼睛，泪流满面却笑着说："没事没事，切洋葱辣到了。"

阳光透过窗户，照在母亲沾满泪光的面孔上，散发着一种别样的光辉。那一瞬间，母亲在胡铭源眼中突然变得高大起来。

胡铭源有一个愿望，谁也不想告诉，直到完成它，这个愿望就是他的秘密。

那天胡铭源推开门，跑过四合院的高墙和七拐八拐的胡同，有个花市，胡铭源想等花市散开，扎一束花给母亲，这是个很小的心愿，但对于孩童的胡铭源却有些了不起。当他举着那束花送给母亲的时候，觉得自己真是个英雄。

胡铭源一直觉得，是鲜花拯救了母亲。

母亲的眼泪没有像酵母一样不断发酵，后来，即便是切着洋葱，母亲也不会流眼泪了。胡铭源好奇地问过母亲为什么现在不会流泪，母亲笑着回答他，切洋葱是有诀窍的，只要找到技巧，就不会辣到流眼泪。

胡铭源懂得，母亲肯定满腹的辛酸，但是为了他，母亲绝不会永远柔弱下去。

冬天，家里很冷，血液在体内流淌得非常缓慢，就差要在血管里凝固住，即便窗户被胶带封住，也难以抵御无孔不入的严寒。很多个夜晚，胡铭源看到母亲在灯下埋头写作，为了不打扰母亲，胡铭源经常装睡，可是冷得睡不着，胡铭源就咬着牙，母亲会把她的被子给胡铭源盖上。母亲坚强的面对苦难，素朴节俭，在父亲离开的第三年，胡铭源和母亲搬进了楼房，多了阳光，多了温暖，少了寒风，少了潮湿。

搬新家后，那年春节，母亲给新家贴了一副对联："最是一年春好处，绝胜烟柳满皇都。"

那一年，胡铭源觉得城市都不一样了。大街小巷，张灯结彩，胡铭源跟着母亲赏花灯、猜灯谜、吃元宵，节日的气氛从大街一直带到了家里，胡铭源从心底高兴。

新家里，很多物件都是母亲做的，母亲是家里的另一个男子汉。她会在泡沫箱子里种上韭菜、小白菜，小瓶子里装上豌豆泡的豆苗、小洋葱头，母亲很少去商场，去菜市场，她常去五金店，对家里的一点一滴亲手改造。她能做很多拿手的饭菜，每到夏末，胡铭源最喜欢的就是和母亲熬西红柿酱，秋天的时候跟母亲一起做柚子茶。

母亲说她不喜欢吃肉，肉都留给儿子吃，因为儿子长身体。长大后，胡铭源才知道，那是母亲一种爱的方式。

做完饭，收拾完家，母亲就开始读书，在充满阳光的大露台上，斜斜地坐在一张摇椅上，阳台上种满了各式各样的花，在花的簇拥下，母亲半躺在阳光中，抱着一本本的书，静静地品味着。

胡铭源看着母亲，在花朵的簇拥之下，阳光给母亲赋予了一道神性的光辉，就如同拉斐尔的圣母像一般，温暖、慈爱，充满着对于这个世界的怜悯。

母亲原来这么美丽，不是那种俗世中弯眉大眼，高鼻红唇的美，那种美丽，太过表面。

母亲的美，是深藏于她内心最深处的温柔，是她对于生活的不懈努力与追求，也是她对于知识的渴望。

母亲对胡铭源说："读书不需要学历，阅读就像人的呼吸，一辈子都不能缺少。"

胡铭源从不打扰母亲沉浸在书本中的时光，在书中，母亲才能忘记现实，有时候，真实的生活能让人恐惧。离婚和辛劳践踏了女人的本能。母亲在阳台开辟了一块地方，播种、发芽、开枝、嫁接、开花、繁殖、晒干扎成束……每天工作回家，还要收拾阳台的一堆花草和特殊区域的风信子，但是母亲很容易满足，只要有花，她就高兴。母亲喜欢花，花就像是承载着她对美好生活的渴望，盯着那些花，她总会看很久。

偶尔，母亲会把她的陶瓷咖啡杯拿出，虽然并不是什么名贵的瓷器，只是最普通最普通的那种，可是母亲依然坚持着每一道工序，认真地烫洗、加热，即使买不起昂贵的咖啡机，杯子里冲的只是最普通的速溶咖啡，但是随着小小汤匙在咖啡里的搅拌，仿佛所有的压力都能溶解在咖啡的气泡中。

胡铭源曾经在搬家整理物品时，发现过一个小铁盒，里面满满的都是一些很有年代的东西，各种票据、本子，而在最深处，胡铭源发现了母亲藏在里面的几张照片，照片是黑白的，边角是锯齿状，那时候的母亲还很年轻，对着镜头巧笑嫣兮，满满的青春恨不得从那个照片里全部荡漾出来。

青春岁月，照片里的母亲还年轻，看起来还像个姑娘，如今，怎么看，她都是一个母亲，操劳的母亲的模样。

谁能永远十八岁，可是总有人是十八岁。

这是胡铭源脑海里浮现的一句话，一个字一个字的提醒他应该做些什么。

他想起小时候母亲那把小黑伞，想起母亲在厨房里迎着光的泪眼，想起母亲躺在阳光里，也想起母亲微笑着喝着咖啡的模样。

胡铭源想把母亲和这些花都定格，他意识到，他的长大追赶着母亲，母亲不善言辞，可是她被日子磨得失去青春弹性的面容，她的腰、她的背、她的腿，都在滔滔不绝地证明着她对胡铭源的爱和对家庭奉献的一生。

母亲在一点点变老。有时，胡铭源会突然觉得，自己已经记不清楚母亲年轻时候的容貌。

他翻箱倒柜地去寻找母亲的照片，可惜，除了那几张黑白的以外，母亲的照片少之又少。

他记得，小时候上美术课，老师让他们画妈妈，胡铭源却不知道如何动笔，简简单单的十二色根本描绘不出母亲半点的荣光，那个时候他交了白纸，并且困惑地问老师，怎么样才能把一个人毫无差别的完全地画出来。

老师问他为什么有这个想法，他回答说："我想让妈妈永远保持年轻。"

老师思考了半晌，认真地对他说："如果不是专业的画家，那么照片就是最好的方式。"

从那时候起，胡铭源心中就埋下了学习摄影的种子。

大多数人只是有梦想，胡铭源却把梦想变成了现实，如果没有母亲，这条路不知还要走多少年。母亲用她自己的方式，传递着乐观主义。大多数人都知道自己想要什么，想做什么，但就是不去做，因为总有千万个借口把自己的理想和爱好搁浅，渐渐就失去了想要的人生。

胡铭源开始喜欢观察生活中细微之处，母亲带他在大自然中捕捉光影，在森林里的树缝间感受遗漏的一束光，在街角看形形色色的人，人物的笑脸，花头的垂落，你能看到那个定格的故事。无论是人，或者植物、物件，在胡铭源的眼里，都一样重要。

看风景的时间长了，行云流水，万物都在眼底，胡铭源觉得，真正看懂世界的，是那张定格的照片，是照出那张照片的相机。枝头的喜鹊，伸懒腰的花猫，婆娑的树影，窗口的牵牛花，拉满乘客的公交车……世间的风景，相机就是笔记本，是能记录每一个美好瞬间的眼睛。

每一个被胡铭源看见的幸福瞬间，他都想按下快门，而按下快门的那一刻，他都能感受到一种幸福的降临，因为每一个瞬间，稍纵即逝。照片，会定格美好。

他还记得，他告诉母亲自己喜欢摄影的时候，母亲看着他的眼睛，并没有多说什么，只是看着他，透过眼睛，胡铭源知道他无论做什么，母亲都会支持他的。但他并没有告诉母亲自己为什么要去学摄影。

没过多久，胡铭源收到了一份母亲给他的礼物，一个相机和满满一盒的胶卷。

母亲从她的日常、从她的脸上、从她的年华里一点一点节省出来的钱，来为自己的儿子实现他的梦想，而这一切也被儿子记在心中。

那时候，一部相机已经很贵了，可是更贵的却是那一盒盒的胶卷。那时候的相机不像现在，都是数码，那时候的相机需要买昂贵的胶卷。所以，胡铭源格外珍惜每一次拍摄的机会，珍惜每一次选角度，珍惜每一次定格。为了提高技艺，他再舍不得用，胶卷还是用得飞快，技艺在这一卷卷废掉的胶卷上渐渐提高。

虽然胡铭源不吭声,可是母亲早就留意到,他拿着相机却迟迟不敢拍照。

有天,母亲在结束一天的工作后,将胡铭源叫到身边。没有多说什么,只是默默的将一盒胶卷递给胡铭源。

"喜欢就去做吧,有妈妈在,什么都不是困难。"母亲淡然地说着,支持儿子梦想就是她此生最大的心愿。

胡铭源知道母亲的薪水有多少,如果要买这些胶卷,母亲不知道要多做多少工作。他接过那盒胶卷,轻飘飘的胶卷在他手中变得沉甸甸的,那是母亲对他的呵护。

花开管节令,鸟鸣报农时。胡铭源有着顺应时节的努力和勤劳。

为了减轻母亲的负担,胡铭源在课余时间,去快餐店打工,去做兼职,不乱花一分钱,这不是吝啬,而是母子两人经历的贫穷给了他积极的意义,钱应该用在值得的地方。

他还记得那时候,他打完工后,匆匆忙忙地去找母亲,母亲总会出现在一家花店里,花店的名字是四季花店,老板叫什么?没人知道,只因为老板爱花、懂花,久而久之,就被大家称为花先生。

母亲喜欢来四季花店,是因为这里并不是将花当作生意,而是由衷地爱花。

这些年,只要有时间,母亲总去花先生的店里聊天,聊她走过的山山水水,聊她看过的世界,翻阅过的书籍,聊她心中的那个美丽天堂。

花先生也不多说什么,就是一杯青茗,静静地插花。

而这,成为了胡铭源不变的回忆,更成为他记忆中最深的画面。

胡铭源很少打扰母亲,母亲讲故事,那种怡然自得,就像是她在聆听花草的故事,简单、温暖又幸福。

幸好，母亲还有花先生这样一位朋友，能够让母亲在经历如此之多以后还能笑得这般灿烂。

胡铭源推开门，恰巧，母亲和花先生正在一起喝茶闲聊。

胡铭源将照片双手递给花先生，郑重地向花先生道了一声：谢谢。

惊蛰

初候　桃始华

二候　仓庚鸣

三候　鹰化为鸠

坐在去往机场的出租车上，花先生看着窗外。

北方的冬雪已化，大地开始复苏，路旁零星缀着点点绿，是刚刚冒出的新芽。

行人已渐渐换掉裹着厚厚的羽绒服了，满街都是干净利落的大衣。

花先生去过景德镇很多次，飞机、火车、大巴车，不同的交通工具，不同的风景。

只要看到路旁的青花陶瓷，那就是已经进入了景德镇，马路两旁竖立着高大的陶瓷电线杆，陶瓷制的垃圾箱，大小广告牌也尽是陶瓷，时不时有拉满陶瓷的卡车，与你擦肩而过。陶瓷像自家地里种的蔬菜一样，分成不同种类，摆成一个个小世界。时间与空间在这里被随意分割，随意堆放，整个市场如同一个时空错乱的空间。

走在景德镇，闭上眼睛，人不假思索便会遐想。景德镇的土地下，埋藏着千年来各个朝代积攒的陶瓷碎片。每一座炉窑也都是神秘的存在。

这里的泥土都有一种力量，千万的灵魂碎片在这片土地上，赋予了这些泥土的不寻常，在合适的时机，这些精魂借着人类的手去完成身形的塑造，最后再由火焰赋予其性灵。

站在景德镇的土地上，花先生不由自主就想抓起一把泥土，捏在手中细细摩挲。

每年惊蛰，花先生都会来景德镇转一转，看一看，寻找一些灵感。对花先生而言，花器并不是作为花的点缀，也不是花的载体，而是与之地位相同，是花道中不可缺少的一部分。

花先生遵循的花道，不是刻意的繁文缛节，也不是刻板的模式框架。对于花先生来说，万事万物都是值得尊重的，他尊重一切，不因世俗之见的贵而过分看重也不因贱而轻慢。

万物有灵，无论是什么，都是人类生存在这个世界上值得尊重的对象。而这，也是花先生一直以来的态度，是他内心所遵循的道。

所以，花先生总是会来景德镇，特别是在惊蛰这天。

惊蛰这天，是万物魂灵萌动生发的一天，也是最能直观感受到万物魂灵的一天。

花先生喜欢在景德镇寻找花器，在景德镇，随处可见的都是各种陶瓷器皿，白瓷如玉，青瓷似穹。每次离开，花先生总会有些选择障碍，很多花器他都想带回，挑挑拣拣，难以取舍。

花先生喜欢观察一些小小的作坊，他总是觉得这样的作坊会更有人情味，透过指尖与一个个成型的器皿触碰，便能感受到这些器皿包含的内蕴。

这是他与器皿的对话，正如他与花的对话一般。花先生追寻的并不仅是外表的美丽，他更追寻的是情感的满足。

店里的物品千奇百怪，有些甚至是旁人眼中的破烂。花先生认为，器皿和人一样，过度的完美有时会在灵魂的层面逊色。

四季花店里，花先生囤积了很多有瑕疵的器皿，这些器皿在花先生的手中，又焕发出了全新的生命。

转不动的旧电扇，被朝颜和夕颜纤细而巧妙的藤蔓所缠绕盘旋，早开一次，晚开一次，生成一座美丽的绿色绣球。拆不动的缝纫机斜斜地飞出几束吊兰，将吊兰缝制成一道清新的春衣。光洒在这些带着锈迹的物件上，就像在讲述它们经历过的故事。花先生将这些物件作为花器，又给了它们一次重新复苏的机会。借着旧器皿作花器，是将人天生对复古的东西产生的特殊的好感，放得更大，因为那代表回忆和经历，也是时间给物体留下的痕迹。

物件繁臃，却都一尘不染，花先生经常打扫、清理、洗刷，也在清扫抹拭中寻找灵感。

器皿，是挑花的，花，也会选择器皿。器皿的选择，会受到花材本质的限制。花的器皿，就像人的服装，能凸显花所蕴藏的魅力，也能巧夺花的美。

去年的惊蛰，花先生带回了一个土器。

世界上所有的民族，最先制作的都是土器，土器是器皿的原点。

如今，土器这种原始的器皿很难让人喜欢，制作完善精美还可欣赏，可花先生带回来的是个残缺不堪，新手制作的土器。

将景德镇带回的器皿收拾规整好，花先生回到案几前，手中拿了一束刚摘下没多久的油菜花。

油菜花本来是乡间里寻常的小花，花先生却郑重其事地将它整整齐齐地摆在案几一侧。

花先生从博古架上取下一个土器，正是他去年带回的那个，残缺、丑陋、破损、一无是处。粗劣的手感，甚至还略微带些毛刺，手掌心跟边缘接触摩擦，都有些生疼。

这土器，如同它的制作人。

花先生还记得初见王丽时候的样子。

去年惊蛰，他依循惯例，去到景德镇。

在景德镇，遇到了王丽。

王丽快50岁了，去过很多地方。原本旅行就像草药，能治愈人的心灵。可是也不知道从什么时候开始，王丽的每一次旅行，都让她的心灵更加空虚。

她对花先生说，自己是那种血里带风的女人，注定这辈子是要行走的。花先生并不多说什么，只是默默地点头或者笑笑。

每个人心中都有对与错的判断，别人眼中的你，即使再完美，也是外表，你的内心只有你自己知道。

大概是因为没有其他合适的人，也或许是太久没有倾诉，在景德镇，王丽对花先生讲了很多自己的故事。

在外人面前，王丽表现得非常热情，经常有种邻家大姐的感觉。她最常说的话就是：没事，有我呐。对待任何人的热情，都像不是初见的过客，而是认识了许久。

王丽的故事很精彩也很丰富，每到最后，她却都要感叹，好心换不来对方的真诚，讲述中她总要隐藏一部分的故事情节。

王丽曾经在尼泊尔 ABC 徒步，加领队一行十个人，有一天的目的地是海拔 4130 米的安娜普尔纳大本营，晚上特别潮湿寒冷，一共预订了 5 间房，两人一间，王丽是最先到的，原本她可以选房间，可是她没有，而是等大家都到了选完房间后，留下最后一间给她和一起住的队友小杜。那间屋子只有一张大床，其他房间都是两张单人床。

王丽对小杜说："肯定是领队提前给店主说好了，提前预留的，他们那间屋子有电源,我们的屋子没有,他们洗完澡还能用吹风机吹,我们怎么洗?这么冷的天,洗完冻死了。我们还是个大床房,他们是两张床。"

小杜一听就不干了,背包一提,直接冲到领队房间就要求换房,领队正在洗澡,另一个队员在屋子里正收拾东西,见小杜提着背包气冲冲地进来了,赶忙协调,领队并不知道小杜在外面,不高兴地对另一个队员说:"王丽第一个到的,她不选,我们选了,现在找什么麻烦!"

小杜一听,也知道怎么回事了,头一转,王丽根本没跟着她进来。背包都提过来了,不能再提着回去,就说:"我们那屋子是大床,我不习惯。"

领队听到小杜的声音,说:"我洗完了一会儿换吧。"

小杜自知待在屋里无趣,就怏怏地出来了,在楼梯口碰见王丽背着包,问小杜:"领队怎么说?肯定是给预留的,她换不换?"

"为啥不换?"小杜反问了王丽,转身就走了。

一直到离开尼泊尔,小杜和领队之间都像有芥蒂,谁也不跟谁多说一句话。反倒王丽跟没事人一样。

王丽看着花先生说:"我其实是想让小杜自己选个合适的,结果年轻人火气太旺,一张嘴就要跟人吵架,她们还是年轻,经历的太少,退一步海阔天空。"

花先生笑笑,并不说话,只是低头欣赏挑好的器皿。

王丽点了支烟,轻轻咂了一口,昏灰的烟雾随着呼吸喷洒而出,冲了花先生一头一脸。

"我这个人呐,就是太实诚,现在这社会,没有实诚人的立足之地。"王丽梦呓般地说着自己的话,花先生揉了揉眼睛,只觉得眼睛酸痛,隔着烟雾,王丽才显出了几分真诚。

她对花先生说起自己在贝加尔湖的经历,当然,她过滤了重要的部分。

那次在俄罗斯贝加尔湖自驾徒步,5辆车,15个人,也是两人一间屋,一路上,王丽不停地数落其他队友。

她跟同屋的小聂说:"你注意观察,你看1号车里那两个广东的,跟没吃过饭一样,有一个还做了几十年的幼师,没一点老师的样子,都不知道谦让,你看那吃饭的样子,一盘鸡蛋上来,她们两个吃了一半,其他人怎么吃?我故意跟她说,菜量可真少,人家居然还跟着附和我,是呀!菜量太少了。可真不要脸!"

小聂说:"怪不得我去洗了个手,回来就没看到有鸡蛋。"

"我还专门跟她们说,有人没来,慢点吃。这些人没素质!"王丽对小聂提议,"你不要跟她们走得太近,一个个心眼太多。"

第三天,到达休息地时,有队友提议打牌,王丽对小聂说:"别跟着那群人玩,我就看不上她们。"

小聂洗漱完出来,看见王丽坐在大家中间,甩着扑克牌,喊着:"炸了!"

王丽抽完一支烟,她摸了摸口袋发现烟已经抽完,摩挲半天也找不出半根了。

"您有烟吗?聊天不抽烟,总缺点味道。"

花先生摇摇头,王丽只得作罢。

外面天色不好,又没有相熟的人,王丽掏出手机给花先生看自己在各地的旅游照片,与花先生继续攀谈:"这些年我走过不少地方,遇到的人也不少,能交心的还真不多。"

王丽对花先生倾诉,同样是蒸馏后的精华,却忽略了残渣。

瑞士徒步少女峰，加领队20个人，配一名押队。

队员里有两姐妹，一个有哮喘，走得比较慢，王丽最后一个到达目的地。

到了就对领队说："我都成你们的押队了，万一人家哮喘犯了，你们连人都找不到，多亏我一直在后面跟着。"

领队劈头盖脸就把押队骂了一顿，押队多委屈，是王丽对她说："你先走，你背着包负重，走得慢难受，我跟着她们就行了。"

押队哑巴吃黄连，挣人公司的钱，顾客就是上帝。可是那天开始，王丽跟她说话，她就笑笑，不怎么搭话茬了。

王丽委屈地对花先生说："您看看，我好心待她，可是人家不领情。"

根本不等花先生开口，王丽把事情一桩接一桩地给花先生讲，也不管花先生是否喜欢听。

在冰岛旅游，碰见两个自驾的中国姑娘，一个北京人，一个内蒙古人，两个人都在北京工作，开车两个月走遍了欧洲，准备去完非洲回国，王丽对她们说："回国了，咱们聚聚，我请你们吃饭。"然后互留了联系方式。

两个姑娘也认真，回国后真联系王丽了。

王丽选的地方点的菜，她说请客，最后付账的是北京那个姑娘。

后来王丽想要再联系那两个姑娘，却再也没有她们的消息。

王丽对花先生说："这就消失了，是我的问题吗？我准备请客的，可是她要结账，我有什么办法。"

关于王丽的婚姻，她给花先生是这么介绍的：丈夫做纯手工打造的奶瓶起家，很得市场欢迎。买的人多了，王丽建议投资扩大规模，做成流水线，钱赚得多，可是丈夫不善经营，流水线生产的毕竟跟手工打造的有区别，质量很难保证，后续问题丈夫根本不会解决，几年下来，钱没赚到，反倒赔了不少。丈夫关了厂子，和他的弟弟一起做起了机械设备，如今个人资产也在几个亿了。

要不是我，他能开现在的厂，能赚这么多钱？可是，我们如今形同陌路，几个月前，他跟他的朋友去美国沿着一号公路自驾了两个月，我那会儿和朋友在加拿大看极光。前段时间，我和朋友去美国自驾，他却去了巴西。

花先生手中握着的一杯雪梨汁已经见底，看了看时间，想要辞别，却看王丽并未有停止话语的意思，出于礼貌，花先生只得继续充当听众。

孩子在国外读大学，王丽很少在家，但只要在家，她的全部重心都在那只小泰迪身上，每天给小泰迪洗三次澡，早晚带小泰迪遛弯，给小泰迪做饭，和她生活几十年的丈夫不如一只小泰迪贴心，夫妻两人在家就是陌生人。

王丽想离婚，可是又怕离婚后得不到丈夫的财产，她准备离婚了去美国，王丽找过一个大师，她对大师说："我丈夫今年58岁，他有糖尿病，我找人看过，他63岁是个坎。离他63岁还有5年，这5年我觉得把他跟他弟弟之间的关系可以撇清，公司分家，他如果能活到63岁，这个时间足够了。63岁过不了这个坎，那他就走了。我想跟他离婚，你能不能给我一个确切的答案，我是离，还是不离。我几个女朋友都让我离了算了，跟她们一起去美国。在美国，她们这些离婚的女人建了一个俱乐部，没事聊聊天，喝喝茶，现在已经有28个人了。"

大师对王丽说："离婚还要组团呢？你离还是不离，我没法告诉你。"

王丽从包里掏了半天，给了大师500元，大师没有要。

王丽有些委屈地说："我也是诚心给呀，他也没给我确切的答案，我这已经够意思了。他不要，怪我吗？"

花先生看了眼王丽并不作答，他起身向王丽告辞，说时候不早了要去休息，明天还有事情。

昨天的怨恨，它可能已经成为可笑的事情，只是有些人总放不下。

王丽一个人坐在酒店的大厅里，暗暗的光在她身上落下一片阴影，她有些委屈地缩着身子。

王丽再次遇到花先生时，花先生正在轮盘上做器皿，一个小花瓶，从无到有，几分钟的时间。

理论上讲，把泥巴团放在转盘中心，然后转盘动起来的时候，拇指随着转盘慢慢在泥巴中心往下压，这样就可以拉伸出容器的内部空间，然后随着器皿造型慢慢向上拉伸，并保持用力均匀，控制四壁薄厚。那些泥巴看起来是非常听话的，可是当王丽真正坐在转盘前，却无从下手。

在王丽手中，那团泥巴根本不顺着转盘中心成对称的位置，泥巴不是东倒就是西歪，不是这边薄了，就是那边厚了，不是下面细了，就是上面粗了，或者干脆脱离转盘中心位置。在王丽手中的泥巴，可以成为奇特的，充满个人抽象气质的独特风格，但就是无法成就一个规整的、对称的、薄厚均匀的"正常"造型，更不用提美丽的弧线和优雅的圆口造型了。

王丽起身看起了花先生的动作，虽然花先生也不是很熟练，但是相比王丽要胜出很多。

花先生手中的泥巴在转盘转啊转啊，就像试图在庸碌琐碎的日常生活里，淬炼出精纯完美。王丽看着转盘，突然有种穿越感，她慢慢沉浸在眼前的世界里，大脑里犹如升起了雾……

最终，王丽还是没有完成这最简单的土器，她火急火燎的要离开了，说朋友打电话，叫她去南极考察，花先生看着王丽匆忙的背影，风一般地消失在了眼前。

看着那半成品的土器，花先生无可奈何地摇了摇头。俯身捡起那个已经有些破损的土器，努力地想要将它修复。土器已经干透，又怎么能轻易修复。

花先生看着手中那件有些破损的土器，不由得心生怜悯。

随着岁月渐长，对生活的态度，决定了人的幸福感。所有的财富声名也只是一类器具，并不真正属于你，而最值得珍惜的，当属于和你曾经共同经历过感动过的那些人。

花先生的店里又多了一样收藏品，花先生赋予它新生，只是不知道它原本的缔造者是否还那么匆忙。

明明是个残缺，都称不上是器皿的土器，花先生却在那土器不可能完美的生命中，进行着温柔地试探，极力去成就某种可能的完美。他轻轻地将油菜花密密地插在各个缝隙里面，或高或低，以期达到最自然的状态。油菜花便像在大地盛开了一般，仿佛已经散发出了泥土的气息。盛开在原野的油菜花，带给人不仅仅是春临大地的幸福感，更是承载了不少人对家乡、对亲人的太多记忆。它有着质朴自然的姿态，不喜约束，最能接纳的是土器。

油菜花如果是观赏，搭配淡色的花草最好。可是这株油菜花是有意义的，搭配女人之花桃花，保留足够的油菜花叶子，只露出翠绿中的一点点黄花，就显出了含苞待放的纯真美。

花先生并没把油菜花做成一个漂亮的大花束，而是只取了一朵开得正艳的小花，将一枝桃花修剪，在枝头留有一朵未开的花骨朵，透出花蕊的油菜花仿佛娇柔的女子，轻轻地叹息。

桃花没有盛开，如果桃花和油菜一起争艳，从桃花的角度去看油菜花，那桃花就吸引了人的全部注意力，倘若以油菜花的角度去欣赏桃花，那盛开的桃花就黯然失色没有了意义，看桃花，仿佛都能看到成长的渴望。

油菜花是盛开的，是果实，桃花的花骨朵，很容易让人联想到种子，种子孕育着果实，果实是种子的希望，花期是短促的，种子和希望却是能代表永恒的。

修剪花枝有趣，花最后会成为什么样子更有趣。珍惜这朵盛开的小花，并对此心怀感恩，就是此刻所要表达的含义。就是幸福生活，无须太大，也无须豪华，幸福就存在于我们身边这些司空见惯不起眼的事物之中。

简单的反而是最好的，花先生与这土器说：油菜花始终是油菜花，在什么地方都一样，它不会变成桃花。自然之美，就是不违背本性。

万物出乎震，震为雷，故曰惊蛰，是蛰虫惊而出走矣。

真正唤醒冬眠动物的，不是有声的惊雷，而是无声的温度，温度比雷声更有力量。

同时，也希望，惊蛰的雷声能将王丽震醒。

春分

初候　玄鸟至

二候　雷乃发声

三候　始电

花先生端坐在案几前，依旧不紧不慢，安静地插着花。

四季花店，如同卓然出世的宁静和平之所。

赵文琪早已习惯将四季花店作为休闲小憩的固定地点，此时，花先生正在忙，端正着身姿，双目低垂对花思量，阳光缓缓地洒落了下来，稀稀疏疏的被他的睫毛剪裁成一片明灭光暗，阳光中的浮尘在这瞬间仿佛凝固住一般，静静的随着呼吸的频率微微颤动。

花先生踌躇些许，指头在案几上不紧不慢地扣着，一声又一声，这让赵文琪想起辛弃疾的一句："五十弦翻塞外声。"此时的花先生，如同一名羽扇纶巾的儒将，在潇洒自如间，排兵布阵，重新赋予这些自然的精灵另外一种美。顿了顿，花先生随手将蕨手花剪拿起，用蘸有机油的布条对花剪进行仔细的除污擦磨。温柔的表情，就好像那是自己最心爱的女子。

往下看去，桌子上还有三把尺寸不一，用法不同的花剪，同样清一色都被收拾得油亮。

赵文琪来得多了，对花先生的这些工具也熟悉了。想起来，赵文琪还有些受宠若惊，看似冷若冰山，言语珍贵的花先生居然给她详细介绍了每一把修剪花枝的工具，并且极度认真地给这些工具都取了一个名字。

赵文琪当时扑哧一声笑了出来，听到自己的笑声，便感觉到了失礼，忙给花先生道歉。在赵文琪眼中，花先生那一身遗世独立的仙气，终于有了半点烟火的味道，而且还像个小孩子，满脸骄傲地向别人展示自己珍藏的玩具。

怎么看花先生，都多了点可爱的小滑稽。强忍住笑的赵文琪，憋红了脸，说："花先生，没想到您也有这么孩子气的一面，给自己的工具取名字，不是只有小孩子才会有的行为吗？我小时候也给自己的每一个布娃娃，甚至每一件文具都取过名字。不过，您这样，真的跟您有些不搭。"

花先生不紧不慢地回答。

"别小看这些看起来冷冰冰的剪刀，它们都是能够创造奇迹的精灵，我尊重它们，它们也会尊重我，从而更好地创作出更优秀的作品，如果没有名字，它们就是普通的工具，那创造出的作品也不会有灵气。"

每每想起花先生的话，赵文琪对花先生的佩服就更胜以往，为什么花先生的创作总能打动人心底最柔软的地方，也许就是花先生对待生活中的每一件事，哪怕是一件小事，一把剪刀，他都会充满着敬意，放在心上。

偶尔响起的剪刀修缮枝叶时候的咔嚓声，将赵文琪飘出很远的思绪重新拉回到这个寂静的花店中。恍惚间，赵文琪觉得自己身处深山大刹的老寺庙中，阳光淡淡地为花先生周身撒上了一片软金，而花先生正如同那拈花含笑的神像，在稀疏的光辉中，在那一片浮尘中，朝着她淡然轻笑。梵音隐约，暗香浮动，赵文琪竟不觉得有些痴了。

"丁零。"

门前玄关处，那古朴的铃铛又发出一声清响，周围凝固住的一切被这铃声唤醒。赵文琪不自觉地扭头，朝门口方向望去。

进门的是一对情侣，赵文琪认出两人，朝着花先生说道：

"花先生，不经意间，您又当了一回月老，红线牵成功了。"

花先生没有扭头，手指以一种决绝的姿态握住剪刀。

咔嚓一声，当机立断，让一束人造花物，看上去尽显浑然天成。

一朵花缓缓地从枝头坠落，花先生伸手接住，将这花别在案几旁的书上。

年轻男女娴熟地走到花先生的案几前，熟稔地拉出条凳坐在花先生的对面，男子拿起案几上的茶壶，探手摸了摸觉得有些凉，笑嘻嘻地对花先生说："水有些冷了，我去给大家换壶热的。"说完便轻车熟路地跑到花先生存放茶叶的地方，留下三人互相问好。

女子看着男子的身影，眼神里充满着关爱，她扭头，对着案几对面的花先生说："花先生，我们要结婚了，想请您来喝杯喜酒。"

花先生起身，双手郑重地接过喜帖，红底金线，将喜帖上两人的照片衬托得更加美满幸福。

男子泡茶回来，殷勤地给每个人添上一杯热茶，氤氲茶雾中，花瓶滴落的清水还在案几上没有抹去，那尊刚刚完成的作品，就像露水一般的纯净与清爽，更如临江仙子，风姿绰约，云裳雾裙，赵文琪朝着花先生问道："您这次用的花材是什么，我怎么从来没有见过呀？"

"山茶花。"没等花先生开口，男子一改往日的嬉笑语调，赵文琪听出了男子声音里坚定有力。

花先生点点头，认同男子的回答。

女子又接口道："黑山茶和白藤，还有一种说法叫春风，花先生，我没说错吧。"

花先生轻轻颔首。男女两人相视一笑，手紧紧地握在一起。

看到两人如此甜蜜幸福，赵文琪都替他们高兴。

"你们怎么对花都这么了解？"赵文琪问这对情侣。

"运气不错，认识花先生了。"男子说，"花草是天上神灵降落在人间的星辰，从绽放、盛极、闪亮、凋落到重生，来以此传递上天给予的温暖。一朵花的生命，虽然短暂，却凌然绽放，跟人来到这世间有什么区别。"

"这才多久没见，居然说出这么有哲理的话。"赵文琪由衷地赞叹道。

"跟花先生相处久了，眼光都毒辣了，看问题全面，总结得到位。"男子对赵文琪笑着说，"知识钻研深处，就会运用得炉火纯青。我这才开窍，就被你夸。"

女子拍了一下身边的男子，说："别给个麦秆还当拐杖使了，差不多行了，还真好意思。"

男子开心地笑着，对女子说："我都忘了，你是这繁花中的一枝独秀，我永远需要，也必须在你身后撑着你。"

"别没正经了，让人笑话。"女子有些害羞，对花先生和赵文琪说："你们别理他，给点颜色就开染坊的人。"

花先生回以微笑，说："开花店久了，会遇到不同的人，能来花店光顾的，都是热爱自然的人，从某种意义上说，也都是能够体悟生命的人。"

"真是谢谢花先生，要不然，我们可能就要错过彼此。"男子满怀感激地看着花先生说。

案几上的山茶花，在玻璃容器中，与阳光里恰似春雪初融，黑山茶恋恋不舍地痴缠着枝头，白藤却净苍冷冽蕴含着蓬勃的生命力，一极浓艳，一极寡素，却又如此和谐。

男子名叫刘瑜，是一家文化公司项目总监。每天朝九晚五地工作，在人海茫茫中孤独逆行着。

三十四岁，不算年纪大，却也过了而立之年。

几年工作，刘瑜明显察觉自己变了，这种变化不仅仅是身体上的变化，更是心灵上的变化。心灵仿佛干涸、枯竭、沙漠一般了无生机。

刘瑜突然有些感哀，自己除了有份工作，其他仿佛一事无成。

家离公司远，开车不方便，平常，刘瑜上下班都在地铁上奔波，车厢内人贴着人，呼吸都有些困难，即使站着睡着了，也不怕会摔倒，一个多小时后刘瑜才颠簸着回到家中。

有一天，刘瑜匆匆忙忙从公司出来，走在和往常一样的路上，突然，一个踉跄摔倒在地上，地上的春雪未消又凝，在这料峭的春寒中，滑得可怕，刘瑜撑在地上的双手被粗糙的水泥地面擦得全是血痕，想要挣扎着爬起来，没想到稍微一动，就是刺骨的痛。挣扎了几下，全身便难以使唤。腿脚酸痛，刘瑜这才意识到自己不再是当年那个在篮球场上摔倒了，站起来拍拍土继续再战的少年。

刘瑜半坐在地上，想站起来，可是身体就是不听他的指挥。

"没事吧你？"

刘瑜抬头望去，一个裹得严严实实的姑娘半蹲着在他面前，说话间哈出的热气，在路灯下袅袅而上。

虽然看不清姑娘的长相，但是那双眼睛，在街灯下熠熠生辉，照得刘瑜只觉得鼻眼酸楚。

"还能站起来吗？"姑娘轻声细语地继续问询着刘瑜。还从包里取出一个小包，拿出里面的一次性酒精棉布和创可贴。二话不说，拉起刘瑜的手，仔细地用酒精棉布将刘瑜伤口上的浮土一点点擦掉，然后认真地给刘瑜贴上创可贴。

看着姑娘小心翼翼的神情，刘瑜有些害羞，心中突然有了一丝缓慢的萌动。

"好啦，没事了，看见你摔下去，那么大声响，肯定挺严重，还好我随身带着酒精棉布和创可贴，派上了用场。"女孩扶刘瑜站起来，说了声，"你等等！"转身朝几步远的便利店跑去。

过了一会儿，女孩拿着一瓶跌打喷雾，递给刘瑜，说："快给你喷上点。"

刘瑜接过喷雾，不好意思地低下头，姑娘又扶着刘瑜找了个地方坐了下来，刘瑜卷起裤脚，朝肿起的脚踝处喷药。姑娘像护士照顾病人一般细心地问询着，更像是刘瑜家人的呵护。刘瑜只觉得灼热的扭伤处阵阵清凉，心中却有了暖意。

略有好转的刘瑜在姑娘的搀扶下，慢慢挪进了地铁站，临将刘瑜送上地铁站时，姑娘朝刘瑜粲然一笑，说："回家好好养伤，再见了！"

"嘟嘟嘟"的地铁关门提示音响起，姑娘扭头就跑进对面的列车，刘瑜站在那里，望着与自己背道而驰的地铁，握着手中的跌打喷雾，怅然若失。

坐上地铁的刘瑜，在一片嘈杂喧闹中，突地蹦出一个字。

"晕。"

他居然忘了问那个姑娘要个联系方式！

太过规律的生活让刘瑜连搭讪的能力都忘记了，刘瑜不由地跺跺脚，心中有些懊恼，嗷的一声，周围人纷纷侧目，刘瑜龇牙立足，低着头，自己受伤的脚踝被这一跺，加上一起一伏的人群推动着，又开始揪着刘瑜的疼痛点发作。

夜深时，万物俱静，刘瑜的情感却被重新点燃了，脚踝的扭伤火辣辣地灼烧着他的心。

原本厌倦这种早出晚归两点一线的生活，两点一线让刘瑜的梦想彻底被巨大的车轮碾得粉碎，他做好了任凭生活肆意摆布的准备。可是，这一次摔跤狠狠地摔痛了他，也摔痛了他紧紧包裹着的已经缩成一团的内心。

躺在床上，刘瑜想起路灯下那个温柔的姑娘，想起她是如何将自己的手捧起来，仔细地清理伤口，细心地包扎，想起她如何把跌打喷雾塞到他手中。

刘瑜想起姑娘转头那粲然的微笑，想起姑娘匆匆忙忙离开赶地铁时的背影。

姑娘的笑容如同春风化雨润物细无声，吹得刘瑜心中开了花，一种久违的温暖开始缓缓地在刘瑜体内和周围蔓延生长，这温暖也渐渐撬开了刘瑜封闭的外壳。

这一晚，刘瑜再一次彻夜未眠。失眠对于刘瑜来说，早已经习以为常。往日，他只是一个人躺在床上，看着灯火消逝，等待着这座城市的第一束阳光晃动他已经昏黄的眼睛。

但是，今天不一样，脚踝的疼痛和心底的撩动，让刘瑜辗转反侧，姑娘的浅笑被刘瑜折叠在脑海中，不断地回放回放再回放，那个熟悉的地铁站，在他的脑海中一点点地重建还原，当时的一切，灯光、行人、轰鸣的地铁，这些都统统被定格被重构，刘瑜眼前不断出现那个姑娘，她温暖的气息，温暖的笑容，温暖的语言，一次又一次敲打着刘瑜的眼帘，一步又一步侵占着刘瑜的脑海。

刘瑜被这温暖簇拥着，毫无睡意。他突然想起一首诗，一首属于他现在的诗歌，只是诗歌是什么，他却怎么想也想不出来。

刘瑜干脆翻身下床，一下子没站稳，扭伤的脚踝处又是一阵剧痛，扯得刘瑜龇牙咧嘴，顾不上脚踝的扭伤，刘瑜打开电脑疯狂查找那首应该属于他的诗。

电脑屏幕反照在刘瑜的脸上，他一个字一个字地念着：

东风袅袅泛崇光，香雾空蒙月转廊。

只恐夜深花睡去，故烧高烛照红妆。

"只恐夜深花睡去，故烧高烛照红妆。只恐夜深花睡去，故烧高烛照红妆。"刘瑜一句一句掰碎了在嘴里细细嚼着，此时此刻，此情此景再无别的话能够形容。

那路灯，那笑容，甚至手上的创可贴，床头上放着的跌打喷雾，都在证明那个瞬间是真的，刘瑜垂头丧气，责怪自己当时笨嘴拙舌，只顾着脚踝的痛，却忘记了问姑娘的名字，更别提什么联系方式。

真希望有机会，还能再见见那个姑娘，起码对人家说一声谢谢，也许，也许还能请她吃顿饭，刘瑜暗自寻思着。

满脑子的回放，满脑子的如果，刘瑜彻夜未眠，顶着两个黑眼圈一瘸一拐地回到了往日的生活，挤地铁上班，挤地铁下班。

日子一切照旧，只是脚踝的刺痛和手掌上的伤不断提醒着他，那对待生活麻木不仁的外壳已经彻底摔碎。手掌上的伤，让刘瑜暂时忘记了工作，他放下手里的鼠标。站起身，用力地伸了个懒腰，几个深呼吸之后，刘瑜觉得整个人清爽了。

有时候，我们花了很长时间让自己变得从容，却分不清楚从容和麻木到底是如何区分，想到最后大概也是懂了，麻木是对生活的无望，而从容是从有情感开始。

刘瑜决定，高效完成工作，提早下班。

还是在昨天摔倒的地方，刘瑜不由得觉得脸上烫得发胀，他低着头想要快步走，却又在地铁站前硬生生地停住了脚步。

脚踝处的痛，撕拉着刘瑜，刘瑜停了下来，他不想再做只把头插在沙漠里的鸵鸟，逃避着这个世界的危险。在摔倒的地方站定，刘瑜看清那是一摊还未消融的春雪，雪冰混杂，才让他摔了跟头，吃了个大亏。

刘瑜向附近的环卫工人借来铲子，轻轻地将这春雪铲走，送到道路两旁的绿化带中，这是春雪最好的归宿。

向环卫工人道谢后，刘瑜规规矩矩地站在地铁口前，他也不知道自己为什么要站在这里，明明脚踝的淤青还未尽散，明明长时间站立很是难受。

刘瑜握紧拳头，掌心那因为汗水浸渍的有些脱胶的创可贴，依然还在手心固执地纠缠着，刘瑜有些舍不得将这创可贴撕下来换掉。大拇指无意识的，在掌心的创可贴粗糙的表面上摩挲着，此时刘瑜开始紧张，为什么会紧张，刘瑜说不好，却也隐隐知道。

路灯再次亮起，刘瑜看看手机，时间尚早，开春前后的黑夜，虽不像冬天那样不到五点大街小巷开始深深沉沉，但是阳光还是早早就消失了。

刘瑜擦了擦手心的汗，只觉得紧张得都有些口干舌燥了。

时间一秒一秒地过去，刘瑜在眼前川流不息的人群中观察着，寻找着。这是第一次，刘瑜用这种悠闲的、旁观者的角度，去看曾经的自己。有趣之后，是对自己浪费生命的惋惜。

人潮涌动，熙熙攘攘，就像是一条莫比乌斯状的河流，每天从这头到那头周而复始，循环不已。迫于生活的无奈追求梦想，梦想却又被生活碾得粉碎，生活的激情被这条河流席卷而走，留下了断垒供人休息。

姑娘像春风一样，唤醒了刘瑜已然失色的心田，破土而生是对新生活的渴望。

刘瑜在这条河流上下游不停地扫视，想要找到姑娘。如果找到她，我一定要谢谢她，刘瑜如是想。

不，不仅仅是谢谢她，我，我一定会有更多的话要对她说，刘瑜给自己暗暗鼓劲道。

我一定要问下她的名字，问她要个电话，如果可以，我想请她吃顿饭，和她聊聊天，她是多么善良的姑娘。

人海慢慢的被地铁这条贯穿整城的地下巨龙带走到各自的归宿，只留下刘瑜还在地铁口四处张望。

也许这就是缘分未到吧？

地铁口渐渐恢复了平静，与熙熙攘攘隔出了两个世界。

刘瑜没有等到姑娘的到来，他有些丧气，脚踝处的酸痛不时地提醒他，应该休息休息了。

坚持了半个月，温度回暖，阳气上升四万两千里，正天地之中，春分时节。阴阳各半，大概是古人为了提醒我们：平常心。

刘瑜还是没有碰见女孩，他没能"平常心"，这种流入心田里的美妙，没有任何杂质，美好的念头，让他不甘心。决定在周围走一走，寻一寻，找一找。

抬起头，深深地呼了一口气，星月灿烂，刘瑜不由得怅然但也有些轻松，能这样走走也是好的。

刘瑜漫无目的到处溜达，才发现，就在自己公司的附近，居然有这么多有趣的地方，各式各样的小摊旁边有个不大的公园。公园里，隐隐约约还有广场舞的音乐声传出，刘瑜听到这节拍，居然跟着哼了起来。

刘瑜被自己哼出的歌声逗乐了，很久没有这么快乐地笑出声音了。

看了会儿大妈们的广场舞，刘瑜还是不愿意回家，他在这座熟悉却又陌生的城市街头慢慢地走着。

他甚至喜欢上了这种有些散漫的感觉。

因为，这周围也有春风吹过。

刘瑜正在悠悠然地走着，没有发现有人从拐角处的小巷子里走出，两人撞了个满怀，刘瑜有心事，一个没站稳，就摔倒在地。

刘瑜旧伤未好又添新伤，对方将他扶了起来。

"你扭伤了？"一个低沉的男子声音，刘瑜有些怅然若失，他多希望那个如春风一样的姑娘能再次出现在眼前。

刘瑜向男人摆摆手，示意他没事，刘瑜皱着眉头，不知是脚踝疼还是心里难过。

"我的店就在前面，你这样子没法走远，先去我那里休息一会儿吧。"花先生说。

刘瑜连忙推辞，却又疼痛得难忍，还是被花先生搀扶着，一同前往了花先生的店。

店藏得很深，装饰却很古朴，是家花店，店铺里虽然都是花，却没有一点点商业操作的样子，与其说是店，不如说是个偷懒休憩的地方。

花先生将刘瑜引到案几旁，案几上还摆放着未完成的插花习作。花先生给刘瑜沏了杯花茶后，又从博古架上取下一包据说是他自己配制的药为刘瑜敷上，这才坐定，继续那未完成的插花。

刘瑜只觉得倍感无聊，想要告辞又不知道怎么开口，如同个闷口葫芦一般，静静坐着一言不发。

刘瑜觉得气氛尴尬，不知道说什么的时候，花先生突然开口问他。

"有些晚了，你脚扭伤了，还到处跑，怎么不早点回家休息？"

刘瑜眼前又浮现出姑娘的笑颜，脱口而出。

"因为春风。"

刘瑜说完，不由得哑然失笑，于是把半个多月前，偶遇那个好心姑娘的事情一股脑地全部告诉花先生。

花先生倾听着他的话，手上的动作却不停歇。也从不插话，只是不时点点头。

刘瑜讲完自己的故事，只觉得有些口渴，拿起茶杯一股脑地喝下去。

背后却有个清脆的声音响起："喂，喝鲜花冲的茶，可不能这么喝，你这是牛饮，简直糟蹋东西。花先生，我要的花您准备好了吗？"

刘瑜差点被这茶水噎在喉咙噎死，咳咳几声后，刘瑜脑中封存的场景突然重现，那姑娘的笑容，那姑娘的气息，那姑娘的声音，全部完完整整地还原在刘瑜眼前。

刘瑜错愕地回头望，那个姑娘就在他眼前，刘瑜一时间竟分辨不出，自己是醒着还是在梦里。

姑娘越走越近，刘瑜手心一片潮湿，是她，没错，刘瑜没有想到居然能在这里见到这个春风一样的姑娘。

刘瑜匆忙站起身来，他顾不得什么，也什么都顾不了。他只知道，他有话想要对她说。

"我叫刘瑜，谢谢你前些天帮我，我还没来得及问你的姓名……"

往往你刻意寻找的东西，却是很难寻到。缘分的到来，总是恰如其分，让你误以为这只是一种巧合。生命的美妙之处，可不就是这种种的巧合串连组成的吗？

案几上，花先生刚完成的那座黑山茶和白藤，在晶莹可爱的玻璃花器上静静舒展，如同夕阳下的春风，美丽而又温暖。

清明

初候　桐始华

二候　田鼠化为鴽

三候　虹始见

如往常一样，花先生打开窗户，一股凉风夹杂着飞洒的春雨穿堂而来，雨落在花先生的衣服上，不见湿痕，手一摸，凉凉的。

花先生抖了抖衣襟，合上窗户，独居幽堂内，案几上今日放着一张古琴，古琴约莫有些年头，桐木琴身因为经年的使用保养，在木色之中隐隐沁出些金属光泽更显得古朴。

花先生不急着坐下弹琴，信手在琴上轻轻抚过，琴声如水般荡漾开来，在静室中飘摇荡漾开来，余音袅袅，绕梁不绝。那原本每日遍尝芳华的妙手，今日却并没有与群芳为伍，手指在颜色古暗的琴弦上，浅尝辄止。

门外，春雨飘摇，帘内，琴声浅叹。

今天是清明节，温凉气静，万物皆显，也是祭祀祖辈的日子。

远行的游子即使在天涯海角，也会回乡扫墓，在祖辈的坟前掬一把新土，在坟头放上思念的白菊。

这愁雨绵绵，让思念更加浓郁。御风清扬，明明当春乃发之，却将本来藏在心中的一丝思念挑出，愁雨成丝穿起这点感怀，在乍暖还寒的风中飘荡摇曳，惹得来来往往的行人，肝肠寸断，魂牵梦萦。

门外悬挂着的那枚铜铃，也不似往日般轻盈可爱，沉闷闷的悬在门楣之上，有一搭没一搭地轻轻晃动着，却不发出半点声音。

一曲罢了，花先生起身走到窗前，打开窗子，望着窗外一帘飘摇的雨幕，有些湿润的空气顺着凉风习习涌入室内。

清明节，也是个小长假，人们按照传统，大多回乡祭祖了，街道上的人稀落得比往日少了很多。

花先生不禁想起，自己小时候，会跟随父母给祖先们上坟，在坟头摆上祖先们爱吃的水果点心，给坟头添些新土，有时候母亲还会说些体己话，就像祖先们在她面前一样。

此时，铃铛作响，花先生却并没有扭头去看，时间尚早，应该不会有人来，也许只是风在捣乱。

花先生自顾自的在窗边看雨听风。

脚步声却伴着渐渐回弱的铃铛声音，有气无力黏黏糊糊的在花先生耳朵中一顿一顿的显得格外刺耳。

花先生转头看到一中年男子带着身雨气从门外走来。

男子约莫四十来岁，仪表堂堂，衣着考究，然而却掩饰不住一脸倦容。他的脚上，还粘着些许淤泥，已经在门口混着雨水在地面上一点点泅出一团阴暗且慢慢扩大的水渍。

发觉花先生的目光在看着自己的脚底，男子低头看到自己脚下的污渍，不由得有些讪讪，连忙把手中那柄湿漉漉的黑伞合住，退出到门外，将伞小心翼翼地放在门外。又从包里取出纸巾，蹲下身仔仔细细地擦干净鞋子上的泥水，再次推门而入，男子弯下腰，准备要去擦地上的那摊水渍。

"不用了，一会儿我来收拾就好。"花先生温言道。

男子有些尴尬地说："实在是抱歉，我着急进来，本来没觉得雨这么大，没想到身上被雨淋湿了，脚上还粘了这么多泥，不好意思，把您这弄脏了。"

花先生示意无碍:"春雨如酥,润物无形,虽然看着无碍,走的时间久了,身上的雨气也会积累很重,不着急的话,不妨喝杯温酒暖暖身,驱驱寒气。"

花先生的话虽然温和,却带有不容置疑的力量,男子没有犹豫,点头称谢,跟着花先生于窗边入座。

花先生取来一个红泥小炉,一个小小的酒坛。酒坛上封泥还未取,花先生介绍说:"这是我自己酿的梅花酒。"

点燃红泥小炉中的炭火,一撮赤红火苗燃起,不时,一股淡淡的酒香夹杂着暖意在整个花店回荡,花香与酒香,居然没有因为混杂而改变,反而因为这微醺的感觉,堂内的花也开得更加浓艳。

火炉上的酒略略泛起一些莲花纹,花先生往酒中投了一些干花,干花在温酒的温润下,一个个在微红的酒液中慢慢舒展开来,仿佛拥有了第二次绽放的机会,所有的花都争先恐后迫不及待地绽放。

花先生将温好的酒,递给男子一杯。

男子搓搓手,接过陶杯,握在两掌之中,温度透过杯子温暖着他的手,花先生示意让他尝尝酒,男子一仰头,一杯酒便入喉。酒刚入肚,男子只觉得从舌尖到胃里,仿佛一条热热的毛巾敷过一般,暖意从内而外透出,春雨的湿冷也一扫而光。而一股芬芳也从丹田之处升腾而上,男子只觉得满口噙芳,酒香花气让男子精神为之一振,不再萎靡。

"请问您怎么称呼?"

"叫我花先生即可。"

"花先生,多谢您的款待,多有叨扰了。其实刚才,我是想去别的地方看看,无意中走到了您这里,还喝了您的酒。真是不好意思!"

借着那一杯酒的劲,男子才将误会向花先生吐露而出,花先生却看着窗外，手中把玩着那红泥小杯，偶尔凑到唇边轻轻抿上一口，也不急着一口喝掉，只有桌子上红泥小炉上的酒还在微微翻腾，花先生不说话，只是佐雨下酒。

一杯徐徐饮罢，花先生却不多言。只是为两人再次满上。

"没关系，你在这么多家店中，走进我这里，便是缘分，有缘之人喝杯薄酒而已，又何必多说什么。"

清明，风雨飘摇。两个人，一壶酒，各怀心事，相对无言。

几杯酒饮下，人也越来越放松。

花先生收拾了桌上残酒，回到常常插花所在的案几之前，静坐思索。

男子起身在店内四处走动，店内的各种陈设，无论是随处个点、师法自然的花草布置，还是其他各有机巧的小摆设，均让男子有些意外。

原本只是因为走错地方来到的这家花店，似乎在喝完那杯酒之后，才发觉这里的神秘之处。男子突然感觉自己是掉入了兔子洞的爱丽丝或者是被风吹到奥兹国的桃乐丝，虽然自己已经年纪不小，用一些小女孩来与自己比较不免有一些贻笑大方，然而，这突如其来的惊奇，竟然有些冲淡了清明悲雨绵绵的伤怀。

花先生斜坐端详着室内的花草，手指在案几上不紧不慢地敲击着。

人对花草有足够的礼敬和珍惜，花草也会对人做出呼应，与人的心灵交流。

男子趁着酒劲放松下来，不再像刚才那样拘谨。

"花先生，这地方是您自己的？"

男子随意问道。

花先生还是一动不动地看着各处的花草，心中很难断定到底今天用什么花，或许是因为这阴雨霏霏的清明，也影响了花先生平日里的决断。一时无法抉择，花先生皱皱眉头，用那原本可以去弹钢琴的修长指头，使劲在眉心捏了捏。

恍惚间花先生听到有人在跟他说话，定神一看，那个莫名无意间闯进来的男子好像在对他说些什么。

花先生有些愣神，男子有心想要提醒一下，却又觉得冒昧。

过了一会儿，花先生站起身，站在花草前看看，又低头闻闻花香。

男子对这家无意闯进的店，好奇心又加重了几分。这个略带神秘的花先生似乎与这个忙碌消费的世界格格不入，他身上有股能让人放松的气息，在这里，男子只觉得自己原本郁郁的心结开始因为那杯暖暖的酒，有所缓解。

"今天是清明节啊，国家的法定节假日，花先生您怎么没有出游？"男子问道。

花先生徘徊在花草中，还是挑不出合意的。听到男子的问话，随口答道。

"今天上山祭祖的人多，人来人往，在店里，亦是清净。"

"祭祖？"男子仔细咀嚼了这两个字，满嘴的苦涩。

"花先生，您说和我有缘，那么今天您是否愿意听一听有缘人的故事？"

男子将满嘴的苦涩吞咽了下去，张了张口，却不知道从何说起。

花先生为他倒了一杯茶，递给他。

"想不起来怎么说？随意就好。"

男子接过茶，喝了口，只觉得满心的苦涩被这茶香压住了一些。

男子开口说道："我这个朋友姓伍，叫伍霖，年龄差不多跟我一样大，现在看着混得还不错，其实好多人都不知道，他当年是怎么样的一个混小子。小时候也许因为家里还有点儿钱，每天就知道吃五喝六的，跟一群狐朋狗友整天浪荡，因为家里就这么一个小子，父母也对他有些溺爱，便不怎么管他，就任由他这么自己瞎造。"

男子似乎在思索着怎样继续下去，喝了一口茶，才发现自己的嗓子不知道是因为紧张还是其他原因，甚至有些嘶哑。

茶水略带苦涩的清香，划过喉咙，带来一股清凉，让男子得以收起太多情绪，回复平静。

男子捧着茶杯，茶杯传来的温度熨帖着他乱麻一团的心。

花先生依然在东找西找，皱起眉头的神情分外认真。

男子低声说："那年是个酷暑，伍霖还是照常不愿意早早回家，放暑假的日子如果在家窝着就太浪费了。那会儿不像现在，各种娱乐方式太多，那会儿就算有钱，也没有太多可以玩的。顶多就是吃吃喝喝，也不像现在这么方便，乘个飞机，坐个高铁，睡一觉，就到个地方。伍霖告诉我，他还记得那天，树上的知了总是叫个不停，热得他们几个朋友一起都扎猛子钻到河里躲清凉。只是现在想起来，那时候的蝉声，透着一股子寒气。"

男子顿了顿，打了个寒战，又喝了一口热茶，才继续道："就在那一声一声不断的蝉声中，几个人疯狂地喊着伍霖的名字，从水里钻出来的伍霖，身上的水还没擦干，稀里糊涂地就被拉走了。"

怔怔地望着案几，男子甚至有些机械式地说着："花先生，你知道吗？那年以后，伍霖再也不敢听到知了叫，就算是在大夏天，日头能把人烤掉一层油皮。伍霖只要听到那一声声蝉叫，只会觉得如坠冰窟，就算是三伏天，整个人都会冒冷汗。"

花先生不知道何时坐在了男子的对面，为男子手中添满热茶，朝着男子点点头。

男子手不由得攥紧了杯子，努力攫取着那一点点的温暖，好不容易才能继续开口。

"谢谢花先生，那我继续了？"

花先生点点头。

男子继续道："伍霖被匆忙带回家，看到乌泱乌泱的一群人，在自己家门口聚拢着，所有人都用同情的眼光看着他。他不知道为什么，但是那些目光却让他害怕，他不知道到底发生了什么，只听人群中有人喊着，伍霖回来了，伍霖回来了，赶紧让一下，伍霖看见，在大堂中，有人躺在那里。

伍霖的脑子嗡嗡作响，好像有千万只知了在耳边不停地喊叫。跌跌撞撞的伍霖往躺在地上的父亲身旁凑近。一旁静静流泪的母亲，表情已经木然，只是无声地流着眼泪。伍霖说，他不记得那天究竟发生了什么，只记得机械式地被人搀扶着，直到父亲下葬，当他听到那一声一声的泥土与棺材盖子碰撞发出的空空洞洞的响声，伍霖明白了，自己与父亲将永远的天人两隔。"

男子将杯子里冷掉的茶水端起，一仰头，一杯子冷茶全部灌入肚中。

花先生默不作声，给他杯子里添上新茶。

"孤儿寡母的生活本来就不好过，别人的帮助也不能当成理所当然，伍霖母亲原本是一个普通的家庭妇女，家里的收入全靠伍霖父亲，父亲走了，家中顿时举步维艰。伍霖母亲只得出去找工作，可是已经十余年没有怎么接触过社会的一个家庭妇女，工作对她来说未免太难，没有工作经验，也没有专业知识，能做的只有苦力。伍霖母亲为了补贴家用，同时打了好几份工，别人的工作都可以轮班，但是在伍霖母亲的日子里怎么会有休息这两个字。"

"没日没夜的工作，伍霖母亲一下子变老了很多，明明只有三十多岁，看上去却已经跟五十多岁没什么差别。没有时间顾惜容貌的消逝，只能趁着还年轻拼命去多做点工作，赚些钱。伍霖不忍心看母亲如此操劳，他甚至恨自己，为什么要去上学。作为一个男人，他应该早早就帮助母亲撑起这个家，而不是让母亲这么拼命。"

男子自顾自地笑了笑："是不是觉得这故事很幼稚？"

花先生摇摇头，并不多说什么。

"伍霖这么一想，当天就逃课，他听人说，工地上用不着什么学历，只要有力气，就能赚钱。伍霖就兴冲冲的去了，工地上什么时候都缺人，但是他啥都不会就只能被安排跟着一起搬砖，但是就算是搬砖也不是那么容易，从早到晚，没点技巧只靠年轻人的傻力气根本不行，伍霖咬牙干完一天，拿着赚的那点儿钱回到家里给母亲邀功。并宣称自己能够赚钱了，要退学赚钱养家，让母亲不用这么辛苦。

母亲却没有像伍霖想象中那么高兴，伍霖把钱塞到母亲手中，然后说他明天就去办理退学手续，以后他来赚钱养家，话音未落，母亲的巴掌就把他拍蒙了。他想要问母亲为什么，却已经看到母亲泪流满面。看到母亲流眼泪的瞬间，伍霖也看到了母亲对他的失望，自己能让母亲宽慰的事情其实并不是赚钱，而是读书。

伍霖本来就不笨，以前只是贪玩，可是现在他没有继续贪玩的理由，母亲那双绝望的眼睛逼迫他必须继续前行。终于，伍霖考上了心仪的大学，伍霖还记得那天，母亲带着自己去祭拜父亲，天上阴雨纷纷，母亲将伍霖的录取通知书取出来，一遍又一遍地擦拭着，就在父亲坟前，如果伍霖的父亲在天有灵，他一定会看到。"

花先生站起身，为男子满上一杯茶，终于选择了几束花和花器拿到案几上。男子乖觉地等待花先生入座。

"故事还有一点，我马上讲完，不耽误您吧？"男子小心翼翼地问道。

"不会，继续就好了。"花先生整理着花器答道。

男子闭着双眼，微微后仰，换了个舒服的姿势。

"后来，伍霖上学，原以为母亲终于能够歇口气，可是为了让他生活得好一点，母亲还是拼命地工作，伍霖毕业工作后，非常的忙碌，根本没有时间回去探望母亲。他总是想,再多赚一点点钱,就可以让母亲过上好一点的日子。他拼命加班,不放过任何机会。然而,他忘记了母亲早已老去,那么多年的辛苦,早已熬干了母亲本就不好的身体。等他终于见到母亲的时候,已经是母亲的病危之时,而那次见面成了他与母亲的最后一面。"

后脑靠在椅背上的男子,还是闭着眼,低声说:"花先生,您有没有觉得伍霖真的可恶,我以前不觉得,我现在却有些恨他。"

花老板半晌不回答,只是专注地侍弄着眼前新的插花。

只见,翠色竹筒上斜晃晃一只白色小花凝露而出,并无他物再多增色,只觉得小花虽然娇弱却有着无限的生命力,冲破这生活的重压而出。

男子睁开双眼,眼内红丝连片,看到花先生完成的这件作品,不由得有些错愕。

花先生温言道:"我想,那位母亲,并不会责怪自己的孩子,她的希望,就是孩子幸福,这大概就够了。你的故事很好,我也没有什么可以回报的,这兰花,就送给那位母亲,也算我作为晚辈的一点心意。"

男子接过小花,那小小白兰,娇弱却又强韧,捧着那花的男子,连连道谢。

无论欢乐或悲伤,花始终是人们的朋友。

窗外似乎有些放晴,男子起身告辞,刚出门,一阵寒风吹过,男子拉起衣服将小花藏入怀中,看着小花,男子想起母亲当年也是这样将自己护在怀中。

"妈,我知道你不介意,可是很多话都终是没法亲口再对你说了。"男子默默道。

时间,可以摧毁人的信念,也可以让人留下足够多的遗憾。

我们总是在想,有一天我会怎么样,我也要怎么样,可是却忽略了时光会溜走，我们也会力不从心。所爱的，要早点去爱，所追寻的，要早点去追寻，即便是一个微笑，或者一声问候，也要去亲身感受它。

店中，花先生回到后堂，也燃起一炷清香，香雾袅袅沉浮，在雨后泛起的半点阳光中盘旋。

谷雨

初候　萍始生

二候　鸣鸠拂其羽

三候　戴胜降于桑

周五，韩语彤和三个室友像往常一样在聚餐，她们坐在麦当劳靠窗户的位置，边吃汉堡边聊天，附近有所高中，不时有背着书包穿着校服的学生从窗前走过。

韩语彤说："好不容易熬出来了，高考前的紧张，我都不愿意回想。课桌上摆满了各种学习资料，每天题海战术，简直太恐怖了。"

"睡眠不足，又是夏天，经常低血糖。当时全班输液还坚持学习的报道，说的就是我们。你们要是仔细看那宣传照片，准能看见我。"室友刘萌一边喝汽水一边说，"进到教室都不敢说话，怕影响别人。坐在座位上发个呆，都得把笔拿到手上，要不然别人在埋头苦读，你在浪费时间，负罪感太重。"

何嘉瑶吃了一口汉堡，接着刘萌的话说："还是现在好，不用再复习，也不用穿校服，还能随便出来逛街。高中三年，我除了去书店都没逛过街，想买根笔，我妈都说，你看你的书，我去买。"

韩语彤刚准备给室友表述她们上高中时的情景，眼睛一瞥，看到一个熟悉的背影，牵着一个姑娘的手，两人有说有笑地从玻璃窗前走过。韩语彤愣了一下,她不确定,也觉得不可能,跟室友打了招呼,出去一探究竟。

韩语彤再回来时,何嘉瑶正绘声绘色描述高中早恋:"我对他有点好感,不确定人家对我的感觉,每天那个牵肠挂肚啊,偷偷看个琼瑶小说,羡慕女主人公,动不动就能有人咆哮着喊'我爱你',我就伤心地哭了,最悲惨莫过于我,不是剧中人物……"

李可也兴高采烈地说:"还记得小纸条吧?夹在书里,那忐忑不安,多希望他回复我一句'在我眼里,你最美'。"

"你写什么?"何嘉瑶问。

李可没开口,自己先乐了,说:"把你抽屉里存的面包借我吃一点。"

……

大家七嘴八舌,笑得前俯后仰,全然不顾周围人嫌弃的眼光,只有韩语彤默不作声。

"怎么了?"李可问韩语彤,"出去一趟,突然就魂不守舍的。"

"没什么。"韩语彤回答,她的表面很平静,内心却五味杂陈。

何嘉瑶摸了一下韩语彤的额头,说:"真没事吧?脸色这么不好。摸着也没发烧,你哪里不舒服?"

"我们一会儿别逛了,早点回去,语彤看着不太舒服。"李可提议。

韩语彤摇摇头,说:"真没事,你们逛你们的。"

说完,韩语彤又一次起身,说:"我先回去了。"然后迅速离开了室友们,一个人先往宿舍走。

一路上,韩语彤的手都攥得紧紧的,她确定,那个说"我爱你"的男孩已和自己擦肩而过。要不然,他为什么撒谎说自己忙社团活动,说自己要回趟家,明明他就在约会,牵着别的女孩的手,还给韩语彤编造各种借口。

"嘀嘀、嘀嘀……"背后响起汽车不耐烦的鸣笛声,韩语彤才缓过神。

"站在路中间发什么神经！"汽车司机骂骂咧咧地朝着韩语彤喊。

韩语彤本想道歉，心情不好，又被骂，直接转身对司机说了句："想碰瓷，怎么着！"

汽车司机骂了一句："神经病！"打了一把方向盘，绕开韩语彤，一脚油门踩得太狠，尾气喷了韩语彤一脸。

那属于她的私人微笑，已经移到了别人身上。那些关于他和她的美好记忆，就像昨天一样历历在目，只是今天，她的身边不再需要他，韩语彤对自己说："去你的彩虹，我有我的光彩。"

生活中遇到的问题并不一定一句话就能解决，韩语彤虽给了自己安慰，可是一想到他们之间的亲昵，她的内心还是很难过。

拿起手机，拨通他的电话。

手机屏幕上显示的还是那个昵称，怎么看都抹上了陌生。

电话理所当然的没有人接，过了一会儿，电话回了过来。

"在哪呢？"韩语彤问。

"陪我妈逛街呢。"电话那头说，"先不跟你聊了，晚上给你打电话，我妈试个衣服，我给参谋参谋。"

有些话，可以听，只是不能认真。

韩语彤说："你继续，问你妈好！"挂掉电话，韩语彤觉得，向别人问好容易，自己的悲伤却没法提及，虽然那句问好并不是出自真心实意。

已是晚春，温度回升加快，正是李白诗中"杨花落尽子规啼"的景色，树林已经成荫，鸟雀北飞，在天空中一阵阵欢快地鸣叫。

校园里有些香椿树，不少大妈大爷，拿个长杆在路灯下敲香椿，白天学生多，保安也看得紧，敲香椿只能在晚上。

韩语彤刚到宿舍，室友们也回来了。

推开门打开灯,看见韩语彤呆若木鸡地坐着,何嘉瑶就说:"我们担心你,吃完饭就赶紧回来了,怎么了?"

"我不想说,让我一个人静静。"韩语彤说着,眼圈就红了。

人是有感情的动物,怎么能决绝得不留痕迹。室友们看到了韩语彤的难过,大家轻手轻脚干着自己的事情,给韩语彤留出了思考的余地。

坐了一会儿,韩语彤下楼在对面的小卖部买了一瓶啤酒,她想给自己找一个可以哭的理由。

从不沾酒的韩语彤将啤酒一口气灌了下去,没过多久胃就开始翻江倒海,她想吐,把自己的悲伤都吐出去。

她还在意这个人,在意他们之间的感情。

在操场跑了几圈,坐在台阶上,等三三两两跑步散步的人群都离开,韩语彤看到了室友们朝她走来,抱住李可,韩语彤有气无力地说:"我失恋了。"

我以为我是最了解他的人,可是,有时我连自己的心都看不清,怎么了解他。

"这就是生活,聚了,散了,散了,聚了。"何嘉瑶说,"走,唱歌去,喊出来,你心里就好过了。"

KTV一到周末,人可真多。排队,等待,凌晨1点了,才给韩语彤四人腾出一个小包间。

室友让韩语彤点歌,韩语彤不推辞,一首萧亚轩的《类似爱情》唱得韩语彤哽咽:

心里有点急 也有点生气 你不要放弃行不行

我在过马路 你人在哪里 这条路希望跟你走下去

……

室友们没有安慰韩语彤,只是给韩语彤点歌,听韩语彤扯着嗓子吼:

死了都要爱 不淋漓尽致不痛快

感情多深 只有这样 才足够表白

……

听韩语彤断断续续念叨：

到底我该怎么说 你才真的明白我

这颗心 一直留在你心窝

只要和你在一起 还有什么不愿意 让我一生一世永远保护你

……

韩语彤的眼泪，室友都没有看到，即使看到，她们也很快转过头，哭，需要自己的空间。

韩语彤很坚定地捅破了天窗，她逼着自己放弃，可是内心还是有些不舍。

第一天，韩语彤在焦急中等待着，没有解释。

第二天，韩语彤被煎熬着，他没有出现。

第三天，韩语彤想去找他，告诉他，给他一个机会。可是，韩语彤是骄傲的，她用理智努力克制了自己。

一星期后，韩语彤还在期待短信，期待电话，她希望能有一个原谅他的解释，可是，都没有。

有时韩语彤躺在床上，目光呆滞地看着天花板，室友回来了，会给她打饭，会喊她起来，韩语彤没胃口，就说声"谢谢"，有胃口了，就跟舍友聊几句，聊天的话题不外乎对方的想法，他为什么这样，室友会给她分析，分析的过程不重要，重要的是大家有目共睹的结果。

可是，韩语彤希望在这分析中找到一丝慰藉。

有时，韩语彤也会逃课，一个人去图书馆看看书，或者在校园里走一走。

但是，她总也走不出那个人的影子。

韩语彤开始多愁善感，生活不规律，机械地上课，动不动就唉声叹气，很多时候，除了发呆就是发呆。

"语彤，你真的没事吗？"何嘉瑶关心地问韩语彤。

看着何嘉瑶忧心忡忡的样子，韩语彤说："没什么，我就是需要时间缓一缓。"

只要韩语彤想说，大家都会认真地聆听。韩语彤不多说，大家也不过多地询问，怕提到韩语彤的伤心处。

有几日，韩语彤不上课，不出门，不社交。起床了缓一缓，接着继续睡。

她觉得自己的状态很差，却提不起精神来改变这种状态。便将自己藏了起来，想等时间来疗伤。

一天，洗了把脸，抬头看见洗脸池上镜子中的自己，韩语彤吓了一跳。

镜中的女孩，蓬头垢面，双目无神，形如枯槁，韩语彤不敢相信那是自己，伸手摸摸自己的脸，光滑的皮肤都变得粗糙了。

韩语彤有点崩溃，一向自诩为美少女的自己怎么会成为这个样子？她不能忍受，也不想忍受，急匆匆地提着洗漱用品就去洗澡。

在澡堂里，热气氤氲，蒸腾的温度让韩语彤一直紧绷的身体似乎得以放松。在莲蓬头下，韩语彤拼命地搓洗着自己的身体，仰起头，任凭水流冲刷着自己的面孔，冲掉眼前的泡沫。

清洗后的韩语彤站在镜前吹头发，仔细端详着自己，曾以为自己足够勇敢，其实却一直都在逃避。

朝着镜中的自己咧嘴一笑，回宿舍的路上，阳光灿烂得令人羡慕，空气中都潜伏着草木的清香，韩语彤贪婪地吮吸着这久违的美好空气。

其实，好像也没有那么糟糕。

被阳光熨帖得周身暖暖的，韩语彤舒服地眯起了眼睛，这让她想起了小时候在奶奶家的那只肥肥的橘猫，总是在温暖的阳光下打着哈欠眯着眼睛。

肯定是小时候被传染了，韩语彤斩钉截铁地断言。

回到宿舍，换了身干净的衣服，坐了许久后韩语彤站了起来，窗外，太阳就要落山，一片漂亮的淡红慢慢在天空中晕染开来。渐渐地蔓延到整个玻璃之上，房间内透着一抹若有若无的红，就像是挂满水红色的纱帐一般，轻轻地晃动着，随着这晓风残阳晃动着，荡漾着，荡漾到韩语彤的眼中，也在韩语彤心中荡漾起一丝一抹的缠绵。

这景色，以前竟然没有留心过。

韩语彤换了鞋，冲出门去，她想要追着太阳奔跑，想要追逐，以前眼中只有他，现在，韩语彤想要看看那些被她忽略的世界。

"语彤，韩语彤，你干吗去？"刘萌和韩语彤撞了个满怀，放下手中的书急急忙忙就跟了上去。

刘萌想喊住韩语彤，可是韩语彤早已经跑得没影了。

何嘉瑶，李可也撞见了韩语彤，把手中的东西往宿舍一扔，赶紧同刘萌一起追了出去。

韩语彤追逐着那片被夕阳染红了的云，奔跑着。不知跑了多久，才开始放慢脚步。

这是校园外的一座小山包，周末会有人来踏青，平时也没什么人。韩语彤从口袋里掏出耳机，戴在耳朵上，放开了音乐，音乐声音不大，是久违了的旋律。韩语彤发现不知道什么时候，山上到处都开满了鲜花，空气中弥漫着被温暖春光足足熏蒸了一天的芬芳。

许久没有运动的韩语彤，停下脚步，累得瘫倒在草地上，顾不得地面脏还是不脏，只想将自己彻底放松在这天地之间。

没过多久，不远处传来窸窸窣窣的脚步声，韩语彤不由得有些紧张，以前道听途说的各种恐怖故事突如其来，妖魔鬼怪纷沓而至。

韩语彤顾不得美景，也感觉不到身体的疲惫，整个人就像实验室里被电的青蛙一样，蹬着腿就跳了起来。

"有鬼！救命啊！"韩语彤没命地喊叫着。

韩语彤只顾着喊，却没跑，她的眼前是一个神态悠闲的男子，背着光，看不清脸，只感觉到整个人清癯瘦高，那人肩上背着个竹筐。

趁着春色未尽，花先生来附近的小山里，想找点有野趣的花草和香椿。他虽然已经养了不少的花，却始终觉得在自然环境中长出来的花比人工饲育的花要更有气势，而且也更为自然。而且谷雨前后，正是北方采摘香椿的好时节。

不料，在这本来应该很少有人来的小山包，花先生居然碰到了韩语彤。

韩语彤战战兢兢地问："你是人还是鬼？"

花先生回答："人，别怕。天都快黑了，你一个人怎么还不回家？"

"我跑步跑得没力气了，想多休息一会儿。"韩语彤理直气壮地说，"没想到，这里还有人，吓死我了。"

花先生说："我只是来找些香椿。"

韩语彤："找香椿？"

"嗯。"

韩语彤的手机突然响起，接起电话，是几个室友急切的声音。

何嘉瑶喘着气说："语彤，你没事吧，你在哪里？刚才我们看你跑出去，都有些担心，跑出来又找不到你，给你打了十几个电话，一直无法接通，谢天谢地，你终于接电话了。"

韩语彤的鼻子酸酸的，不知道怎么回答才好。

"你在哪？待着别动，我们来找你。"何嘉瑶继续问。

韩语彤闷闷地点点头，却忘记电话那头根本看不见自己点头的样子。

说了自己的地点，挂了电话，韩语彤眼泪就下来了。她原以为只要跑得够快，眼泪才来不及流下来，只有跑得足够多，眼泪才能变成汗水，才不会被人看见。

却没想到她的一切，都被室友们看在眼里，在她的背后一直默默关心着她。

"你朋友？"花先生开口问道。

韩语彤重重地点点头："是的。"

继而又强调道："最重要的朋友。"

韩语彤的三个室友终于一脚深一脚浅地赶来。

刘萌和李可搀扶着何嘉瑶。

韩语彤问何嘉瑶怎么了。何嘉瑶说："刚才一脚踩空了，崴了一下，不过不要紧。"

三个室友累得够呛，何嘉瑶忍着痛坐在地上，李可气喘吁吁地说："你一个人最近经常出来，我们几个总怕你出事，就跟着你看看你到底怎么样了。你这段时间状态不好，我们也知道，但是不知道怎么劝你。有些事，你越在意，越适得其反。"

李可揽住韩语彤的胳膊说："以后我们一起散步，跑步，你一个人出来多危险，我们是同学，更是朋友，朋友是什么，是能够为你分担悲伤的人。"

韩语彤刚忍住的眼泪又下来了，抱住了室友的肩膀。

这种有人关心的感觉真好。

很多时候，你不顾一切地追求一个结果，却遗失了身边最重要的东西。

还好，一切都不晚。

"天色不早了，你们赶紧回吧。"花先生将采好的花和香椿放在竹筐里，准备离开。

韩语彤有些迟疑："可是，我朋友受伤了。"

花先生将手电筒调亮，低头看了看何嘉瑶的伤处，说："不碍事的，稍等下。"

四人看着花先生在花丛中四处寻觅，找来几棵花草，捣烂后将汁液细细地敷在何嘉瑶的伤口处。

花先生又把竹筐交给韩语彤，将受伤的何嘉瑶背了起来。

"我的店比较近，先去我那里休息一下，我店里的电话是××××××××，一会儿到了信号好的地方，你们可以联系朋友来接你们。"

韩语彤看着那被花草汁液涂过的地方，忧心忡忡地问："这样真的没事吗？"

花先生背起何嘉瑶缓步前行："没事的，这几味草药仅能清凉消肿，回头还是得再去医院检查一下才好。"

几人来到花先生的店里。

韩语彤也约好朋友来接她们，花先生为几个人倒了茶水，自顾自的开始分享今天的收获。

在店里看完一圈，韩语彤有些好奇地问花先生："您这里已经种了这么多花草，为什么还要去附近小山里找？"

"人是为了看到美好的事物而生的，是为了寻求感动才行走在漫长的旅途中，哪怕是一束花，也足以让人看到美好，足以让人因为它的绽放而感动。"

花先生一边回答韩语彤，一边整理着自己的收获，似乎有了新的想法。

"这些花都是我的朋友和伙伴，我并不是因为不喜欢它们才去找别的。而是，如果我的眼里只有它们，就很难发现更多的美。这个世界，每天都有人改变，每天都有事情改变，我们对待任何事物，都不能只盯着某一点。"

韩语彤喝着花先生自己炮制的花茶，只觉得满腹余芳。

她拿着茶杯，和自己的三个小伙伴坐在一起，四个茶杯轻轻地碰在了一起。

我们只有一颗心，为什么要选择承载忧伤而不是快乐呢？

"谢谢你们。"韩语彤说。

夏之妍

立夏

初候 　蝼蝈鸣

二候 　蚯蚓出

三候 　王瓜生

对于高中生来说，最苦恼莫过于夏天的来临。

无穷无尽的试卷，堆积如山的资料，浩浩荡荡的习题，无时无刻不在提醒着，高考就要来临，人生的选择即将开始。

教室内外，两个世界，窗外树荫浓郁，黄鹂欢叫。教室内，十年寒窗的学子，个个两耳不闻窗外事，一心只读圣贤书。

　　姜晨作为学生，并不例外，埋头苦读也是他的日常生活。

　　可是，姜晨还有一个属于自己的小秘密，这个秘密只有他自己知道，他不想对其他人提及。

　　姜晨还是学生，他害怕孤立，甚至恐惧孤立。他的秘密，或许会让同学对他另眼看待，所以，他必须独自坚守。

　　学生之间，总会有些拉帮结派，三五成群的朋友聊一些花边新闻，淡水话题，被孤立的感觉并没有那么酷，反而会成为这小小世界的最底层。

　　本就不出众的姜晨无论是长相还是学习都不讨人喜欢。

　　高中时候，最受欢迎的人，是学习超一流，无论什么都信手拈来，考试如入无人之地，这类人都是老师眼中的宝贝，有了诸位老师的加持，他们在学校里的地位无人能够撼动。

　　而另外的风云人物，就是各类校花校草，长相好有才艺，在青春荷尔蒙泛滥的校园，招招手就有着众多簇拥者。

　　可惜姜晨只是众多普普通通学生中的一员，对于这两类人他虽然羡慕可是并不嫉妒。他有着自己所守护的小秘密。有了这个小秘密，他就很开心，内向自卑的他甚至有些小小的雀跃欢欣，小小的窃喜。

　　每天回家的路上是姜晨最快乐的时光，不用在乎学校的学业压力，也不用听爸妈在耳旁的叮嘱，自己一个人骑着自行车，享受风擦着耳朵呼啸而过的快感。

　　停好自行车的姜晨，小心翼翼推开门。

　　门上悬挂的古铜铃在灯光下微微晃动，叮叮当当地在晚风中摇曳。

　　姜晨很喜欢这样的感觉，这一刻让他觉得生活仿佛不那么枯燥苍白，这铃铛声音好像能够点亮自己的生活一样，每次听到这个声音，他总会不由自主地眯着眼睛笑起来。

这家店是姜晨无意间发现的，店很深，却又有着足够的吸引力，仿佛有一股魔法召唤着他不由自主地找到它。

姜晨不知道老板叫什么，只是听店内的几名常客称呼他为花先生。

店里虽然不大，却古香古色的，几处顽石，数点草木，甚至还引了一道小小的水渠在室内缓缓而行。

不过，这些都不是姜晨喜欢这里的原因，姜晨喜欢这里，是因为他喜欢花先生的手艺。

姜晨喜欢花，是那种与生俱来的喜欢。

从他记事起，他便对各式各样的花花草草有着浓厚的兴趣，他喜欢花朵在自然状态下的各种姿态，无论是在阳光下灼灼其华，还是在风中摇曳生姿，是路边无名的小花，还是孤品自傲的名种，对于姜晨来说这些大自然的精灵们，能带给他不一样的世界。

只要是花，姜晨都发自肺腑的喜欢。

小时候，姜晨是幸福的，孩子的天真让他对于花的爱好可以尽情地宣泄释放，无论他种花养花还是画花，大人们都会对他加以称赞。

可是，长大以后，他发现一切都变了，对于他对花的这种狂热的爱，家人不再夸赞，态度上也不再支持。

姜晨记得，初中开学的第一天，站上讲台自我介绍，看着台下陌生的面孔，原本就生性羞涩的他，更是紧张得一句话也说不出来。

老师站在旁边问他："姜晨同学，你有什么爱好，给新同学介绍一下吧。"

姜晨根本不敢抬头看，那些陌生的目光让他胆怯，即使低着头，那些目光也仿佛能如影随形地扎着他。

耳朵脖子都已经烧得通红，本就不善言谈的姜晨，更加无措。

"姜晨，都是要和你一起学习三年的同学，不要害怕，不要紧张。"老师微笑地鼓励着姜晨。

攥紧的衣角都已经被汗水浸湿了一层又一层。姜晨恨不得把头倒挂在胸前，讲台下的同学只能看见他原本白皙的脖颈已经变得通红。

"我，我喜欢花……"姜晨说出了自己的爱好。

他突然觉得，如果有人能跟他一起分享花草之美，也是一件快乐的事情。第一次姜晨有了倾诉，表达自己的心愿。

可是，突然间，底下传来一阵嘲笑声。

"咋还跟个女孩一样，喜欢花，羞不羞！"

一个男生突然喊了出来，周围人哈哈大笑，姜晨却一点都笑不出来，他只觉得那笑声一下又一下的抽打着自己的脸，踩踏着他的心，那哈哈的声音分明是自己的心破碎的声音。姜晨突然很后悔自己站在了讲台上，这就像刑台，那些笑声，一刀一刀地割着他。

"这么胆小，肯定是个混入我们男生队伍的奸细。"

在姜晨耳边，又是一阵刺耳的笑声。

姜晨不知道自己是怎么回到座位上的，只是从那一刻开始，他不愿意再跟别人分享自己爱好，因为年幼，这些话说出来只会遍体鳞伤。

姜晨不想跟任何人分享自己的爱好，被嘲笑的经历，对方有心或者无意，都只要一次就够了。这一次已经足够让他在漫漫长夜里被那些笑声惊醒。

姜晨开始成为一个普普通通的学生，没有爱好，没有天赋，就是大写的两个字普通。性格也内向到被同学们忘记的状态。

自从姜晨无意间发现了这家四季花店，他就像找到了自己的乐土。花先生对于他这个不速之客并没有太多的在意，而这份不在意甚至让姜晨觉得有些窃喜。姜晨总觉得自己可能是个多余的人，如果不被人发现，不被人过多的在意就更好。也许是初中那次被嘲笑让姜晨心中有了阴影，在注视自己的目光下，姜晨总是很难保持一个平静的心。

店内的东西都没有价格，这让姜晨倍感奇怪，而到店里来的顾客也似乎很懂规矩，并不趾高气扬的来购买，在花先生这里，他们就像偷得浮生半日闲。即使给钱，花先生也从来不勉强，任由他们把钱塞到门前的那个可爱的招财猫里。

姜晨心中暗自琢磨，像花先生这样经营一家花店是否会赚钱。可是看花先生的样子，他追求的应该并不是金钱，而是精神上的享受。

坐在角落的姜晨，每次看到花先生插花，总是会有惊喜。他喜欢看花先生的作品，每一个作品，都如同自然造物一般，散发着它最本质的魅力。

因为喜欢花，姜晨也偷偷去好多花店看过，然而让姜晨失望的是，大部分人都只是停留在对于花本身的色彩香味这些感觉上，花团锦簇固然很美，但这并不是姜晨最初爱上花的意义，他一直寻觅的是花本身的自然魅力。

那种发乎生命本真的美，不因颜色、气味、花型等外在的东西所评判，它就是它，不是花团锦簇里的一朵，而是独领风骚的占据这一枝独秀的美。

只是姜晨在四季花店的时间不能太久，而且花先生并不总在插花，他也会喝茶聊天、看书读报、听音乐哼小曲。

只要能偶尔碰到花先生插花，对姜晨来说，那都是他枯燥生活中为数不多的亮色。遇到花先生来了兴致，在寻找合适的花与花器的时候，姜晨总是会用手机拍下来，能够遇到这样懂得将花本质的美展示出来的人很少，所以姜晨珍惜每一次来四季花店的机会。

姜晨不敢开口说话，他始终担心自己一旦说话可能就会被赶出去花店，但是他依然很努力地观察着、学习着。

他珍惜这些学习的机会，感激花先生，即使他每次什么都不买，很愧疚地在那只招财猫里面塞上一点自己仅有的零花钱，可是，花先生依然会送给他一株时令小花。并且每每他到来，都会有一杯热茶。

这样的待遇对于姜晨来说，就已经弥足珍贵了。

第一次，他觉得自己想要去做些什么，他想要成为像花先生这样的人，能够将自己所爱尽情展现，让这些美好在他手下能够变得更好。

不知不觉时间飞快过去，今天来的客人并不多，花先生从山里采摘的青桃，成为今天案几上的明星。

青桃个头都不是很大，约莫比寻常的龙眼能大点，但是也很有限。

将还沾着水滴的青桃，连叶子稍作修饰，便斜斜的插入到一个阔口细白瓷瓶中，碧叶青桃在花先生的剪刀下，去掉一些繁杂的枝叶，整个青桃宛如在白瓷上有了新的生机一般，青桃清新可人，白瓷洁净如雪。

看到花先生插花用到的居然是果子，姜晨有些意外，为什么花先生不用花去做点缀，而是用了还未成熟的青桃？

姜晨心中有种奇怪的感觉，是因为觉得花先生没有用花，不展示花的魅力吗？姜晨自己也很纳闷，但是那素瓶碧桃，却也是十分动人。在这个夏季炎热的空气中，将山中的一丝清凉之气带到了这四季花店中。

只是这算不算对花的背叛？

姜晨心里也没有答案，只是在回家的路上默默地想着这个问题。

"怎么今天回来这么晚？"已经做好饭菜的父母问道。

"哦，在学校多做了一会儿功课，没事。"姜晨满脑子都是青桃与花的事情，随口扯了个谎搪塞父母，自己还在心中琢磨着。

回到自己的房间，姜晨从书包里掏出自己的珍藏，那里有他这些年对于花的想象，也是他梦开始的地方，是属于他一个人的秘密花园。

在最新的一页上，姜晨却无从下笔，原本他会按照习惯，将每次去花先生那里所见到的插花作品凭借记忆一点点儿临摹在本子上，可是今天姜晨莫名的有些烦躁。

匆匆画了几笔之后，姜晨丢掉手中的笔，重重地躺到床上。他以为花先生和他一样都是能够真正了解到花本质的人，可是花先生今天用的却是果实。

姜晨的心里有些害怕，好不容易遇到花先生，花先生对于花的技艺和态度，让姜晨觉得他有了指引者。

可是，姜晨现在却认为，花先生与自己想要成为的人还是有所差别。

夜深，姜晨却一夜无眠。

本来只是一件小小的事情，然而姜晨却一直放不下。整夜姜晨都辗转反侧，那株碧桃，带着山中的露水，频频在他脑海里浮现。

第二天，顶着两个硕大的黑眼圈，姜晨在眼镜遮盖下努力掩饰着自己一夜的疲惫。他还是纠结于花与果的问题。

姜晨自己都不觉得，已经陷入了一个怪圈当中，多年的压抑和掩饰，让他对花的看法过于执拗，对姜晨而言，这个爱好藏得太深，影响太大，已经成为了他最大的执念，他不容许别人破坏他对于花一丝一毫的想象。

藏得越深，执念越重。

姜晨没发现自己对于花的爱好，已经有些偏颇，身在其中而不自知。

疲惫不堪的姜晨终是熬不过瞌睡，虽然他竭力控制自己，让自己不要睡过去，清凉油擦得太多，周围的同学刺得眼泪直流，姜晨自己却还是不受控制地哈欠连天。

"只睡一小会儿，就只是一小会儿。"姜晨实在熬不住了，自己宽慰自己说道。刚刚放弃抵抗的姜晨，披着校服，头刚挨到桌子上就已经睡着了。

不知何时醒来，姜晨像往常一样来到四季花店，只是这天姜晨却觉得并不轻快，他甚至犹豫着到底要不要去。

已经走到门前，手在触及到门的那一瞬间，姜晨还在犹豫要不要推开，咬咬牙还是推开走了进去。

店里和往常一样，姜晨想要去往常自己的位置。却发现那个座位已经有人入座，环顾一圈，姜晨发现店里弥漫着一种怪怪的气氛，所有人似乎都盯着他看，这让姜晨很惶恐，因为那是他熟悉的被嘲笑的感觉。

他又记起了初中时，站在讲台上，说出自己的爱好。那些嘲弄的目光，姜晨不用看，也知道就像飞刀一般。

姜晨不知道发生了什么，为什么这个原本对于他来说就是现世伊甸园的地方，一下子变得全都不一样了？

花先生在那里站着，看着他，眼神冷冷的，就像看穿了姜晨。

姜晨拼命地摇着头，惶恐不安地说："我只是……"

姜晨想解释，可是他突然开不了口，发不了声音，只有嘴唇在颤抖，不断地摇头，挣扎。

耳边传来一阵一阵的笑声，这让姜晨如坠深渊。那声音很熟悉，怎么会是自己班的同学？

"哈哈哈，这小子，还有这种爱好？"

"拿来，拿来，我看看。"

"小心点儿，别给人弄坏了，他一会儿翘着兰花指，用小拳拳捶你胸口，你怎么办？"

"哦，别说了，再说我要吐了。"

几个男生在姜晨面前放声大笑，一边笑还一边看着姜晨。

恍恍惚惚的姜晨以为自己在花店，清醒过来才发觉自己还在教室，刚才只是虚惊一场。

那几个男生对他指指点点，这让姜晨很不安，他不知道为什么。不记得自己睡了多久，刚才那个是梦吗？应该是的，四季花店不会那样。

姜晨如是想。

看了看表，姜晨才发现自己居然已经睡过一个自习，已经是休息时间。准备收拾收拾东西离开，这次他要鼓起勇气开口问问花先生。至少总比自己瞎琢磨，一整天的胡思乱想要好。

当姜晨准备收拾东西离开的时候，他发现那个珍藏的册子不见了。

他明明记得，放在书包里的，不对，可能自己还想着碧桃的问题，又很瞌睡，自己的记录本忘记收起来，记录本到底在哪里？

姜晨疯狂地寻找着自己的本子，那是他最大的秘密，是他最不愿意让人看见的东西。姜晨只觉得血往脑子上冲，大脑高速紧张地收缩着。

终于，他看到了那个本子，就在那几个男生手里。姜晨看着本子被抛起来又落下去，他的眼睛也跟着本子一上一下，就像那是他的心，被这样抛来抛去。

姜晨能听见自己的牙齿在嘴里咯嘣咯嘣地打架，碰撞的声音，在姜晨耳边轰鸣不已。

姜晨咬着嘴唇，努力控制着身体不继续颤抖，一步一步地走到那几个男生面前。

"把我的东西还给我！"

姜晨声音一出口，自己也被吓了一跳，声音低沉得发闷，嘶哑难听。

为首的男生不满姜晨的态度。

"小子，你什么态度？一个大男人，跟个小女生一样，还夹着这么多花花草草，还带到学校来，真恶心。"

姜晨不说话，直接上手去抢，只是他一个人身单力弱，双拳怎么抵得过四手，姜晨被牢牢地按住，而他最心爱的本子，也被撕成碎片，一片一片地掉在姜晨的眼前。

姜晨眼前一黑，朝着那几个人不要命地厮打着。

几个人看到姜晨这样，却是有些害怕，在把姜晨打翻在地后，放狠话说："这次就先饶过你。"

姜晨却不管不顾，坐在地上顾不得身上的伤，想将已经撕成碎片的本子捡起来，可是，碎片都被地上的污水弄脏，失去了本来的模样。

姜晨看着破碎的本子，自己也像被撕成了碎片，浑身疼痛。

推着单车，姜晨不愿意回家，他不知道自己这一身的伤痕怎么去跟父母解释，漫无目的地走着，姜晨又来到了四季花店的门前。

门前的铃铛，在夏风中晃动着，洒落在空气里细细碎碎的铃声。

他愣在门口不敢进去，有人却在背后喊住他。

"怎么不进去？"

一个温柔的姐姐，姜晨隐约记得，这个姐姐是附近大学的大学生，叫韩语彤。

还没等姜晨回答，韩语彤便推开门，示意他一起进来。

姜晨身上的伤痕，在室内的灯光下尤其明显。

花先生默默地递给他一块干净的毛巾和一罐药膏。

"你先擦擦吧，伤口万一感染就不好了。这是我自己配的药，有些效果，你试试。"

热毛巾敷在脸上，暖暖的熨帖着姜晨的心。

待姜晨上好药后，韩语彤问他怎么受的伤，也许是因为被店内的温暖气氛所感染，也许是因为这让人舒服缓压的花香，姜晨将自己的事情一吐为快。

花先生却不说话，只是手指有一搭没一搭的在案几旁一声声地扣着。

姜晨突然问花先生："花先生，您这是花店，为什么要插果实？"

"如果没有花哪里来的果？"

花先生并不多说，只是说了一句："我想让我的作品能在时间上有所表示，花是开始，果是完成，看到果，就能想象到那花，当时是怎么一种灿烂绽放，才能孕育出这生命来。"

姜晨似懂非懂，但是有一点他很明确，他想要跟花先生学习这展示自然之美的技艺。

姜晨有些不好意思，扭扭捏捏对花先生说出自己想跟花先生学习花道的想法。

花先生看看他，许久不说话，姜晨有些紧张，自己肯定是要被拒绝了。

花先生慢条斯理地对姜晨说："可以，我的条件只有一个，你要全身心投入，现在就要退学。不然，就不用再提了。"

姜晨犹豫了，父母含辛茹苦，多希望他能考个好大学，找个好工作，如果为了跟花先生学习而辍学，那么父母怎么办……

花先生摆摆手："你回家好好想想。那边的碧桃送给你，不管你做出什么选择，都会结出一个果。"

姜晨想了一夜，当太阳升起，清晨第一缕阳光照射进来的时候，床上的碧桃翠绿可爱，姜晨想起花先生说的，看到果实，是为了体会当时花在枝头拼命绽放的美，如果没有花，怎么会有果？姜晨知道，自己想要怎么样的果，他想要为人们大方展示花这种大自然的魅力，这是他想要的结果，什么样的花，才能长出这样的果？姜晨的目光，从未如此坚定。

"我会和父母解释一切，花先生，请你，教我学习插花吧！"这是姜晨见到花先生说的第一句话。

花先生直视着男孩，过了几分钟，花先生笑了，满意地点点头，说："很好，你通过了考验。"

姜晨不明白花先生所说的考验是什么含义，直到花先生带领男孩进入里屋，他的父母正坐在那里，就像等待男孩的到来一样。

姜晨太惊讶了，说："这，这是怎么回事？"

花先生和男孩的父母互视了一眼，解释道："我跟你父母已经商量过了，这只是对你的一个小小考验，看看你对学习花道决心如何。你要继续读书，花谢了，相约明年的今日还会再开，你错过上学的时间，就再也没有了，即便有，也不是你想的模样。只要你有闲暇时间，四季花店的门永远为你敞开。"

想要全身心钻研自己的喜好就必须真诚面对当下的生活与生命。人唯有在心智上克服自身的不完全，才能对真正的美有所认识。生命与艺术的蓬勃生气，源自于它们具有成长的可能性。

姜晨看着父母和花先生，突然有些鼻子痒痒，有些不好意思的他扭过头向三人道谢。

生活就是不断寻找自我的过程，我们努力地向上，不仅是让世界看到我们，更是为了让自己看到世界。当我们一步一个脚印往前走时，就会发现，生活中的每一点进步，都在让我们的人生变得辽阔。

在四季花店，面对着眼前的白瓷，姜晨也学花先生那样，选择了一只挂着青果的桃枝。青桃翠碧婉莹，看起来就很清爽，在这夏日暑气炎炎的气候里，与白瓷一道，就像一堆青涩的少男少女，虽然现在还懵懂无知，可是，这就是青春的美好吧。

姜晨，用剪刀剪下一只青桃，放在嘴里，轻咬一口，又急忙吐出来。

酸涩得可怕，可是，在姜晨眼里，这青桃，却又回味无穷。

小满

初候　苦菜秀

二候　靡草死

三候　麦秋至

夜色深沉，如同醉酒，越晚只会让人越上瘾。

很多人喜欢夜色，夜晚，透着一种神秘的诱惑，就连夜晚的花，也都带着一种欲拒还迎的禁欲感，无论是睡莲还是晚香玉，一袭白衣悄悄隐藏在茫茫夜色中，只有那抹幽香，还在若有若无地撩拨着靠近它们的人，情也罢，欲也好，夜晚总是会给人带来更多的幻想，更多的神秘。

在四季花店，花先生送走每一位店里的客人，无论是喜欢百合的赵文琪还是醉心花道的姜晨，他们走后，花先生总会自己再静静地端坐冥想一会儿，这段时间，只属于他自己。

这属于他的夜色，对于花先生来说，不需要太多，只需要静静的沉思就已经很好了。

不知道从哪里寻觅出来的一支经筒，看起来颇有些年头，斑斑点点的都是泥土浸染过的痕迹，通体就散发着一种陈旧的味道。

花先生用洁白的棉布，小心翼翼将这个经筒捧着，平平稳稳地安放在案几上，几百年的历史，一瞬间在这个夜晚纷沓而至。花先生注视着经筒，虔诚得一如百年前那个青灯黄卷下的僧人。

这样的经筒应该配什么才合适？花先生仔细端详着那沾满一身时间灰烬的经筒，想象着它穿越过百年的时空，见识过百年的夜色，到底能在自己手中发挥出怎么样的光彩？

而在这夜色中，多的是酒酣饭饱的人，少的却是志趣相投的事。

成喆是喜欢这夜色的，黑色，遮掩了一切，包括他的疲惫和无奈。特别是在工作之后，每天疲于应对各种事务，奔波于各种应酬，成喆努力做到游刃有余。

这样的生活已经过了很久，成喆每每想起总会感慨万千。当年还是个年轻小伙子的他，只身来到这个城市，虽然周围人都称赞他长相很帅气，可是对于工作而言，并没有什么优势，所有的一切都要靠自己一个人打拼。

这十几年来，成喆经历了很多，从一个什么都不懂的毛头小子成长到现在，似乎什么都不缺，有房、有车、娇儿美妻，在别人眼中，他是幸运的。

如鱼饮水冷暖自知，走到今天这一步，只有成喆知道自己有多辛苦，他已经不记得自己有多少次是抱着马桶狂吐一番，稍加整理后又回到那灯红酒绿的名利场中，带着职业化亲和的微笑，与每一位未来可能有希望达成合作的人又开始杯盏交错。

熬过了那么多年，终于熬到了现在，成喆有些满意，却又不太满意。

他的事业现在正处于上升期，每天忙碌不堪，回家，他觉得更疲惫。

是不是睡了一觉又醒了？

忙的目的是为了：享受生活，回报父母，满足家庭，扶助孩子。

忙的结果往往是：辜负了生活，远离了父母，冷落了家庭，疏离了孩子。

刚刚结束的酒宴上，成喆又达成了新的业务，原本是件让人开心的事情，只是在席间妻子打来了电话，在原本相谈甚欢的酒席间，出现了一些杂音。

他不好意思地挂掉电话，关掉手机，然后自罚三杯向席中的各位赔罪道歉。心中对于妻子不免有些责怪。

代驾送他到家门口,他却不愿意回家,等到代驾离开后,他打开音响,放倒座位,舒舒服服地躺了下来。只有这个时候,生活好像才是完全属于自己的。

成喆躺着,在黑暗的车里,只有赤红的烟头,随着呼吸在黑暗中明灭。

他喜欢这样的感觉,这时候他随着吞吐的每一口烟,觉得这才是属于自己的时刻。

白天,在公司带着的面具兢兢业业,阳奉阴违,面子上迎来送往,背后里尔虞我诈。

下了班迈步进屋,自己就是儿子、是丈夫、是父亲。面对的是一家老小,面对的是柴米油盐酱醋茶。

只有在下班后的这个时候才是真正的自己,躺着车里安静也好,抽烟也好,随便地听着电台也好,成喆都是轻松的。

车里车外,好像两个世界,只是区别在于别人的世界和自己的世界。

下了车就是这个世界的一个人了,在车上,自己就是一个世界,哪怕只有一根烟的时间。

车内,烟雾缭绕,烟头的光随着呼吸律动而明暗,成喆英俊的面孔在烟火中竟然有种莫名的魅力。一种孤独的感觉,那一刻,成喆好像还是那个一脸倔强的孩子。

只是烟终归有抽干净的时候,成喆深深地吸了最后一口,仰着头,吹出一个个白色的烟圈。收拾好车内的一切,打开车门的那一瞬间,成喆如同从仙界被打落凡间一般,一个哆嗦整个人又变得疲惫不堪。

初夏的风,带着些许温度,瞬间把车内这个烟雾营造的虚假仙境摧毁得荡然无存。

成喆关好车门,只觉得酒劲又有点儿上来。暖风熏得整个人晕晕乎乎,脚底下打着滑一步一步的慢慢扭回家。

刚进家门，成喆就听到妻子的念叨声，不由得有些头痛。他用手扶着额头，假装酒意未消，偷摸溜到卫生间，坐在马桶上才感觉缓过一些力气来。

客厅里妻子还在念叨着什么，有些醉酒的成喆听不大清楚。他也不是很想听清楚，穿着裤子坐在马桶盖上，成喆掏出手机，想起因为妻子的电话，自己给人道歉又陪酒。成喆只觉得今天的酒喝得略微有些多，特别容易引起回忆。

成喆的妻子，名叫吴欣妍，年轻时候也是个极出色的美人。那时候两人也是有名的神仙眷侣，男的帅，女的美，本来吴欣妍家庭很好，也有着不错的工作。吴欣妍家人说，欣妍就是被成喆迷了心窍，才会抛弃一切跟这样一个穷小子在一起，跟家里撕破脸彻底决裂，吴欣妍也毫不犹豫。

有了孩子，为了成喆能够在事业上更好的发展，吴欣妍决定辞职，放弃自己的工作，放弃了本来大好的职业发展。她想让成喆做他自己想做的事情，而她愿意做他背后那个女人。

吴欣妍从此洗尽铅华呈素姿，原本在家十指不沾阳春水的娇娇女，为了自己的爱人，也为了这个家，所有的事情她都从一点一滴做起。

从一开始的黑暗料理，到现在能烧出一桌子好菜，看着妻子吴欣妍手上的伤痕，成喆心中也有愧疚。妻子为自己做到了这一步，自己还能奢求什么呢？

只是，他逐渐发现，自己和妻子没有了共同的话题，他也寻思过这个问题的核心是什么，可是没有什么有用的答案。

他觉得吴欣妍常常会因为一些莫名其妙的事情跟他闹，可是对于吴欣妍来说，她只觉得成喆已经对她没有了当初的爱意。

成喆觉得很冤枉，吴欣妍当然也觉得自己很冤枉。爱情里面本来就难分高下对错，更何况在家庭里，讨论谁付出多，谁付出少更是个永恒且没有结论的话题。

成喆缓过神来，吴欣妍还在外面絮絮叨叨，电视的声音也压不住那仿若咒语一样的呢喃，想想儿子还在外面，成喆决定打开手机，最后再享受几分钟自己的时间，然后就去陪陪自己的宝贝儿子。

如果到时候吴欣妍要和他闹脾气，他也认了，他自觉亏欠吴欣妍，可是他还不是为了这个家吗，况且，他不是在努力赚钱地去养家吗，这不是吴欣妍也想要的，难道有什么错？

手机开机后，一连串的短信提示，成喆苦笑一声，不用看他也知道，这是吴欣妍给他打电话的短信提示音。

不知道什么时候起，吴欣妍也变得和其他的女人一样，喜欢用夺命连环呼来追踪自己的男人。成喆不觉有些悲哀，为自己或者也为吴欣妍，他们似乎变得都不是以前的他们了。生活改变了他们，还是时间改变了他们？

扭开水龙头的成喆用冷水激激脸，妄图凭借冷水的刺激让自己恢复状态。他一边甩着手上的水渍，一边走出去。

"别甩水，多大人了怎么还跟小宝一样。"看到成喆甩手的动作，正在低头逗弄儿子小宝，喂小宝吃饭的吴欣妍连声说道。

刚刚调整过来心情的成喆，不觉又有些气恼，却又不好发作，当着儿子的面只能强行将这口气咽下去。

儿子小宝却不理会这些，两手一挥一挥地说着："爸爸抱，我要爸爸抱抱。"

乐呵呵的成喆凑过来抱着儿子小宝，用自己的脸磨蹭着儿子娇嫩的皮肤，父子俩脸贴在一起。

此情此景，吴欣妍看着，心中顿时觉得很满足。

而对于成喆也是，在与儿子脸贴脸的时候，成喆感受着儿子小脸的温度，有种血脉相连的感觉，这种感觉很微妙，也许这就是血脉相承的力量吧。

夫妻两人在互不知情的情况下，却有着同样的心思，他们爱这个家，都在拼尽自己的全力去照顾自己的家，这份心意，两个人却是没有任何区别的。

成喆和儿子小宝嬉戏玩闹的时候，吴欣妍也不再絮絮叨叨，其实有时候吴欣妍也不知道自己为什么成为现在这个样子。

她恐慌、焦躁，每天送走丈夫和儿子，只留下她一个人在这个空荡荡的房子里时，她一边做着家务，一边在想着为什么自己现在是这个样子。

自己逐渐成为自己最不喜欢的样子，这一点对于吴欣妍来说，才是最可怕的事情。

看着父子俩开心的样子，吴欣妍一瞬间又觉得自己的付出是值得的，这个男人，这个孩子是值得她付出一生来守护的。

"爸爸，我想要你明天来接我？"小宝抱着成喆的脖子，认真地对他说着。

成喆笑着说："怎么，这么大了还离不开爸爸啊？"

小宝却认真地说："不是的，我想让他们看看，我有爸爸。"

成喆却觉得有些好笑："傻孩子，说什么呢，爸爸不就在这里嘛。"

小宝却有些不开心地说："可是其他同学的爸爸都来接过他们，就你一直没来，他们都不相信我的爸爸长得跟明星一样，都说我是骗子，说我没有爸爸。"

成喆听完，一时无语。

吴欣妍柔声说着："要不，你明天抽点时间，就去接一下儿子？"

成喆正准备答应，手机电话又突然响起，成喆有些无奈地放下儿子，朝着吴欣妍抱歉地笑笑，接起了电话。

"好，好，刘总，这笔生意咱们就定了，明天中午一起去庆祝一下，好好喝几杯，叙叙旧，希望咱们合作愉快。"电话里是成喆期望已久的一个大单子，但是一直进度缓慢，原本成喆已经放弃了希望，只是凭借着职业素养来对待，不料就在今天晚上却有了好消息，成喆被喜悦渲染得有些忘乎所以，声调高了好几倍。

挂掉电话，成喆兴奋地握拳挥掌。

吴欣妍却有些不开心："明天不是说要去接儿子的吗，怎么又要变卦？"

成喆说："工作嘛，我能怎么样？这是没有办法的事情。"

成喆转头对儿子说："小宝乖，爸爸给你买个你最喜欢的那个赛车玩具。"

儿子小宝不说话，闷闷不乐地嘟起了小嘴。

夜晚，吴欣妍却无法入睡，明明自己的爱人就在身边躺着，可是为什么，自己却有一种孤枕难眠的感觉。

侧过来，看着丈夫成喆的侧脸，岁月没有让他变成一个油腻的中年男人，反而让他更加成熟。

吴欣妍知道自己爱着这个男人，从年轻时候，到现在一直没有变过，可是这个男人他爱自己吗？

当年应该是爱的，只是现在，吴欣妍不敢确定这份感情在被雨打风吹之后到底还能剩下多少？

今天，其实是两个人相识的那天，是他们的纪念日，吴欣妍本来想让成喆早点回家，可是成喆不但没有接电话，反倒关机。

吴欣妍知道工作重要，也不再去打扰，可是回到家的成喆好像完全忘记了这个事情，吴欣妍也不愿意再提，有些东西是不能强求的。俗话说得好，强扭的瓜不甜，这个道理，吴欣妍自然是懂的，她也不愿意因为这些事情闹得大家不愉快，但是，吴欣妍知道这不是第一次，也不会是最后一次，自己能坚持多久，谁也不知道。

夜越发地深，不知道有多少个这样的未眠人在想着自己的事情。

第二天，成喆没有吃早饭，起床洗漱完，就对妻子吴欣妍说："老婆，今天我回来不会早，你接了儿子放学，给他烧点好吃的，孩子学习不光耗脑力也耗体力。"

吴欣妍并未应答，她已经习惯丈夫每日穿梭在生意和应酬中的忙碌。听到丈夫出去关门的声音，她鼻子突然有些酸。如今丈夫的事业如日中天，也小有成就了。她嫁给丈夫时，丈夫还在创业阶段，生意惨淡，前路坎坷，要钱没钱，要房没房。她之所以嫁给他，是因为丈夫从内心爱着她，宠着她，即便再辛苦，他也舍不得妻子吴欣妍下厨房，只要有空他都会变着花样给妻子吴欣妍做好吃的。丈夫花在自己身上的开销屈指可数，却在每个节日都记得给妻子吴欣妍送花买礼物，丈夫身体力行细心地呵护着自己，吴欣妍看在眼里，记在心上，夫妻感情愈来愈浓。

只是现在，那些日子好像一去不复返，他不记得，也不知道了。

吴欣妍送走儿子，心情一落千丈，她想着成喆，想着这个她爱着的男人。

眼里还有泪水，已经模糊了她的眼睛，她拿着手机，给成喆发了一条信息，能不能今天给我买一束花？

信息发出后，吴欣妍就开始后悔，她本质上不是这样一个做作的人，却一时冲动发了一个略有做作嫌疑的信息。

成喆看见了，并不当回事，他甚至觉得吴欣妍有些做作，这一点上夫妻二人倒是达成了共识。

但是，他还是抽空回了一句好。不为其他，妻子这么多年的辛苦，想要一束花也是应该的。匆匆忙忙将手机放回兜里，端起酒杯说道："各位，我在这里敬大家一杯，先干为敬。"一仰脖，杯中酒一饮而尽，成喆倒拿酒杯示意自己已经喝完。

兜中的手机响了又响，成喆却一无所觉。

电话是吴欣妍打来的，吴欣妍一边打着电话，一边匆匆忙忙朝着幼儿园赶去。

小宝在幼儿园和别的小朋友打架了。

吴欣妍有些慌张，电话里幼儿园老师告知这个消息后，吴欣妍第一反应是不可能，自己家的小宝，一直乖巧可爱，平日里连脏话都不会说，打架这种事情怎么会发生在自己孩子身上。

不管什么事情，吴欣妍希望成喆能和自己一起去幼儿园，这个时候小宝需要爸爸妈妈都陪在他身边。

她想要成喆接到她的电话，可是电话一直没有人接，吴欣妍咬咬牙，不再去理会成喆，自己飞速赶到幼儿园。

在幼儿园里，吴欣妍见到了小宝，小宝一个人躲在那里，小脸皱成一团，眼圈还是红的。和老师聊过后，吴欣妍想陪小宝说说话，顺便给小宝请了一天的假，回家路上，小宝不像往日那样活泼，闷闷不乐，不发一言。

吴欣妍拉起儿子的小手："为什么打架呀？"

小宝却不说话，气鼓鼓的生着闷气。

吴欣妍电话突然响起，正是成喆。

吴欣妍接起电话："儿子在幼儿园跟人打架了，我正在和儿子一起回家。"

回到家中不久，成喆带着一身酒气，匆匆忙忙赶回来，焦急地问儿子怎么样了，怎么会跟人打架？

小宝看到爸爸，终于忍不住号啕大哭。

"他们，他们说我没有爸爸，说我骗人，说我是个没爸爸的野孩子。"

成喆如遭雷击，他原以为自己的忙碌是要给孩子和妻子带来更大的物质幸福，可是没想到，儿子因为自己，会有这样的压力。

成喆抱着哭得上气不接下气的儿子，愧疚地拍拍儿子的后背，看着妻子吴欣妍，已经不是当年那个美丽的少女，神色中有几分疲惫，也有几分落寞。

成喆很愧疚，他突然觉得自己很自私，以前只觉得自己很辛苦很劳累，觉得自己没有自己的生活。

但是妻子每天在家中照顾孩子，操持家务，又哪里有属于自己的个人空间。为了这个家，大家都在默默付出，怎么能衡量谁付出的多，谁付出的少！

能够自我反省的人，大多坦诚也谦虚，那种谦虚会使人显得有内涵，散发出无尽的魅力。

成喆有些不好意思，明明素日里巧舌如簧，今天却变得笨嘴拙舌一般。

"我们一家三口好久也没出去走走了，今天天气不错，咱们一起走走吧？"成喆伸出手，朝着吴欣妍伸去，吴欣妍轻轻地握住成喆的手，温暖而有力，也许这就是自己为什么愿意与成喆在一起的原因吧。日子过久了，虽然有时候也会有不开心，可是这种温暖而有力的感觉，却还是让她心安的。

一家三口手牵着手，初夏的夜，风暖暖的，吹得人很舒服。

不开车，也不赶路，就这么走着，成喆觉得这感觉真好。看着儿子雀跃活泼的样子，又看着妻子安静温柔的微笑，成喆不觉得有些醉意。

许久不出来，这个城市都变得有些陌生了。

迎面走来的一个女孩，高挑美丽，怀中抱着一捧百合从一个挂着铃铛装饰的古香古色的门中出来。

吴欣妍看到后，不由有些羡慕："这百合，真美。"

成喆突然想起，妻子让自己买花的事情，还没有办到，便快走几步，问女孩百合是从哪里买的,女孩笑笑,指了指那个挂着铃铛的木门。

"不过,老板有些奇怪,这花也不算是买的。但是老板是个好人,你叫他花先生就好了。"

花先生不经意之间,就被赵文琪发了一张好人卡。

成喆道谢后,带着吴欣妍和小宝快步走进,门前铃铛轻轻摇摆,清脆悦耳。

进入后,成喆才发现店内有乾坤。店里的一切仿佛是自成一个与世隔绝的小世界,花草自然,怪石曲水,别有一番雅趣。

店里人不是很多,有个约莫十六七岁的少年在一旁看书,案几处端坐着一个男子,男子正在盯着眼前的一个古朴甚至有些脏脏的经筒发愣。

成喆刚想出声问问老板有什么可以卖的花:"请问……"

"你开口了,就说说看,看到这个有什么感觉?"花先生不等成喆开口,拿着手中的转经筒就自己先发问。

有些懵懵的成喆拉着妻子不知道该说些什么,吴欣妍却说:"这经筒年代久远,不知道您准备怎么用?"

"年代久远,陈旧,陈旧……"花先生独自呢喃,突然站起身来,不知从哪里新折了一枝还未绽放的青莲,仔细端详着,手中又快速地将莲花插入。

青莲含苞,新嫩无比,经筒染古,经久不变。

两者本来极为南辕北辙,却又这么浑然天成的搭在一起。

吴欣妍痴痴地说了一句:"从时间沉淀的尘埃里开出的花苞。"

成喆却低声在吴欣妍耳旁说:"这不就是我们吗?"

人们如果能偶尔感到自己的特别之处是渺小的,那同样也能察觉出他人平凡之中的伟大。

吴欣妍笑笑,两人拉着孩子,靠得更近。

爱情经过时间陈酿，也会重新绽放出心花吧。

两人如是想，静静的看着那株青莲。

芒种

初候　螳螂生

二候　鵙始鸣

三候　反舌无声

每个走进四季花店的人，都会发现一些别样的东西。

花先生看了一会儿林静宜的小说《诚品时光》，店里安逸清静，没有喧嚣也没有凡尘，软红十丈似乎远远的避开了这个地方。

初次接触花先生总觉得他有些清冷，可是交往几次，就能感觉他对人对物的认真和尊重。

天气不错，将《诚品时光》收到书架上，花先生又将其他收藏一一拿出来清理把玩，一件一件的进行保养然后又好好的收藏起来。

对着阳光，花先生仔细地将自己的珍藏一一摊开，多的是一些花先生收藏的各色花器，或者说可以用作花器的旧物件。

对于花先生而言，器皿的选择极为重要，不同器皿有着不同的气质，每一件器皿与花卉的选择都是一种命运的邂逅，器皿并不仅仅是花的陪衬，它更多是一种互相呼应的关系。

正如中药里的君臣佐使之理，炼丹中的调阴阳配龙虎一般，没有是谁必须衬托谁的道理，在花先生眼中它们都是一段时光的节选。

所以对于插花作品，器皿的选择尤为重要，不仅仅能凸显花卉本身的自然之美，也可能扼杀花卉的一切可能性，所谓插花受教于器皿，花先生是这样一直去遵守的。

虽然这些花器，林林总总，包罗万象，从名贵的玉器，瓷器，甚至于生锈的铁板，压坏挤破的锅，碎了一半的陶器。看到的人往往会甚为不解，因为在他们眼中对于美的定义就是应该完完整整、干干净净、五颜六色、流光溢彩，可是花先生并不觉得，他只是遵循自己的道，他始终认为，自己仅仅是一个记录者，只是自然借助他的手，将生活中一切的美进行重现而已。

对着阳光，花先生举起一个白瓷瓶细细观赏，花先生的手指牢牢地捏住瓶子的一侧，白皙的手指与白瓷瓶子在阳光下竟然相得益彰，如果有摄影师看到一定会将这个画面定格拍摄。

白瓷，也分很多种，冰雪一样的冷白，月光一样的幽白，少女肌肤一样的嫩白，干枯碎纸一样的苍白，这些都不能一概而论，不能因为都是白色就可以笼统地去搭配什么样的花。

门外的铃铛突然响起。

"是风吗？"花先生心想，又抬头看看窗外，天气爽朗，蓝得沁人心脾，不像是有风的日子。

一阵有些吵闹的音乐声音低低闷闷地传来，还伴随着踢踢踏踏的脚步声。

花先生不由得皱起了眉头，听音辨人，人未到声先至，还没有见到这声音是从哪里传来的，这感觉却让人有些不喜。花先生放下手中的瓷器，却看见一个女孩，大概和姜晨差不多大小，应该也是这附近的学生，可是这个打扮，却让花先生这种性情清疏的人，都有点诧异，塞着耳机的耳朵上打了一连串的耳环，擦着厚重的黑色眼影，原本是少女红润的嘴唇，却泛起紫黑的光。膨胀爆炸的头发，在照进室内的阳光中投射着五颜六色的光芒，如同彩虹一般。

花先生不由得扑哧一声笑了出来，女孩因为戴着耳机，并没有注意到花先生的出现，一边摇头晃脑，一边在四处窥视，对于这家别致的店，女孩还是有着属于自己这个年纪的好奇。无论是花草还是布置都和她平日见到的相差太多，虽然妆饰夸张，但是对于真正的美，每个人在心中还是有着感触和向往的。

女孩戴着的耳机显然也不是什么高档的货色，刺啦刺啦的电流声，藏不住的音乐声，在店里回荡，略有些低俗的音乐声在这个古朴的堂内显得有些怪诞，甚至有点穿越的奇妙。

花先生也不多说，随便坐在一个地方，饶有兴致地看着那个所谓的非主流女孩在自己的花店中四处溜达，他以前没有见过这样的孩子，他的花店太过私人，来的都是熟客，不主动推介，哪有那么多新面孔出现。

吴欣妍有次就说，花先生这里就是个桃花源，他们全部是误入武陵的渔夫。

花先生笑笑，却不评论，看到这个女孩，花先生突然想起了吴欣妍的话。

女孩跟着音乐节拍摇头晃脑的一会儿闻闻这个，一会儿闻闻那个。虽然一身装扮有些滑稽，可是少女与花，也是永恒的话题。

花先生坐了一会儿，便继续忙自己的事情，留下女孩一个人在那里自顾自的玩耍。

女孩的余光扫了一下花先生的背影，发现花先生不再注意她的时候，轻轻呼出了一口气。

她也一直在观察着花先生的动作，当花先生转身后，女孩的目光落到了花先生摆放在一旁的一个细小的羊脂玉瓶。

瓶子不大，小巧可爱，女孩一进门就看到了这个瓶子，那白色化作羽毛，在她心里划来划去，她渴望得到它。

女孩一点点的移动到玉瓶旁边，偷偷摘下耳机，掏出手机，假装自拍却在用倒影看花先生有没有在注意她。当她看到花先生蹲在地上背对着她，好像在擦拭着什么东西的时候，女孩迅速地把玉瓶紧紧地攥在手里塞到袖子中。

正在擦拭着一个碎裂陶器的花先生，突地被一阵急切的铃声惊到。猛地抬头，那个女孩已经消失得无影无踪，门因为太着急冲出去的缘故，还在不住地晃动着，挂在门前的铃铛也被撞击着发出聒噪的声音。

花先生缓步走出，扶好门，又伸手捏住铃铛，让躁动的铃铛不再晃动，不再发出刺耳的噪音，在花先生手中，铃铛平息了下来。

花先生看看周围街道，空荡荡的路口在这个时间只有风吹过，没有半点别的痕迹。

喘着粗气的女孩躲在角落，手中还紧紧握着那个玉瓶，另一只手上拿着几只胡乱揪下来的花。

天气逐渐转热，女孩脸上厚重的粉，随着呼吸的频率，白色的粉末窸窸窣窣地一点点消散在风中。

回到家中，家里有些杂乱，随便脱掉鞋丢在门口，女孩拿着那把花和玉瓶，走到家中唯一的窗户旁边，往瓶子里灌满水，小心翼翼地把手里拿着的已经开始有些发蔫的花插进瓶中。

花是什么，女孩并不在意，只觉得这几朵花很好看，花朵又大花瓣又繁复却又轻盈得很，插在瓶中，在窗子透出难得的阳光里，花朵就像是浮在空中撒上一层星星点点金箔的云彩，柔软，美的就好像微醺的梦。

嗡嗡的手机直响，女孩费劲地从紧身裤的后兜处抽出已经老旧的杂牌手机，看见上面显示的是妈妈，女孩划开手机，手机的通话质量显然不够好，通话中常常有微微的电流声，有些嘈杂。

"潘蕾，妈妈这会儿还有点儿忙，你一个人乖乖在家啊。"话没说完，女孩就把电话挂掉了。

女孩，不，应该叫潘蕾，不过现在很少有人敢这么叫她。特别是在她一言不合就给两个嘲笑她的男生脑袋上用啤酒瓶开了个瓢，表演了一下什么是桃花点点遍地红以后。现在她已经被学校停学，而潘蕾巴不得这样，整天和自己的狐朋狗友们一起打游戏、抽烟、喝酒，不回家也不上学，潘蕾觉得这样的生活更加有趣。

　　不是有那么一句：我抽烟，我喝酒，我文身，我说脏话，但是我还是好女孩。

　　潘蕾也这么觉得，自己还是个好女孩。不上学又怎么样，这样就挺好，起码没人敢说她有娘生没爹养，就是一个没教养没人要的丫头。

　　现在谁敢跟潘蕾说这几个字？潘蕾肯定会带着她的那些朋友们，大耳光子抽上去，狠狠地教训他们，让他们知道花儿为什么这样红，什么才是有教养。

　　想起父亲，潘蕾就恨得牙痒痒，她还记得父亲决绝的表情，看着她和母亲，就好像看着两个有着不共戴天之仇的人一样。

　　但是，她还是不想让父母离婚，即使吃再多苦她都认了，她还记得自己抱着父亲的腿在恳求的时候，被父亲恶狠狠地拨开手，还骂她跟母亲一样都是只会花他钱的寄生虫。

　　她还记得父亲，不，那个男人抱着一个并不怎么出众的女人看着她们，一脸胜利的表情。

　　最终，母亲还是选择了离婚，带着她，母女两人相依为命。

　　可是潘蕾却不愿意忍受这样的生活，她恨这一切，恨他的父亲，也恨那个女人，更恨造成这一切发生的这个该死的生活。

　　周围人的闲言碎语，学校里的指指点点，让潘蕾变得多疑、好斗、敏感。

　　潘蕾不愿意多想这些事情，她原本的好心情感觉又被破坏了，对着镜子，潘蕾补了一点粉，劣质的散粉，随着粉扑在脸上的拍动，起了纷纷扬扬的粉尘，在下午的阳光中格外醒目。

潘蕾狠狠地用眼线笔描画着，掩饰着自己泛红的眼圈，直到自己和熊猫可以做亲戚的时候，潘蕾才停手。

开门前，潘蕾望了一眼，那几朵美丽的花，还有那个精巧可爱的瓶子，还在夕阳的余晖里浸染着金色的光芒，潘蕾关上了门，门不由得发出一声痛苦的撞击声，潘蕾头也不回地走向黑暗。

被挂掉电话的潘蕾母亲，站在超市里看着人来人往，有些愣神。这是她的第二份工作，在超市做促销，这个活的好处是，总能在下班后捡些超市里的便宜来补贴一下家用，可是被女儿潘蕾挂掉电话的那一刻，她好像又体会到了和那个男人离婚时的感受。

那日的阳光照在大地，格外刺眼。潘蕾的妈妈双手冰冷，拽着十三岁的女儿，她发誓：在未来的日子，一定要和女儿好好活着，活出精彩，活出样子。她要把女儿缺失的爱，双倍弥补回来，尽自己所能给女儿一切想要的，让女儿不受离异家庭的影响和伤害，能幸福快乐地成长。

可是，潘蕾母亲有些失望。经历了家庭的变革，渐渐地，女儿不再像以前那样在同龄人中出类拔萃，整日郁郁寡欢，沉默不语。那个众人眼中的品行端正的乖乖女，学会了酗酒、抽烟、打架、染发、文身，这些与她年纪不相符的行为，让她彻底变了一个人。

那副小太妹的模样，潘蕾母亲第一次看见时差点晕过去，她的震惊无法形容，心脏仿佛要从胸口跳出来一样。用尽心血，精心呵护的女儿，就像被暴风雨瞬间摧毁了。第一次，潘蕾母亲狠狠地打了恨铁不成钢的女儿，每一巴掌都如同打在自己心头，她将女儿关在屋里反省，自己坐在门外抹眼泪，哭自己的委屈。

潘蕾即便挨了揍，也全然不知悔改，出门前，脸上涂着厚厚的白粉，画着向上勾起的黑色眼线，描着亮得反光的眼影，抹着浓得结块的口红，每次回家身上烟熏火燎，胳膊腿上，青一块紫一块。

潘蕾母亲心中无力叹息，这一切难道只能怪女儿吗？是这个家庭，将女儿变成了这样，如果丈夫不出轨，这个家还不曾破裂，那女儿一定是一个能在健全家庭成长出来的快乐孩子，潘蕾母亲相信，如果没有这些变故，女儿一定不会做出让自己失望的事情。

可是，现实与想象总是差别太大，女儿潘蕾完全变了一个人，她每天辛苦如斯是想培养女儿成才，可是如今，别说成才，只要女儿不成为一个坏人，她就已经谢天谢地了。

"菜称一下。"

潘蕾母亲被这一声拉回现实，她换上笑容，心里却一片苦涩，接过装在包装袋里的蔬菜，想着晚上要不给女儿做点好吃的吧。

生活，还是要有一些希望，女儿还小，还有教育的机会。潘蕾母亲安慰了一下自己，晚上超市的人越来越多，潘蕾母亲已经顾不得自己的心情，只能开始机械式忙碌。

夜晚时候，来到四季花店的姜晨，看到几处被暴力折断的花，那是几朵很罕见的牡丹，不知道花先生用什么方式，竟然能够在店里培育活，可是原本刚刚绽放没多久，居然被人这么对待，姜晨气得脑门青筋突突跳。

"花先生，您就没看见这里的牡丹被人折了吗？是谁这么没素质！"姜晨有些气急败坏地朝着花先生喊着，惹得几名熟客纷纷侧目。

花先生却不紧不慢地说："如果她喜欢花，这也不算什么，能带给她快乐就好，你这么生气干吗？我还丢了个玉瓶都没说什么。"

姜晨立马掏出手机："花先生，赶紧报警，为什么不报警？"

花先生笑笑，却不再理会气急败坏的姜晨，自顾自地饮茶，茶是去年自己炮制的荷花，清香怡人，火气自消。

时间一分一秒地过去，姜晨收拾完东西向花先生告别，还不忘说："花先生，您一定要报警啊。"

花先生笑着点点头，挥手让姜晨离开，看着花先生的样子，姜晨也没办法，骑着自己的自行车，晃晃悠悠的离开了。

目送着姜晨离开，花先生却站在门口，像是在等候着谁一样，背后昏黄的灯光和门口的铃铛倒影，生生给人一种深山老道枯坐修行的肃穆之感，让人望而起敬。

潘蕾的母亲手里捧着那玉瓶，瓶中的牡丹还在如云似烟，婷婷袅袅地绽放着，在黑夜里，借着一点灯光，将花色衬托得更加迷人。

潘蕾的母亲站在廊下，其实她在这里已经徘徊多时，可是终究是不敢进去，终于目送着姜晨离开后，看到只有花老板一个人站在门口时候，才敢过来。

潘蕾母亲心中忐忑不安，刚才发生的那一幕，让她伤心得不愿意去面对外人，她不愿意一次又一次的把脸送到别人手上去任人抽打，可是潘蕾做的事情却让她不得不放弃自己的自尊。

刚开始回到家中，她还是开心的，房屋里收拾得干净，甚至有一种淡淡的香味，给这个家里带来一点温馨。

她放下手中从超市买来的处理菜，发现潘蕾在厨房，手忙脚乱地忙碌着。虽然只是一些方便食品，但是潘蕾仍然手足无措。

"妈，你回来啦？"

潘蕾浓厚的妆，让母亲很不习惯，但是看着女儿的样子，潘蕾母亲仿佛又看到了希望。

"妈，今天是你生日，你不记得了？"

生日，这个词潘蕾母亲已经多久没听到过了，今天居然有人记得自己生日，还是从自己女儿的口中，潘蕾母亲一下子红了眼圈。

菜很简单，都是小摊上的卤味，还有一个小小的蛋糕。

母女两人在狭小的房间里发出许久没有的笑声。

当潘蕾母亲看到那束插花时候，她觉得事情似乎有些不对。年轻时候她也是爱花的人，这花明显是牡丹中的名品二乔和豆绿，怎么会轻易出现在自己家里，还有那插花的瓶子，看上去就不是一般东西。

潘蕾母亲有些害怕，她问潘蕾这是从哪里来的？

潘蕾闪烁其词不肯回答。她并未感到自己行为的不妥，语气中还带着兴奋和热情，说："妈妈，你喜欢吗？多好看啊！"

潘蕾母亲大怒："你是不是做小偷了？"

潘蕾毫不在乎地说："没有，就是他扔了一堆，我顺手拿的。"

往事涌上心头，这不争气的女儿该如何是好，无法控制的怒火从胸口喷出，潘蕾母亲猛地站起来，狠狠地打了女儿一巴掌。

潘蕾没想到母亲会真的动手，她错愕地捂着脸，眼睛死死地盯着母亲，一个字一个字地往外蹦出："今天是你生日，我这么费劲，就是想你高兴高兴，你，你居然打我，你不可理喻！不就是几朵破花一个破瓶子，还不是为了让你高兴，你居然打我！你居然打我！你打死我算了，反正我早就在这个家活腻了。"

"潘蕾！你，你……"潘蕾母亲话到嘴边，却不知道能说些什么，她强行让自己冷静下来，双手却愤怒地颤抖着，就连嘴唇都在颤抖，她只觉得一下子就被拔走了主心骨，拔走了希望。心在这一瞬间，好像死了。

潘蕾捂着脸，母亲的这一巴掌，狠狠打碎了她今天精心策划的一切，她对母亲的怒火不屑一顾，接着说："只是几朵花，有什么关系，你就为了这几朵破花来打我？我看那个男人跟你离婚真的是最明智的选择！"

"潘蕾，你够了！"看着女儿对自己行为的不知悔改和无所谓的态度，潘蕾母亲血直冲大脑。

"够了？我没够！我就是想对你好，想照顾你，可是你为什么要破坏这一切。"潘蕾不耐烦地对母亲喊道，"拿人家的花是不对，可是人家报警了吗？我被抓了吗？我好好地回来了，证明这是人家不在乎的。你不喜欢我抽烟喝酒，我戒了，你不喜欢我去打架跟人争高低，我不去了，你看不惯的我不做，你想要的惊喜我给你，可是你怎么还不满意！"

潘蕾母亲忍无可忍，拿起藤条就狠狠地挥向女儿。女儿却一把手抓住了藤条："我告诉你，我让你打我，是因为你是我妈，要是别人，我早弄死她了。"潘蕾甩开母亲的手，丢掉藤条，就朝门口走去。

潘蕾母亲稍稍平复了心情，对女儿嘶声吼道："潘蕾，你现在跟我带上东西带上钱，去花店找店主道歉！"

"我不去！"女儿果断拒绝。

"你必须去！"母女两人开始对垒。

潘蕾推开门，母亲站在背后："潘蕾，妈最后再问你一遍，你去不去？"

潘蕾顿了顿，留下一个背影留给母亲，走向那深深的夜巷。母亲看着她的背影无声地抽泣。

叮当作响的铃铛声音，让沉浸在自己情绪里的潘蕾母亲清醒过来，她只觉得脸上湿湿的，却是不知道什么时候流下的眼泪。

潘蕾母亲不再迟疑，天性爱美的她，擦了擦泪痕，整理了一下仪容。

"您好，您是这家店的老板吗？"潘蕾母亲有些拘谨，捧着花瓶，站在台阶下有些不安地问道。

花先生温润一笑,然后回答道:"是。"

"是这样……嗯……今天下午,我的女儿,她叫潘蕾,她到过您的花店,并且……并且拿走了您的一束花。"潘蕾母亲由于紧张而断断续续陈述道,"今天是我生日,孩子想给我送束花。"

潘蕾母亲将手中的花及花瓶递给花先生。花先生并没有接过来,而是侧身示意请潘蕾母亲进店。

花先生温声道:"虽然天热了,但是在外面谈话也不是待客之道,您请进来说吧。"

进入店中,潘蕾母亲连连解释道:"孩子没有付钱……我把花带来问问您价格,补给您,给您说声抱歉。"

花先生并不言语,倒了一杯茶给她,就那样静静的坐着。

潘蕾母亲的脸色已然羞红,把那插着几束牡丹的花瓶放在一旁,又掏出一沓熨帖的平平整整的钱,递给花先生,还弯着腰鞠躬连声说着抱歉,真是对不起。

花先生没有接钱,他对潘蕾母亲说:"您先坐下,您一人来的吗?"

潘蕾母亲有些吃惊,以为花先生要追责女儿,歉疚地站着说:"孩子不肯来,没有办法,她有些叛逆……但您相信,她并不是一个坏孩子。"

花先生在等潘蕾母亲说下去。

"我试过很多方法,可是她听不进去。以前,这孩子不是这样,自从……自从我和她爸爸离婚后,她就跟以前不一样了。这孩子表面很平静,可是,我知道她的内心肯定是无法接受的……

"我家潘蕾,以前特别地乖巧,她真的不是这个样子,我没想到她会偷……"潘蕾母亲不说话了,掩面哭泣。

花先生递给潘蕾母亲一张纸巾，潘蕾母亲连连道谢，也许是太久没倾诉了，眼泪怎么擦也止不住了。

"求求您，钱我给您，您千万别报警，不然孩子还小，这万一出个什么事情，以后怎么办呀？"

花先生："您的女儿很有趣，我也没有报警的意思，请您放心。"

花先生顿了顿，拿过来那花瓶还有牡丹："您女儿其实很有眼光，这瓶子和这牡丹很衬托。今天是您生日，是个很合适的礼物。只是，她用力太粗暴，伤到了花枝，这就有些不美了。"

潘蕾母亲看着花先生变魔术的一般，从木质抽屉中取出一包工具袋，从中抽出一把细小的剪刀："这把剪刀，我给它取名字叫黛眉，小巧玲珑，就像给女孩画眉的眉笔，不能有丝毫的损伤，我就用它处理一下。"

潘蕾母亲看着花先生精准的修剪，优雅的姿态，身上散发着一股淡定从容的气质，屏着呼吸尽量不让自己发出声响，生怕破坏眼前这幅画面。

一刻钟后，花先生放下黛眉，原本就国色天香的牡丹，去掉那些被损伤的枝叶后，如同从玉瓶中飘出的一朵云彩，不带一丝烟火气息，就好像本来就是从这瓶口中飞出的一般。

潘蕾母亲不由得有些痴了，看着那花，仿佛看到自己当年也是青春美貌的时候，那时候的她也喜欢花，种过花，知道侍弄这些名品有多不容易，特别是二乔和豆绿，更是难以养活，所以她也未见过这花到底会有多美丽。

在花先生的妙手下，这花婀娜摇曳地舒展着，没有一处可增，也没有一处可减。

"还是对不起您，给您添了这么多麻烦，钱您一定要收下。"潘蕾母亲依然坚持要花先生收下钱。

她起身对花先生鞠了一躬，说："谢谢您，这是我的号码，女儿再来，您告诉我，万一……"

花先生明白潘蕾母亲的意思，谁也没有说出口。她谢谢花先生的宽容，花先生点头答应了她的请求。她又深深地对花先生鞠躬，说："谢谢您。"

花先生看着那株牡丹，心里默默地说："一切都会好起来的。"

站在门前，目送着潘蕾母亲有些佝偻的背影，花先生不由得有些唏嘘。

旁边一个身影悄悄地走过来，借着灯光，花先生确定那正是潘蕾。

花先生走出去，试探地开口："潘蕾？"

女孩的脸上全是泪水，连同黑色的眼影在惨白的脸上勾勒出一道道诡异的花纹。

潘蕾抽泣着，花先生也不知道该怎么哄说这个年纪的女孩，只能再次掏出纸巾递给潘蕾，看着潘蕾越擦越花的脸，花先生实在是看不下去，他将潘蕾带到店中，让她去好好的洗漱一番。

洗干净的潘蕾，小脸上满是疲惫，甚至有些苍白，她一脸倦容，红着眼圈，样子楚楚可怜，再也不是那个非主流不可一世的小太妹模样。

"我想跟您说声对不起，我……我拿过您的花。"潘蕾走向花先生，满脸歉疚，说，"这是我攒的一些钱，您看够不够，如果不够，我先给您一部分，剩下的我一定会补上的。"

"你妈妈已经给过了。"花先生对女孩说，"你能来，我很高兴。你刚才看见你妈妈了？"

女孩低垂着头，点了点，刚才她一直在门外，她知道自己犯了错，可是看到母亲为了自己的错误而低下头去恳求别人原谅的时候，潘蕾觉得自己的心更痛了，比母亲打在她脸上的那一巴掌还要痛，她甚至希望母亲多打她几下，也不愿意再看到母亲这样去放下自己的自尊去恳求。

当年的母亲是个多么骄傲的人啊，不愿意委曲求全，也不愿意让自己受委屈。

潘蕾哽咽着，对花先生说："我曾经那样伤她的心，什么事情都与她对着干。我……我那么听话，可是爸爸还是走了，我要是听话，爸爸是不是就可以回到我们身边。"

许是花先生给了女孩足够的信任，抑或是母亲的受伤让女孩真正成长起来。她的内心太过压抑，在遇到花先生时，最后一道伪装的防线也坍塌了。

潘蕾哭得很伤心，许久以来，她选择了用玩世不恭来对抗这个世界，用自己的愤怒来伪装自己，可是看到母亲蹒跚疲惫的样子，潘蕾却再也不愿意伤害母亲了。

"请您相信，我是真诚地向您道歉，我不该一声不吭就拿走您的花。"女孩继续向花先生道歉，说，"做错事的是我，不是妈妈，应该是我主动承认错误的，可是……可是却是妈妈。"

潘蕾还在哽咽，眼前却飘过一抹云彩，一种幽香轻轻地沁入潘蕾的身体，哭得喘不过气的潘蕾终于舒缓了一下，不好意思地看着花先生将那束牡丹推到自己面前。

"别哭了，今天不是你妈妈生日吗？这花，就是我送给你妈妈的礼物。"

潘蕾连忙摆手说："不行，不行，我拿回去她肯定又生气，她会觉得我是偷来的。"

花先生笑着说："没事，我有你妈妈电话，你妈妈也很喜欢这牡丹，不过下次，可别再那样拔草一样的拔牡丹了。"

潘蕾羞红了脸，小心翼翼地捧着牡丹慢慢地朝着家的方向走去。那模样让花先生看了不由得想起早上那个一身奇装异服来为母亲偷花的小姑娘。花先生笑了笑，爱花的女孩儿，本质都不会太差，他一直这么觉得。

花先生看着潘蕾，目送她远去后，关掉了屋内的灯。

黑暗里，牡丹的幽香似有还无，静静地温暖着每一个喜欢它的人。

夏至

初候　鹿角解

二候　蜩始鸣

三候　半夏生

每到夏日，屈飞总会怀念起在记忆里已经变得有些斑驳的故土，夏日炎炎，蝉声聒噪。可是就算是这样，屈飞还是会想起那土地。虽然已经在南方多年，可是夏日里，水汽丰沛的空气，总会一点点地被焐热，继而蒸腾。整个人都被陷入这无穷无尽的蒸汽之中，蒸出来的汗水和空气中的水分混杂在一起，手伸出来抓一把都是水。

屈飞总是对林悦笑着说，这些年之所以没怎么老，还是这么粉嫩光滑，全靠这天地之间天然的桑拿房。天天蒸桑拿，皮肤想不好都不行。

林悦哪能听不出屈飞的抱怨，也会数落屈飞几句。屈飞知道林悦是爱自己，而他也爱着林悦。

北方干燥，南方潮湿，无论是这夏天的热，还是冬天的冷，屈飞都发现这是完全不同的两种概念，屈飞总会想起当年初到异乡的时候，不只是水土不服的身体疲乏，四季的不同也分外不适应，特别是冬季对于他们这些外乡人更是分外苛责。阴冷潮湿得不由得让屈飞想起小时候因为不懂事，被别的孩子哄骗说，铁被冻住以后是甜的，好奇的他用舌头去舔在雪夜里的铁栅栏，结果舌头被粘了上去。

屈飞不记得他哭嚎了多久，但是他记得在那个黑夜昏黄的路灯下，奶奶匆匆忙忙挪动着那双行动不便，略带罗圈的腿，在雪地里艰难地前行，背后留下两行歪歪扭扭蚯蚓似的痕迹。奶奶从怀里取出焐了很久的汤婆子，用温水一点点的温热了栅栏，将屈飞解救下来，得救的屈飞扑在奶奶怀里，原本想忍住不哭的他，躲在奶奶的怀里，却又把奶奶的衣襟沾湿。抽泣中，奶奶身上淡淡的香味让原本委屈的他逐渐止住了哭泣。耳边只有奶奶轻声的呢喃和温柔的抚慰。奶奶好像有魔力一般，让屈飞忘记了疼痛。

那种初来乍到独自一人的种种不适，特别是漫长寒夜，寒流刺骨锥心，一刀刀的直接在他骨头上刮，奶奶却已经不在身边，只能自己咬牙生受。不仅如此，迷茫奔波，饮食起居，生活习惯，尤其是地域方言的差异，都让屈飞感到诸多的烦恼。如今，他虽说不能够流利交流，却也能听懂大概，不再觉得同事间的聊天自己是个局外人了。

工作的顺利并不能扭转生活的种种无奈，幸而，在千难万难之中，屈飞遇到了林悦。

林悦是土生土长的江南人，人如其名，闻面生悦，继而忘忧。小巧玲珑的骨架却装着宽广的胸怀。屈飞比林悦大几岁，在公司却是林悦的晚辈，作为新人，屈飞需要学习的地方太多，面对屈飞的各种问题，林悦从没有表现出自己的不耐烦，认真细心地将自己所了解的专业知识毫无保留地教给屈飞。在林悦的帮助下，屈飞进步很快，也得到了公司领导的赏识，工资和职位都上了几个台阶。

虽然工作有了些许进展，可是屈飞还是有些苦闷，一个人，在这陌生的城市里熬过四季，其中滋味并不好受，而就在上一个冬季，屈飞还以为自己要继续忍受这阴寒潮湿的灰色冬季时，却收到了林悦送给他亲手织成的绒线衣，虽然手工粗糙，但是却很厚实，还带着点儿林悦的气息。

这种温暖，让屈飞想起那个被奶奶抱在怀中的感觉，被人关心，被人照顾，这种温暖，也是屈飞许久没有遇到了。

在那个瞬间，屈飞确定，林悦就是自己此生最爱的女人。漫漫寒夜能够温暖彼此，难道这还不够吗？

收获爱情的屈飞，想要带林悦回家去看看，虽然，那里现在已经没有更多留恋的人，可是奶奶，总是希望看到他幸福的，而除此之外，他也想让另外一个人见证自己的幸福。

早就看出屈飞心事的林悦，在屈飞开口询问的时候，打开手机让屈飞看了看，看到手机内容，屈飞望着朝着他微笑的林悦，紧紧地抱住了这个自己深爱的女人。原来，林悦早已预定了两张飞往屈飞家乡的机票。

多么善解人意的林悦，她早已明白了屈飞的心。

家乡的变化很大，可呼吸的空气，刮过的风，都是熟悉的味道，那么的亲切。林悦在车上昏昏欲睡，屈飞目不转睛地看着这个城市的街道，仿佛都能听见城市骨骼嘎嘎作响地成长。

之前不愿回来，是因为已经没有牵挂的人。而这次回来，是想要让在乎自己的人看到，自己现在很幸福。

繁华，是对所有城市的概括，车流不息，人流不止，是所有城市的特征。屈飞的家不在楼房林立的街道，也不在绿化规整，设施完善的小区，他的家仿佛被这座城市遗忘了，夹在巨人之间的老旧平房与周围的一切都显得格格不入。

通往花店的路，已经改换新颜平平整整，不再坑坑洼洼，走在这条熟悉的小路上，屈飞又勾起了往事的思绪。

父母外出打工，将年幼的屈飞留给了奶奶，屈飞记忆中，有几年春节时还见过父母，后来，听说他们各自又有了新的家庭，就再也见不到父母了。最后一次见到父亲，是在奶奶的葬礼上。那时候屈飞已经成年，辍学好几年，在城市中流浪。父子无言，不闻不问，更像是陌生人一般。

那时候的他整日无所事事，喝酒成了他睁眼闭眼唯一动力，醉了路边一躺，醒了摇晃着赶场，生命对他来说，就是层叠的躯壳，可以随意践踏，下一秒会遇见什么人，碰见什么事，变成什么样，他不清楚，也从不思考。就这样一天天昏昏沉沉地过着。

没有了奶奶的残存温暖，打架斗殴更成了屈飞的家常便饭。屈飞成了整个街道出了名的地痞流氓，偷鸡摸狗，欺负弱小，甚至经常勒索比自己瘦弱的其他同学。

阿拉伯有句名言：把敌人逼到死角会造就出世上最顽强的对手。一个屈飞欺负惯了的男孩趁屈飞不备，找了几个人教训屈飞。世上没有常胜将军，屈飞虽说身强体壮，却也会遇到寡不敌众的情形。

眼见人多，屈飞只能撒腿就跑，可对方狠了心，速度上不甘示弱，拿出百米冲刺的劲头，追着喊着。跑了几条街，都没有甩掉他们。情急之下，屈飞看到了四季花店，便冲了进去，藏到了一个花架后面，透过玻璃窗看着一群气势汹汹的人从门前跑过，才喘起了粗气。

四季花店离屈飞家不远，却从没进来过。看见屈飞满头大汗地闯进来，花先生只是看了一眼，又继续忙着自己手头的事情，那表情，与手上的花朵融为一体，仿佛屈飞从未出现一般。屈飞忘不掉与花先生的初次见面，那是他改变的开始。也是命运之轮的再次转动。也许是奶奶在天之灵舍不得看自己孙子就此沦落，引导他来到这里，不然，屈飞不敢相信自己的未来会是什么样子？

然而，那时候的他，却并没有意识到自己的不对，被抛弃的屈飞，只觉得满目皆敌。他还记得那时候的花先生，一如既往的在那案几上整理花材，反而让屈飞觉得自己被轻视了。

他大摇大摆地走到花先生面前，趾高气扬的俯视着坐在案几前非常冷静的花先生，恶狠狠地哼了一声。

然而出乎屈飞意外的是，百试百灵的装狠斗凶，却在花先生这里失去了效果。屈飞感觉好像一拳打在空气里，说不出的憋屈难受，再加上刚刚被人围攻追赶，恼羞成怒的屈飞，一脚踹飞花先生面前的案几。

"妈的，叫你们这群狗眼看人低的看不起我。"屈飞怒红了双眼。

花先生轻轻扶起案几，不发一言的默默捡起散落一地的器皿和花材。

屈飞更是火冒三丈，冲上去用脚狠狠地踩着零落的花枝。

"我让你看不起我，我让你看不起我！"

花先生突地站起身来，一把推开屈飞，心痛地捡起已经被踩得七零八落的花。

"你奶奶看到你这样，你觉得她会高兴吗？"

花先生的一句话，让屈飞如遭雷劈。

是啊，奶奶那么温柔那么善良，自己现在却成了这个样子。

屈飞一下子蒙了，他从来没有想过，奶奶期望自己成为什么样的人物。但是，屈飞知道，奶奶不会希望自己成为这样。

不知道为什么，屈飞脸上已经湿润了一片，只觉得自己全身骨头被抽掉一般，瘫坐在那片零落成泥的花中，哭泣得如同那年冬夜里那个同样孤独无助的孩子。

哭泣中的屈飞，猛然间抬起头来，隐约中他似乎感觉到奶奶来到了身边。然而出现在他眼前的是花先生，花先生手中捧着一束花，那正是奶奶身上特有的味道。

"奶奶，奶奶！"屈飞卸下了张牙舞爪的武装，小心翼翼地把那束花抱在怀里，如同奶奶抱着他一般。

花先生声音依然清冷，不紧不慢地说："你奶奶之前在我这里帮忙整理花材，她说自己喜欢这里喜欢这些花，而她最喜欢的就是这兰花，生在幽谷，无人照料，依然能够这样努力生存，我也曾要送她几枝，可是她说自己的孙子还小，没人照顾，更何况孙子对她而言就是最珍贵的花。"

屈飞低着头，双目垂泪不发一语。

花先生把那兰花放到屈飞手中。

"我店里现在缺人手，你有兴趣可以来我这里工作，工资不高，可以像你奶奶一样，解决你的温饱。"花先生突然开口说。

一个人感到痛苦的时候，往往觉得自己被世界抛弃了，突然听到"奶奶"两个字，屈飞心被揪了一下，停下了脚步。人是非常脆弱的生物，就像花草，不浇水就会干枯，被践踏就会委顿，被狂风吹就会折断枝丫。

屈飞抱着花跌跌撞撞地跑出门外，头也不回地越跑越远。花先生望着屈飞渐行渐远的身影，摇摇头，低头收拾这一地的狼藉。

翌日，天寒无风。

门前铃铛丁零作响，花先生望去却看见屈飞剪去了一头乱发，摘下了耳环戒指，干干净净甚至带点怯生地站在门口。

"老板，您昨天说过要给我工作，今天还算数吗？"

花先生静静地看了屈飞一会儿。

"欢迎。"

花先生并没有老板的架子，虽然要求屈飞每天在花店营业前到店里，但其实并没有什么要准备的东西，只是要让屈飞养成一个习惯。

每天来花店买花的人并不固定多少，除了每天早晚打扫一遍花店的卫生，大多数时间屈飞都是跟着花先生在给花浇水，很认真地清洗着花的叶子，偶尔，跟随花先生做些修剪打打下手，屈飞也并不觉得困难。插花是轮不到屈飞的，但是照顾花草的工作也让屈飞手忙脚乱，每一朵花都有自己的脾气和品行，只有精心照料，悉心引导，花才会盛放出最美的姿态。然而不是每一朵花都会有盛放的机会，稍有差池，一朵原本有着美好未来的花朵，可能还未绽放，就已经结束了此生。

屈飞好像看到了自己那般，为了能让这些花不会遗憾地抱香消逝，屈飞竭尽全力去照顾着每一朵花。

如同奶奶照顾他一般，他明白了奶奶照顾他时的心情。

那种心情，叫作希望，每当辛苦劳累的时候，他便想起奶奶的笑容，那时候自己不懂事让奶奶操了不少心，而奶奶却又是永远微笑着，看着他一点点地长大。

然而，最让屈飞眷恋不舍的还是兰花，靠近兰花，屈飞似乎又回到了儿时在奶奶身边的日子。

花先生对每一件事都做得很用心，对待花花草草如同对待艺术品，哪怕是修剪一片叶子，也会端详，思考，反复琢磨，下剪时的凝神庄重，欣赏插花作品时脸上的那种自豪，屈飞也慢慢被感染了。

而对于花先生，屈飞却总是看不透，这个人大部分冷得跟冰块一样，不喜欢说话，也不喜欢外出，只是静静的做着自己的事情。仿佛在他身边，软红十丈都只能叹息奈何，他只是用心地对待每一件事情，无论大小，都持着最崇高的敬意去进行着。

屈飞也曾好奇地问花先生为什么这样？花先生却总是笑而不语，继续默默地修剪着花叶，仔细端详着每一个作品。

花先生对待顾客，与一般人不同，一点儿不像在卖花，反而像是在为自己的孩子选择一个合适的领养人。将精心照顾的花朵送到真正爱花的有心人手中，有时候他也会很大方地把花送给来店里却并没有想要买花的人，因为他觉得那个人需要花来改变他的心情，改变他的生活。花先生说，所有的花草都是有灵性的，能够让人有个好心情的同时，也能够让人不知不觉的改变。

在花店的那段时间，屈飞被花店的一切吸引着，不仅是花先生的花，还有花先生的话，更多的还是花先生这个人。他看到了平日里没有发现的另一个世界。在花店里，屈飞觉得像是找到了一种生机，他在花先生的影响下一点点地成长起来。屈飞知道，花先生不是真的缺人手，他在帮助屈飞认识世界。

一厘米的瓶口和两厘米的瓶口，在同时插花的时候，刚开始很难体会到什么叫鲜活的生命。

屈飞感谢花先生像修剪花枝一般，剪出了今天认真对待生活的自己。

几年过去了，花先生是否还在四季花店，想到这里，屈飞加快了步伐。

透过花店玻璃窗，看见花先生依旧在认真地修剪新到的花枝，就像第一次见面，他在修剪玫瑰。

静静地站在花先生身旁，如同当年那样。花先生看见屈飞，眼神中闪出惊讶，却很快变成了惊喜。

"回来了？"花先生的语调永远那么波澜不惊。

"嗯。"如同每日见面的问候，屈飞伸手送出了自己的礼物，说，"您一点没变。"

花先生看着屈飞和林悦，当年那个叛逆凶狠的少年，如今也成家立业，可能是午后阳光过于耀眼，花先生不由得有点恍惚，眼睛都被阳光刺出泪水来了。

还未入座时，屈飞就开始抽动鼻子似乎在闻着什么，林悦只恐花先生不喜，又觉得屈飞故意作怪，悄悄地用胳膊肘碰碰屈飞。花先生看见林悦的小动作，只当没看见地笑了笑。毕竟，这是属于屈飞的小幸福，哪怕有点疼，那也是快乐的。

三人在案几前坐定，屈飞看到花先生案上放置着的半成品，不由得眼前一亮。

"我说这么熟悉，原来……谢谢您，先生，谢谢您还帮我记得我奶奶。"

花先生："你我用不着这么生分，况且这兰花，也不是专为你而准备。"

屈飞心中说道：花先生还是如同当年一般，面冷心热。

屈飞犹犹豫豫地问花先生能否让自己完成这个作品？他心里并不确定，因为他知道花先生最不喜欢别人打断自己正在进行的插花作业。然而出乎他意料的是，花先生点点头，示意屈飞接着他的工作完成。

如今屈飞也享受着随花朵和心情挑花瓶的习惯了，花先生还和以前一样，喜欢收集形形色色的器皿而且总是那么规整地放着。屈飞熟练地挑好所需要的东西，像花先生一样，静静地坐在案几边，用雕刀细细的琢磨着兰花的根茎。

雕刻中，兰花的香味慢慢弥散，屈飞想起了寒夜中蹒跚的奶奶，想起雪月下林悦的笑颜。

谢谢这么多人陪过我，让我没有走错太多。谢谢你们，让我成长如斯。

案几上，兰花凌波而来，踏香轻舞。

三人目不转睛地看着屈飞完成的这尊插花，不由得有些痴了。

停了许久，花先生开口道："很好，很美，屈飞，你给它取个名字吧。"

屈飞看了看花先生，又看了看林悦："我想叫它：希望。"

小暑

初候　温风至

二候　蟋蟀居壁

三候　鹰始鸷

下班时间终于到了，杜磊伸了个懒腰，收拾了办公室的桌面。背着双肩包，穿着白T恤，草绿色短裤，脚踩着一双灰色凉拖，怎么看，也不像已经38岁了。

办公楼里空调温度太低，大家必须披着外套战战兢兢地办公。可是还没走到门口，那股热浪就已经筑起一道火墙，只要一出门，一准撞上去烤得人恨不得待在办公室不要出来。

明明一整日晴空万里，阳光火辣辣的，路上行人寥寥无几，连树叶都往下淌汗。大家都在谈论着，什么时候能下场雨降降温。傍晚快下班时，天气突然变了。乌云黑压压地从远处翻滚着袭来，说时迟那时快，豆大的雨点就像筛子筛豆子，噼里啪啦就从天上倒了下来。

雨并不能带来丝毫凉意，透热的天气就连雨水都已被烧开热透。

想要冒雨回去，看着那四起的暴风，豆大的雨在花坛的泥土里狠狠地砸下一个个小坑，杜磊望而却步，踌躇在办公楼的大厅内，念叨着自己怎么没有注意到天气预报，好带上一把伞。

雨越下越大，天也越来越黑，同事们要么有车，要么给家人朋友打电话让来公司接。也是差点儿运气，杜磊今天车限行，就没有开到公司来。杜磊的弟弟上班的地方离杜磊的公司也就十分钟的路程，想着要不给弟弟打个电话，路过了捎上自己，只是铃声响了很久，电话那头传来："您好，您所拨打的电话暂时无人接听，请您稍后再拨……"

杜磊只能在大厅等等，想着夏天的雨应该很快就会过去，就抱着自己的包在大厅静静的等着。

模样乖巧，像极了一个小学生。

如果一个小学生双手抱着包，呆呆地坐着，怎么看都有些可爱。

但是一个中年男子，一脸油腻，痴痴呆呆地抱着包坐在那里，恐怕并不能让人赏心悦目。

然而杜磊对此一无所知，即便知道，他也不会太在意。看着这雨越下越大，丝毫没有停下来的意思。他现在只关心自己要怎么回家？杜磊想起妻子可能也没有下班，问问妻子有没有带伞，怎么回家，还没拨号码，电话已经响了。

不是妻子的电话，是一个他很讨厌的人。

看着电话上的那个名字，杜磊纠结半天，他并不想接，可是又不得不接。

终于，容不得杜磊继续纠结，他还是拿起电话按下接听。

电话里传来的声音依然趾高气扬，颐指气使。容不得杜磊说出半个字，就已经噼里啪啦地讲了一大堆。

"杜磊，帮我去机场接下我丈母娘，顺便买束花。我今天太忙了，走不开，谢谢哈。航班号我发给你，接到了给我电话，我先忙去了。"

没等杜磊说话，电话已经挂掉了。

杜磊捏着手机的关节隐隐有些凸起泛白，他不喜欢赵总对自己的态度，可每每想要反抗几句，却又不愿意撕破脸皮。

面对这个人，杜磊总是有着几分的难堪。这么说吧，其实更多的是杜磊不知道该如何面对他。

离开赵总的公司已经半年了，杜磊和两个朋友开了一家新的科技公司，做广告屏幕，杜磊是做技术出身，这是他第二次跳槽，严格意义上说，这次不算跳槽，是自己创业。

可是杜磊没想到，自己都已经辞职，赵总却还是对他呼来喝去的，这让他很不舒服。

其实，就杜磊个人而言，他还是很优秀的。虽然没读过本科，仅仅是个大专毕业，学的还是当年已经有些泛滥的计算机专业，在毕业后就进了一家IT公司，迅远科技，这家IT公司市值最高时达80亿元人民币，但是这已经是后话。那时候的杜磊又怎么能想到公司能够做到这个规模？

杜磊进这家公司时，公司刚成立两年，员工不到10个人。

在公司，杜磊可谓兢兢业业，带出了一批又一批的新人，公司的主要项目都是杜磊一手推动，对于编程，杜磊如鱼得水。公司在杜磊的技术支持下，发展得越来越好。而杜磊在公司的前期感觉也很棒，他觉得自己似乎得到了自己想要的认同感。

可是，随着公司的扩大，谈项目、陪酒，杜磊那是必到的。即使他并不愿意去，只想静静地敲几行代码，却又抹不开面子，只能每天强压着不满，一杯接一杯地喝着闷酒，然后又被送回公司去继续工作。

在杜磊进入公司第二年他就任部门主管，那时候的他意气风发，觉得自己肯定能够做一番大事业，可是一直等到离开公司，杜磊的职位都没有改变。如今，这家公司员工已有300多人，杜磊在这家公司工作了十三年。公司的岗位一变再变，来来去去的人越来越多，杜磊却自始至终没有任何的变化。

眼看着一批一批的新人，要么跳槽，要么升职，杜磊心中五味杂陈。

特别是赵总，更是让杜磊不知道该如何面对他。

赵总比杜磊晚进公司一年，用了8年的时间从一个业务员做到了公司的副总裁，杜磊原是他的师傅，后来成了他的下属。赵总最喜欢讲述的是自己的励志故事，和这家公司沾点边的励志故事，酒场上、饭局中，他总是津津乐道，杜磊听了很多年，他能把这个故事横竖背过去。有些故事讲多了，大家就信以为真了，不管这个故事是不是这么真实或者精彩，但无论如何，大家都信，因为赵总成功了。

四年前，赵总对杜磊说，念着当时的知遇之恩，想带着杜磊一起组建新的公司，他找到了投资方，可以买断迅远科技的成熟产品，另立门户。新公司可以给杜磊百分之十的原始股，他的新公司是计划包装上市的，只要一上市，杜磊分分钟就可以拿到四千万到五千万元。

听到这个消息，知道自己在公司很难再有上升空间的杜磊不由得心动起来。是四千万到五千万，不是四千到五千，杜磊觉得自己这辈子可能都没有机会见到这么多的钱。

那天夜里，他失眠了。翻来覆去的他甚至吵醒了妻子，他看着妻子，有些激动地说："老婆，你看看我，你看到的不是我，你看到的是四五千万。"

妻子眼睛都不想睁开，随便应付了杜磊几声继续睡觉，留下杜磊一个人想着那四五千万辗转难眠。

第二天杜磊就顶着两个大大的黑眼圈辞职了，欢欢喜喜怀揣着四五千万的梦想跟着赵总去了新的公司。

赵总独断专行，新公司很混乱，投资商不停地砸钱，业务也没有做起来。杜磊从原公司带了一个人来赵总的公司，两年后做成了杜磊的主管，公司新到的人杜磊给安排的任务，他们就当没听见。每次杜磊想放弃的时候，想着忍一忍可以有四五千万，就这样吧。

于是，杜磊忍成了赵总的专职打杂，专职司机，别说四五千万，那原先的原始股赵总也只字不提了。

杜磊只觉得那四五千万明明距离自己很近，就这样一张张地飞走，连四五千都没有给自己留下。杜磊离开了赵总，和两个朋友开始创业。半年了，赵总居然还会打电话安排杜磊接他的丈母娘。

杜磊看着外面那么大的雨，想要拒绝，却又说不出口。他从来就不是一个能够拒绝别人的人。

也可能是之前被指示习惯了吧，杜磊还是叫了辆车准备先去买花。

花店，杜磊并不是很熟悉，他不喜欢花，也不是个浪漫的人会给人送花，以前都是有人订好，只是现在赵总更加变本加厉，花都要他去准备。

叹了口气，他给司机说了个地址。他记得那附近好像有一家花店，是他曾经陪着表妹白雨去过，花店很别致，随便买束花应该不是什么大问题。

刚下出租，杜磊就看到了那个被暴雨打湿了的铃铛，因为被雨淋湿，连声音都发不出了。

杜磊用包挡在头上，快步跑入店内。

进门的时候，花先生正在浇花，白皙修长的手执着洒水壶，时而笔挺地踮起脚，时而弓起高大的身躯，认真投入地给花浇水，仿佛忘记了自我，植物是能让人喜悦的。

花先生认识杜磊，他一向记性很好，他还记得杜磊是和白雨一起来的。

"您好，花先生。我要去机场接人，您这边方便帮我包束花吗？"等花先生给花浇完水，杜磊对花先生说。

花先生点点头，对于有缘来店的人，花先生并不会太过介意他们的要求，毕竟每个人都有自己的诉求，欣赏美是一种能力，而满足人也是一种能力。

花先生笑着对杜磊说了句："麻烦您先等等，我先去洗一下手。"

洗手，能让花先生从刚才的情绪中切换出来，心情重新归整。用崭新干净的手去包花束，是对花的在乎，更是对人的尊重。

花先生用一块丝质白帕，吸干手上残留的水渍，将白帕收好挂起。

"您接的是女士还是男士，年纪大小？"花先生问杜磊。

"赵总的丈母娘，大概六十左右吧？"杜磊叹口气说，"我见她的次数，比我丈母娘的次数还多！"

杜磊很烦赵总的丈母娘，两个月来一次北京看女儿，如今，看了女儿还看外孙，她来北京，几乎都是杜磊接送。

杜磊几次都要破口而出，我不是你家的保姆，能不能不要指挥我做这做那，可是看到赵总，他又变得唯唯诺诺。

"就您一个人来的吗？白雨没有和您一起来？"花先生笑着说。

他挑了以紫色为主的锦葵，锦葵有抗疲劳的功效，花的颜色也比较素雅，配几支花似小荷的纯白色宝珠茉莉。

杜磊摇摇头："白雨人家做得可是大生意，哪有时间。不像我们这些人，劳碌命，就是被人呼来喝去的。"

听着杜磊妄自菲薄的话，花先生不由地有些皱起眉头。

"这个姓赵的真不是东西，我当年对他那么好，他现在居然把我当成佣人一样使唤。我现在又不是给他打工，他凭什么让我做秘书做的活。"杜磊在花先生这里心情似乎有些放松，对于赵总的怨气一瞬间爆发出来。

花先生在间隙之间给杜磊满上了一杯茶，希冀杜磊能够暂时忘记这无谓的抱怨，可是杜磊一口气喝完茶，又自己美美地倒上一杯，开始了他那无休止的抱怨。

"他算个什么东西，没有我他能有今天？"杜磊看着低头整理花束的花先生。

"整天装得人五人六的，吹捧自己多么励志多么伟大，要不是我，他哪有资格给我们吹牛？整天除了吹牛，不干实事，这种人怎么就能混到副总裁，还能另立门户，我们这些人成天干着最累最重要的活，却没人家活得潇洒。我给你说，姓赵的见人就诉苦，就讲自己的故事。"

杜磊模仿着赵总的口吻，去讲赵总的故事。

关于赵总的故事，总是这么开头的：

我家里四个孩子，我是老大，穷啊，那是真穷！养头猪，一年到头别说猪肉了，连猪油都要藏起来，猪油泡饭那是来了亲戚才能吃上的，即便过年，我们都见不到腥，如今看到白菜，我胃里就泛酸水，吃得太多了。

每天我必须走 20 里地去上学，中间还有一段路需要滑索道，上大学前，我去过最远的地方，就是我们的县城，初中、高中，我的成绩都是名列前茅，因为这样，大学时，我还拿到了县里的奖学金，我觉得我的人生马上就要变得不一样。

四年大学，我勤工俭学，比任何学生都要刻苦学习，我知道只有读书才能改变我的状况，我不想像弟弟妹妹那样，初中毕业就去打工，我的人生，我要改变。

哪知道毕业后，工作不是我想找就能找的，很多用人单位刻薄刁钻，工资低不说，试用期间根本没有工资，就这样，还要求有工作经验。我一个大学生哪来什么经验，试用期没有工资我拿什么生活，好不容易找个能容身的公司，那点可怜的工资，我都不愿意提。一个月后，我决定来北京，北京大，机会多，一样的境遇，我如果能在北京坚持下去，我的未来就不是梦。

没给我太多的思考空间，我打包了为数不多的几件行李就来北京了。刚下火车，我惊呆了！火车站那人乌泱乌泱的，来来往往，都是陌生的面孔，我去哪啊？我背着我的行李在大街上漫无目的地走，好在天气开始热了，走在一个天桥下，我将行李往地上一扔，举目无亲，我该怎么办？路过的行人向我扔了几块钱，很快都被附近行乞的人抢走了，我是新人，没有资格在那个地方，行乞也要划片区，不能越雷池。他们人多，打起来我根本不是对手，再说，我是来找工作的，不是行乞的，我干吗跟他们打架，为了几块钱，为了屁股底下的这块地方。

我拿起背包，抬头的一瞬间看见了桥对面的屏幕上投放着迅远科技的广告,我当时想,就这家公司了,我在一个广场的椅子上睡了一夜,第二天就去这家公司面试了,面试我的是杜磊,后面的故事大家都知道了。

赵总每次讲这个故事,情到深处,也会滴几滴眼泪,讲着讲着,就成笑谈了,不痛不痒,仿佛与自己无关,那就像一个标签,总会贴到有用的地方。

说到这里,杜磊抽抽嘴角,也不顾花先生听还是没听,说道:"可是,谁知道没有我,他又怎么能有今天。"

杜磊之后了解的关于赵总的另一个版本是这样的:

面试那天,赵总用的是亲情牌,杜磊心地善良,就将赵总留下了。当时的迅远科技,是有宿舍的,赵总的住宿问题就地解决了。

杜磊从公司的业务一步步带赵总,没出一年,赵总在业务上就已经轻车熟路。

赵总结婚时,新娘闹过一段时间,后来公司传闻,赵总娶过一个孕妇,两人没办结婚证,孕妇家里有点钱,哥哥开个煤矿,结婚没多久,因为经济纠纷,赵总就被赶出了家门,再后来,杜磊见过一个女人来公司找过赵总,听同事私下议论,这女人和赵总是高中同学,两人原本是恋人关系,赵总大学的学费,生活费都是女孩家里付的,赵总毕业时,要求女孩家里给他找好工作,女孩父亲在当地有点声望,给赵总找好了工作。可是没几天,赵总就和孕妇结婚了。

赵总来北京,是因为在当地走投无路。

可无论什么版本,赵总当了迅远科技的副总,杜磊还在做主管。

眼前的茶已经冷了,口干舌燥的杜磊端起来一饮而尽,又给自己满上。

"你可以拒绝,没有人逼迫你。"花先生好心对杜磊说。

杜磊摇摇头,无奈地说:"我不好意思。"

"上次和白雨来,你不是说自己开了家公司,现在怎么样?"

说到公司业务,杜磊有些烦躁。与他一起创业的是他的两个发小。杜磊负责技术,一个发小负责财务,一个发小负责业务对接洽谈。当初合股,杜磊出了四成,发小各出三成,杜磊是大股东,公司法人是其中一个发小,在公司里,新进的员工对待杜磊,有几个根本爱搭不理,反而看见他的发小,才能显出员工对老总应有的尊重。

很多话是不能对家人说的,对家人说了,徒添烦恼。

半年下来,发小都说没赚钱,可是两人一个换了车,一个换了房,只有杜磊,连基本工资都没拿到手,杜磊想提账目问题,又怕得罪发小,最近回家,连家里人都不敢面对了。

杜磊不知道怎么说,只能低头喝茶,跟之前说道赵总的样子判若两人。

花先生将杜磊准备送人的花包装好递给杜磊,对杜磊说:"每个人都会遇到不同的人,不同的事,你可以选择竭尽全力,也可以选择逃避放弃。"

杜磊道谢过,掏出钱,花先生让他塞到门口的招财猫处就行。

花先生想了想,又取下一朵风信子,递给杜磊,杜磊推辞不要。

"我本来就不是爱花的人,就是帮别人送送花而已,您干吗还送我花?我不要。"说完这句话,杜磊看看表感觉时间不早了,也顾不上给花先生道别就急匆匆地离开。

看着杜磊的背影,花先生摇摇头,事情的对与错,往往并没有一定的标准,最后的结论只是理解的人不同而已。

花先生那朵风信子插在案几上的花器中,那是他本来想给杜磊的建议。

风信子的花语就是:自强和独立。

大暑

初候　腐草为萤

二候　土润溽暑

三候　大雨时行

夜热依然午热同，时有微凉不是风，高温酷热，天干地燥，连知了也无精打采不愿意发出声响了。

赵文琪站在四季花店的门口，原本高挑的她耷拉着脑袋，一副心事重重的样子，想推开四季花店的门，伸出手又缩了回去，转身离开了。

脚上是新买的香奈儿，赵文琪边走边有意无意地踢着路边的小石头，走了一会儿，准备坐在路边的长椅上，还没碰到椅子，便感觉到了被烧焦的味道。平日里，赵文琪根本不会在太阳底下站，别说暴晒了，太阳从她脸上掠过，她都要紧急补个美白面膜。

今天，赵文琪一反常态，阳光侵蚀着她白皙的肌肤，任凭紫外线肆无忌惮的将她晒黑晒伤，也任凭汗逐渐晕了自己的妆容，她都没太在意。

我应该高兴，可为什么会这么失落？赵文琪在心中问自己。

火辣辣的太阳360度全方位地炙烤着赵文琪，蒸干了她的理性和平静，留下了烦躁。

赵文琪又转身往四季花店的方向走去。

想起了叶公好龙的故事：

叶公子高好龙，钩以写龙，凿以写龙，屋室雕文以写龙。于是天龙闻而下之，窥头于牖，施尾于堂。叶公见之，弃而还走，失其魂魄，五色无主。是叶公非好龙也，好夫似龙而非龙者也。

赵文琪的脑海里浮现着这个故事，轻轻地瘪了瘪嘴，摇摇头，幸好自己不姓叶，否则，都要觉得自己是叶公的后人了。

炽热的阳光抵不过赵文琪的坚持，悄悄藏在了一片乌云的后面，越藏越深，不一会儿，乌云就布满了天空，说时迟那时快，雨点劈头盖脸就砸向了赵文琪。

夏季的雨总是先推着风，风急雨疾，人群里发出"快跑"的喊叫声，赵文琪像一朵散落在风中的花儿，娇柔却坚定，她从这些人中穿过，也不跑着躲避。

雨越下越大，赵文琪白色的衣裙，被雨浇得湿透，雨水从脖子里灌进去，又从鞋子里流出来。雨水带走赵文琪的体温，她打了个冷颤，思绪缓了回来。

"怎么不避雨？"熟悉的声音突然问赵文琪。

赵文琪感觉到头顶的雨停了，花先生撑一把伞，站在了她的身后。

"我想躲的，还没找到屋檐。"赵文琪说了一个借口，把脸上混着泪水的雨水拿手抹了抹。

花先生面前，赵文琪一直是开朗的，有格调，有思想，这么狼狈还是第一次。赵文琪有点尴尬，说："花先生，让您见笑了。这么巧碰见您，您是要出门吗？"

"咱们走的一个方向，我是回店里。"花先生说，"不赶时间就先去店里把你的头发衣服吹干，随你去哪里，至少看起来不是锅里捞出来的。"

花先生讲话语调淡淡的，赵文琪点点头。

门前那个铃铛在推开门的一瞬间，依然发出叮叮当当的声响，如同赵文琪初来四季花店的时候。

她还记得，那时候因为花先生的插花，喜欢上了百合，挺拔秀丽，她也喜欢百合这个名字，花先生说：百合促姻缘，花开如笑脸，总能赶走阴霾。

如今，爱情来了，赵文琪却有些踌躇不安。

任谁，第一眼看赵文琪，总能将聪慧、清秀、文静放在她的身上。而在四季花店碰见赵文琪的人，对赵文琪的印象都是爽朗、爱笑、热心。赵文琪是个心中藏不住秘密的人，她的高兴，她的悲伤都写在了脸上，这样的人，有单纯的快乐，也有单纯的难过。

最近，赵文琪来四季花店，情绪在脸上写得清清楚楚，看着一朵花愣半天，眼睛和思绪早飘到了九霄云外，以往有熟悉的面孔，赵文琪总会莞尔一笑，问候几句，最近，她有些心不在焉，说要带着百合回去学插花，成为专注百合的花艺大师，可是抱着一束别人定的曼珠沙华就走了。

赵文琪在四季花店门前徘徊，花先生是看见的。要不，那把伞怎么能出现得那么巧。

进到店里，赵文琪一连打了几个喷嚏，花先生示意她赶紧把自己烘干，等赵文琪再出现时，花先生已经为她准备好了一杯热茶。

赵文琪就像做错事的孩子，怯怯地接过茶杯，握在手中，说了声谢谢。

"有心事？"花先生开口询问赵文琪，他做好了心理辅导的准备，对朋友，花先生总会上心。

"说没有，您也不会信。可是说有，我也确实觉得，这对您来说不算什么。女人一点小心思，给您说了就成家长里短的絮叨了。"赵文琪回答道，"可是，真没地方去说。"

花先生不言语，自顾自地喝了几口茶，又给赵文琪加满，起身往里屋走去。

以赵文琪对花先生的了解，她夜不能寐的纠结，花先生根本不放在眼里。总是当局者迷，可当局者总是感悟最深切的。

不一会儿，花先生端着一个托盘，上面放两碗烧仙草，回到了座位。给赵文琪面前放了一碗，说："六月大暑吃仙草，活如神仙不会老。"

然后自己端起碗，对赵文琪说："你说着，我听着。"

"花先生，有人追求我，可是我不知道该不该答应他。"赵文琪也端起烧仙草，拿勺子轻轻地搅动碗里的仙草，吞吞吐吐地说。

花先生看了一眼赵文琪，说："任何时间，任何地点，阻止你笑的人都是你自己。你想要的就在你伸手可及的地方，你不敞开你的心，别人怎么能够看到你想要的。"

过云雨早已停歇，阳光又从云端露出了脸。

赵文琪喝完烧仙草，帮花先生把碗收拾掉，便准备离开。

"您再帮我包几束百合，谢谢。"赵文琪对花先生说。

百合是所有花店的标配，花先生信手就给赵文琪拿了几束包了起来。

赵文琪抱着百合，低着头闻了闻，偶尔，人会被一些事情困惑，是希望有耕耘就要有收获，可是执着收获，会错过原本最好的果。

花先生对赵文琪说："天热，可以吃点翠绿清爽的凉拌苦瓜，苦物消火。"

赵文琪笑笑，说："您懂得真多，差点忘了跟您说，我闺蜜要结婚了，得麻烦您给包一束花，意境上您是行家。"

花先生微笑点头，算是答应了赵文琪。

第二天，花店来了四个人，成双成对。

赵文琪拉过一个女孩，给花先生介绍："夏颜倾，我最好的朋友，旁边的帅哥是她的未婚夫，不过马上就要转正了。您想好没有，我送什么花给他们作为新婚祝福比较好？"

"金边瑞香，以'色、香、姿、韵'四绝名扬世界，是世界园艺中的三宝之一，且瑞香有祥瑞之意，也是好兆头。"

赵文琪对夏颜倾说："我说的没错吧！花先生配花那是一绝。"

夏颜倾喜形于色，她个头不高，周身透着一股子蓬勃的生气，吐字清晰，语调欢快，跟赵文琪的性格还颇有些相似。

未婚夫宠溺地牵着夏颜倾的手，让人一看便想到"金风玉露一相逢，便胜却人间无数"。

同行的另一位男子，赵文琪却有意无意地疏远他，花先生看在了眼里。

花先生不动声色，递给男子一杯水："这是我做的荷花茶，尝尝。"

男子很有礼貌地点头致谢，嘴里说着麻烦您了，接过了茶杯，一饮而尽，夸赞茶香。

醉翁之意不在酒，花先生哪能看不出。

夏颜倾饶有兴致地在花店里转转看看，跑到赵文琪跟前悄声说："小琪，你可是将这花先生藏得深，别有用心吧？"

赵文琪摆摆手，对夏颜倾说："别瞎说，花先生在我眼里，不能用世俗的词称呼，他身上有一种超脱的东西，你与他交往，会被他身上的灵性所震撼。"

"话说，我看见花先生还有点怕，有种小妖碰见孙悟空的火眼金睛。"夏颜倾说。

"心虚？"赵文琪打趣地问。

"那倒不是，说不出来，还没想好是什么。"夏颜倾挠挠头说。

"点与点之间最近的距离永远是直线，不要把简单的问题往复杂了想。"赵文琪说。

"对，就这感觉，微光能照到你心里的角落。你看，不经意间，你的生活感悟就不一样了，潜移默化影响你，就像火柴，不亮，但是总能给人温暖和希望。"夏颜倾对赵文琪说，"是不是这感觉？"

赵文琪点头，说："洞若观火。"

夏颜倾对赵文琪说:"咱俩聊着终觉浅,我还是让花先生给我指点一二。"说完拉着未婚夫就去跟花先生聊天。

花先生看夏颜倾和未婚夫,一个人心情好坏,很大程度和心态有关,夏颜倾的心态看起来就很好,她脸上的笑容明明白白。

赵文琪和另一个男子之间,花先生看出了端倪。很多人寻找爱情,而错过爱情。把寻找爱情当成一种负担,而忽略了身边的人,那就有些得不偿失了。

花先生对热情的夏颜倾说:"我并不知道你们今天过来,瑞香还没有准备好。新婚燕尔,屋内陈设吉利最好。既然你们来了,我也不能让你们空手而归。"

花先生取来一枝还挂着青色小石榴的枝叶,又取来一个陶制的花器,端详许久,将石榴轻轻插入,又将一些细细碎碎的小花小心翼翼地布置进去。

每一束花,都是为了增添与主题迎合的美感,而刻意挑选与安置的,在某些特定的场合下,更会加入一些别有用意的装饰。

"石榴这时候还小,比较可爱,夏天看着就很清爽,石榴本身就是多子多福的意思,权当是我对二位的祝福吧。"花先生对夏颜倾和未婚夫说。

"谢谢,礼物寓意好,结婚的日子就更得好了。"夏颜倾特别诚恳地对花先生说,"能麻烦花先生给我们选个结婚的日子吗?加上这多子多福的寓意,就促成了双喜临门。"

花先生看着桌子上犹如碧玉装饰而成的插花,从黑色阔口陶罐中透出的几丛细细密密的小花,几只青翠的小石榴也顺藤攀爬,自然又和谐。

"下个月初六,双星到座天月德合,福星贵人归日禄,是个黄道吉日,两位可以考虑一下。"花先生说。

夏颜倾和未婚夫连连感谢花先生,幸福的笑声在四季花店回荡。赵文琪目光滑向那丛石榴，的确青翠可爱。

她的目光又落到了另一个男子身上，男子叫陈桉，追求赵文琪很久了，赵文琪也喜欢陈桉。可是陈桉太优秀，赵文琪对他们之间的未来有些担忧。原本，爱情里，只要你爱他，他爱你就够了，可是大家年纪都不小，谈婚论嫁是必然，在婚姻的柴米油盐中，爱情能发酵多久是个未知，何况是跟一个比自己优秀太多的男人。

夏颜倾敢爱敢恨，赵文琪突然有些小嫉妒。

陈桉，高大帅气，是意大利著名奢侈品牌中国区的总裁。是夏颜倾的未婚夫在哈佛大学设计学院读书时的同学，在夏颜倾和未婚夫组织的一次小聚会上认识了赵文琪，便认定赵文琪是他今生的另一半。

可是，赵文琪躲躲闪闪，并不回应，陈桉明追暗问，也得不到答案。前几天，陈桉直接向赵文琪求婚了，赵文琪更是有意回避他。

夏颜倾捧着石榴，爱不释手，和未婚夫谢过花先生，说要赶紧回去告诉家人婚礼的日子，提早做准备。

走到门口，夏颜倾将手中的石榴插花放到未婚夫手上，说："你和陈桉先走，我跟小琪随后就到。"

夏颜倾折了回来，拉住赵文琪说："我发现有家甜品店，特好吃，张烨不让我吃，怕我牙疼，你陪我去吧。"

花先生看到夏颜倾给陈桉使了一个眼色，很多事情，不用多说，一眼便能看透。

晚上赵文琪又来到了花店，不过这次只有她一个人。

"我想给自己包束花。"她的声音低低的。

花先生刚刚结束作品的修剪，一面卷起的已经锈透的铁皮，花先生让一只青藤蜿蜿蜒蜒的攀爬上去,在最顶端,一朵夕颜微微盛开,浅紫色的花袍,好像向世界宣告自己的美丽一般。

花先生对赵文琪笑笑,招呼姜晨去取些百合过来,赵文琪却拦住了他。

她看见花先生收拾桌子上的残叶落花,心情更难受了。

"不,花先生,我今天不要百合。"

花先生点点头,不多说什么,挥挥手,让姜晨去忙。

赵文琪独自坐了一会儿,花先生也不答话,自顾自地修剪花草,小心翼翼地将剪落的花叶收起来。

看着花先生把花和叶子捡起来,小心地放在小巧的花筐里,赵文琪起身轻轻地端起来,捧住花筐,看着里面的花和叶,悠悠地问:"这些残花没用了吧?"问花先生,还是问自己。

花先生并不觉得那是赵文琪的自问,说:尘归尘,土归土,都有自己的归属。

赵文琪说:"夏颜倾邀请我做她的伴娘,本来我很情愿,可是要面对另一个人,我就犹豫了。您说,我该怎么办?"

"是今天那位先生吧?"花先生问赵文琪。

赵文琪点头,他并不惊讶,花先生的眼睛,与常人不同。

"如果想被阳光照耀,你就得站在阳光之下,躲在角落里,谁有办法?"花先生说。

"我们俩从哪看都不是一个世界的人,他走进我的世界,就跨个脚,我走进他的世界谈何容易。"赵文琪对花先生说,也像在对自己说。

"横看成岭侧成峰,远近高低各不同。"姜晨插了一嘴。

花先生点头说:"一样的事物,每一个人看的侧重点都不一样。你想的,人家未必在意。"

花先生手中拿几朵稍微残次的花朵，然后用其他花自由的点缀，这束花红白相间，红肥绿瘦，低调的花朵突然变得张扬，在相互穿插中，相互弥补，相互映衬，却交叉出一种特殊的、个性的美。

"送给你，他应该很爱你。"

赵文琪看着那些被她曾经视为残花败柳的花朵，在花先生的妙手下依旧努力绽放着自己的美丽，她有些感动。

手机一阵震动，是陈桉打来的电话。

赵文琪对花先生说："谢谢你的花，我想我该去接受自己想要的幸福。"

夏颜倾的婚礼上，邀请了花先生，在新娘夏颜倾身边的赵文琪，穿着淡淡的紫色套裙，款款走在新娘的身边，默默地挽着新娘的手。

新娘和赵文琪的脸上都洋溢着幸福，

"一定要幸福，我会永远祝福你。"

夏颜倾抱着赵文琪说："亲爱的，谢谢你陪我这么多年，现在，我有了家庭，但我们的情谊永远不会改变。"

司仪大声地宣读捧花环节，花先生看到随着一声开始，一大团锦簇的捧花在空中旋转，转眼落在了赵文琪的怀里，大家哄堂大笑，起哄："下一个结婚的该你了。"

赵文琪的脸红彤彤的，结婚，是在你的人生中，又多了一个爱你的人。她看看旁边的陈桉，陈桉也看看她，两人相视一笑。

陈桉伸出手牵住赵文琪，悄声凑到赵文琪耳旁，那温暖的气息让赵文琪安心。

"亲爱的,我们结婚吧。"

夏颜倾婚礼后,赵文琪又开始忙碌的空中飞行了。

赵文琪的微笑更加真诚,她的手上新出现了一枚戒指。

那是陈桉对赵文琪幸福的承诺,也是赵文琪对陈桉幸福的期许。

秋之实

立秋

初候　凉风至

二候　白露降

三候　寒蝉鸣

秋天的阳光，会溢出果实的芬芳。飒飒的秋风摇曳着逐渐青黄斑驳的树叶，带走了沉重，留下了轻松。秋天，一笔一画都是情，秋景，一字一句都是意。

暑气随着立秋，开始消散，人的心情也不再那么躁动。

花先生搬着一盆秋海棠，之前为了弄出几朵白色的海棠，放在阴暗处就没动过。又喊姜晨把他前段时间去山里移植的一棵小山柿子搬出来，柿子还有点青，要晒晒，才能泛出红光。

早上立了秋，晚上凉飕飕，路上的行人也多了，然而宋满仓却有些意兴阑珊，他在回想刚才参加的那个讲座。

宋满仓经常参加一些讲座，听讲座不是他的目的，他的目的是认识些他认为有用的人，发展公司的业务。

讲课的老师都介绍自己是心理学大师，近几年流行心灵培训，这种机构便春笋般遍地生长。到了秋季就开始收获，心灵导师，一个个奔驰宝马开着，动辄几万元一节课，讲讲心灵。

这种课程，讲到最后，不外乎资源整合，宋满仓知道这种课程的幌子。可是最近有一个课程，很特别。老师发给每人一张纸，纸上打印着几行字。

1. 你是否拥有完美的家庭？

2. 你是否有懂事的孩子？

3. 你是否有成功的事业？

4. 你是否有几个知心的朋友？

5. 你是否记得帮助过谁，你们之间还是否有来往？

……

老师指着手中的纸说，在座的各位，仔细看看你手中握着的整个人生，我想请大家仔细地思考，现在的自己，是否算得上成功。

教室里的气氛沉静了许久，大家都在思考，用这种难得的自我省察机会，返璞归真，剖析自己。

宋满仓一直在忙着发展公司，很现实地说，他是在寻找各种机会赚钱，可是不知怎么的,他的事业毫无起色,眼看着周围的人越做越大,自己却是越做越小,别的不说,办公室可就从大变小,从写字楼搬到了别墅,又从别墅搬到了现在的住宅区,最近更是不如意接二连三,儿子与自己形如陌路,妻子提出离婚,公司面临破产……

心情总是很柔软的东西,经常会因为自然界的风花雪月与人世间的阴晴冷暖,剧烈波动着。没有好的心情,一切都无从谈起。心情与人形影不离,坚定不移地陪伴着我们,快乐的人,在黑夜里也会绽放出笑容;凄苦的人,即使睡着了梦中也滴泪。

此时,宋满仓的心情是复杂的。妻子要离婚,家庭完美吗?公司要破产,事业算成功吗?看到知心朋友四个字,在宋满仓身体里,居住了许久的记忆,终于走了出来,经过时间的腐蚀,不但没有褪色,反而更加清晰。

直到离开了讲座课堂,宋满仓还在想这些问题。蓦然间,他发现自己已经中年,也到了人生的秋季。谁都不愿意承认岁月的流逝,宋满仓收拾了东西,将车停靠在路边,下了车,想在陌生的街道走一走。

独自行走,是一种让人能够审视自我的最好方式。

宋满仓迈开腿,走着走着,很多往事浮现在了眼前。

宋满仓读大学的时候,有几个要好的同学,也是自己的老乡。远离家乡,这些老乡之间的感情可谓非常的真挚,大家经常聚在一起,聊天吃饭,谈理想,谈未来,偶尔相约旅游,爬山涉水,户外运动。很快,大学四年就过去了。

毕业前,大家都急着找工作,宋满仓也不着急,谈了一个女朋友,搬到了校外,开销大了,他就向老乡和同学借钱,有了几年的感情基础,大家也都爽快,千儿八百的都给他周转。女朋友高中毕业就在社会上打工了,跟宋满仓在网上认识,很快就辞了工作,借着爱情的名义和宋满仓搬到了一起。

读书期间，家里还给些生活费，勉强够开支。毕业后，家里就停了经济援助。宋满仓和女朋友没有找工作，两人整天在出租屋打游戏，从老乡和同学跟前借的钱，到时间总要周转，思来想去，宋满仓索性借了一个老乡1万元，搬离了住处，玩起了消失。

约定还钱的时间到了，老乡联系不到宋满仓，去了宋满仓的住处，就明白了怎么回事。联系了其他几个人，也都说了同样的情况，大家费尽周折，找到宋满仓的新住处，没成想，刘满仓不但不还钱，还给大家抡起了菜刀。当然，也有闹事的老乡，可是宋满仓拿出一副死猪不怕开水烫的架势，被大家闹了几次，宋满仓就搬走了。换了电话号码，彻底与老乡和同学断了联系。

宋满仓那时候觉得，老乡和同学的情谊不算什么，失去就失去了，他可以在社会上找回来失去的。

女朋友提议两人开家淘宝店卖服装，那时候淘宝刚刚进入大家的视野，正好宋满仓也无所事事，女朋友打工几年攒了一些钱，两人用女朋友攒的钱采购了一批服装和配饰，踌躇满志准备创业。

开网店，需要拍照，时刻有客服，女朋友把一切都准备好，突然奶奶病重，就把手头的活交给了宋满仓，一个月后，女朋友回来，宋满仓不但没有把网店开起来，女朋友走的时候衣服怎样放着，回来时候还是那个模样。女朋友一气之下离开了宋满仓，宋满仓也没有强求那段感情，房子到期后便离开了那座城市，那时候的宋满仓是想重新开始的。

大学宋满仓学的电子科技，换了城市来到北京，应聘到一家无线电通信公司。专业知识比较扎实的他工作还算顺利，不到两年就做到了技术骨干。正好公司要跟美国几家公司谈合作，就派宋满仓和另一位技术骨干一起去美国洽谈。临行前，宋满仓带了一副对讲机，给了同事一个，怕两人电话联系不到，距离不远的话，对讲机能派上用场。

到达美国肯尼迪机场，宋满仓先出了海关，等了同事半个小时还不见出来，就用对讲机喊了几句，同事没有回答。过了一个小时，宋满仓看到几个身穿制服的人拿着他给同事的对讲机出来，人群中到处看着，宋满仓当时的第一想法，就是要被遣返，被遣返了这单生意就在宋满仓这里泡汤了，生意泡汤了，奖金提成就没有，宋满仓可是指着那奖金提成自己开公司的，他想也没想关了对讲机，转身就出了机场。

宋满仓的生意谈得很顺利，同事却被遣返回国。

当时的经历，同事回国后大家就都知道了。

在肯尼迪机场，是要分流通过海关的，有些工作人员速度快，问几个问题，就让过了，有些工作人员会多问几个问题，队伍随着到达机场的航班增多，人流也多。宋满仓出海关快一些，同事的队伍正好遇到工作人员交接班，所以就有些缓慢，好不容易轮到同事了，回答了问题，工作人员准备盖章通过的时候，宋满仓对讲机的喊声引起了工作人员的注意，当即就询问那是什么？为什么要带到美国？一连串的问题之后，又把同事安排到了机场执勤的警察那里，开箱检查，各种盘问。本来这同事英语就蹩脚，被轮番语言轰炸后，更加紧张和语无伦次，好在那时有张亚裔警察的面孔出现，同事抓住了救命稻草一般，询问对方会不会说中文，对方点头，说自己祖籍是中国台湾，会讲中文。同事把详细情况给华裔警察讲了一遍，华裔警察再将同事说的情况给其他警察讲了一遍，然后非常热情地对宋满仓的同事说："我带他们去找和你一起来的朋友，把情况核实清楚，没问题，不用担心。"

没成想，宋满仓一看到警察手中的对讲机，自己跑了，留下了同事一个人在机场，百口难辩，华裔警察帮同事协调了3个多小时，最终还是无奈地对这位同事说："对不起，真的帮不了你，因为没有对证，根据你提供的信息,我们没有找到这个人。"

最后,这位华裔警察还提醒这位同事说:"如果你说的是实情,这种情况下,你的朋友也极有可能被遣返。"

这位同事一听,自己已然被拒绝入境了,没必要再连累宋满仓,虽然他对宋满仓十万个不满意,最终还是将对讲机的事情全部揽到了自己身上,撇清了宋满仓的关系。

宋满仓签了项目回国后,公司同事对他的态度与之前截然不同,他也明白其中缘由,拿到奖金和提成就离开了这家公司,他觉得,这些人不足以影响他的生活,他的未来与他们这些人也必定不会再有交集。

宋满仓开了家图书出版公司,又一次准备重新开始。

新公司的成立,宋满仓的女朋友功不可没。

那时候,宋满仓交了新的女朋友,也是现在要跟宋满仓离婚的老婆,她在宋满仓事业的起步阶段,给予了宋满仓很大的帮助。

女朋友原先就在图书公司做了6年编辑,宋满仓离职前,她女朋友负责宋满仓公司老总的自传,宋满仓接待过几次,就熟悉了,一来二去确定了恋爱关系。宋满仓离职后,两人就开了一家图书公司,借着女朋友业务的熟悉,做了市场定位,专门给一些有出书计划的老总或者知名人士出书,分三个档级,28万元,68万元,108万元。

因为女朋友的独特眼光,做过一些成功书籍,宋满仓事业巅峰时期,年利润能达到1000多万元,可是随着事业的起色,宋满仓的本来性格就暴露了出来,与人谈话,利益摆在第一,三句不离我给你出本书,各种宣传,最后落到钱。时间久了,一些认识的人都不愿跟他来往。

对待家庭和孩子,宋满仓借口公司忙,更是懒惰缺乏责任心。

老婆要跟宋满仓离婚，公司的事情也不再上心，宋满仓原本对这个行业就不是很熟悉，如今缺了老婆的协助，更是两手抓瞎。世界上就没有不透风的墙，他在行业的口碑也因为他的做事方式，很是不好，所以很多人都不愿跟他合作，他只能不断地寻找新的面孔，可是朋友这种宝贵的矿藏，不可能因为一面之缘就白白得到。

要得到朋友，得到尊重，首先必须认清自己，觉得自己能被对方信任，能被对方尊重，对方才可能尊重你，信任你，可是宋满仓从没有认清过自己，他认识人目的单纯，就是为了挣钱。

宋满仓曾经在家里养过几盆多肉植物，养着养着多肉植物就死了，浇灌一盆顽强的多肉植物，都不容易，何况得到一个人的信任，那更不可能轻而易举。朋友要处得长久，一定要用真心，若是假装，日久天长，你累，别人也看得出，伪装到最后，受伤的还是自己。

教室里放一株铁树，苍翠的绿植，需要多年才开一次花，花开一次，也就珍贵。朋友也像铁树的花，易失难得，宋满仓看着知心朋友几个字，才突然发现，很久了，没有朋友跟他聊天，自己也没有真心地对待过谁，这么多年，他习惯了以自我为中心，得到自己想要的，从不在乎别人。他把失去的认为那是人生的必须，把每一次对别人的伤害，都作为了他的重新开始。

有些东西越想遗忘，却更像在心里扎了根。宋满仓想给记忆改头换面，可是潜藏的心底最深处的那点真诚阻止了他。立秋的街头，有了些许秋意的微凉，人们不再将自己关在空调房，傍晚，大街上外出的人多了起来。

四季花店最近客人格外地多，花先生还是像往常那样不紧不慢地给大家提供帮助和服务，待客人稍稍少一些的时候，换上平日里插花时的服饰，走出店门，将醒目的木牌翻转过来，提示顾客自己正在插花，目前可能没有时间来为他们提供咨询。

一切妥当后，花先生才有条不紊地从箱子内挑选了一把最合手的花剪，取出土质器皿，进行插花的神圣仪式，这是花先生每天必须进行的一种内心朝圣，将自己对于自然美的喜爱融入进插花作品之中，以花为精神的载体，体现出自然无与伦比的天成之美。

花先生这次的插花作品不同寻常，选用的是秋柿配上山茶花，一种别出心裁的设计，花先生低头的瞬间，仿佛都能感觉到时间的停滞，内心愈加平静。或许，这也是花先生喜欢插花的原因，总能在插花的过程中感受到某种奇妙的感觉滋润着一种神奇的力量，不可言传的奇妙感滋润着他的心田。

满怀心事的宋满仓被眼前柿子的红所吸引，不由得停下了脚步，伫立观赏。

宋满仓隔着玻璃看花先生插花，淡淡的光晕轻微环绕在花先生的周边，不知是玻璃的反光还是超乎自然的神奇现象。

"呼。"花先生满意地嘘了口气，用手纸轻轻擦去鼻尖的汗珠，还差一半插花作品就完成了，花先生给新的作品取名：秋的韵味。也就是在这抬头的几秒钟时间里，花先生无意间看见花店窗户外站着的宋满仓，愣了一下。

此人眉骨高，眉毛少，清晰见肉，兄弟手足无靠，凌云和福堂的位置杂乱无光，福薄而无情。眼有戾气，面容多有滑腻燥暗之气游荡，看来运气也是糟糕透了，仅仅是额头上天庭到印堂位置，还有一丝若有若无的黄光，也算是人性中仅存的一点光辉吧。

花先生转过头，继续进行着未完成的插花仪式，秋柿的位置已经选好，剩下的就是对茶花的固定了，他采用横卧的方式，做出"回首叶"的样子，就不会出现散漫和萎靡不振的感觉。成形的作品如同承接了秋天的澄明之光，营造出亮丽的秋色之美。

在进入四季花店之前，宋满仓从没有买过鲜花，他觉得花期短暂，从经济角度考虑，是不划算的。多肉植物，好养耐活长。今天，宋满仓想给老婆买束花，哪怕是徒劳的，他也想做出一点改变。

他想找到当初的同学和老乡，还了钱说声抱歉，他想找到被他扔在肯尼迪机场的同事，吃顿饭聊聊天诚恳地道歉，找来找去，没有联系方式，曾经关于这些人的蛛丝马迹都被他擦掉了。或许，时间也抹去了他在这些人之间的记忆和存在感，可是，宋满仓想找回曾经失去的价值感和心的归属感。

"帮我包束花吧，我送给我老婆。她喜欢……"宋满仓真不知道自己的老婆喜欢什么花，支支吾吾中，花先生说："帮你包束丁香花吧，唐代文人喜欢丁香，在诗歌里，丁香有两情相悦，相结同心之意，毛文锡的'豆蔻花繁烟艳深，丁香软结同心'，韦庄的'竹叶岂能消积恨，丁香空解结同心'，有回忆，自然也有愁苦，丁香又常与'心结'相伴，寓意心中某种难解的情结，而且丁香还有谦逊的含义，现在很多人总把丁香和忠贞的爱情联系在一起，倒也适合您送爱人。"

宋满仓听到花先生给他介绍丁香花有这么多含义，一下子听得有些愣住了。但回过神细想，这一切全都是美好的寓意，像是花先生早已知晓的等候。

无论花先生怎么看透宋满仓，宋满仓也心怀感激，他对自己说："一点一点，解开这些心结，从现在开始做改变吧。"

处暑

初候　鹰乃祭鸟

二候　天地始肃

三候　禾乃登

清晨，站在窗前凝视着星空的眼眸渐暗渐远，一针一线的灯火辉煌秀出了这个城市初生羞赧的微笑，许久，刘婉清才推开窗，那股幽静的气息如佛陀端坐于莲花之上。

一夜未眠，最近刘婉清迷恋仓央嘉措的诗：

为了今生遇见你

我在前世

早已留有余地

……

仓央嘉措的炙口情诗，催生刘婉清心底发酵的疑问：我和江震之间有没有这样的爱情存在？

这个问题她思前想后，肯定了答案：一定有。

刘婉清和江震认识一年多，两人之间虽然没有太多山盟海誓，日子淡如一杯白开水，可那一杯水并不是加了漂白剂的自来水，而是香甜的山涧泉水，入喉细腻柔滑，甚至有袅袅之韵。鱼得水游，而相乎忘水；鸟乘风飞，而不知有风。

若相识原本注定融洽和谐，那身在其中又何以寻得轰轰烈烈？

恰值周末，刘婉清洗漱完喝了杯咖啡，便约江震京城溜达溜达。

去往首都机场的路上没有高楼大厦，没有琳琅满目的街市，驶入一个岔路口，行车道窄了许多，在一片树林边停下，刘婉清只想散散步，忙碌嘈杂的生活让思想里塑造了一个机械生活的国度，片刻的宁静也显得如天之涯、海之角难以触及。

阳光甚好，秋风又吹得恰如抚慰，刘婉清将自己融在一片银杏林中，疲倦的双眼追随着上翘的嘴唇，不经意的邂逅，发觉北京的天可以如此的蔚蓝。

杏叶已黄，灿灿耀眼，风的无情让刘婉清怜恤飘落的叶，空中减速旋转着，似乎不肯坠地。它们是否眷恋枝的萌发，不舍根的孕育。刘婉清不得而知，目光注视着，等待落叶归根，只是万事或许都不能太过如意，车来车往，只见那一抹黄越飘越远……

刘婉清努力奔跑着，也许只是因为脚下没有羁绊，大声地呼喊，只因眼前没有人群，心中一颤，原来她早已爱上这座城市：北京，就像浓缩了地球的精华，取之自然灵气的一个城市，人潮人往掩盖了它原本的质朴纯真，刘婉清以为这是她的偶然寻觅，转念一想觉得更多的是江震的真诚，能让她在这样一片难得的空地，与自然交流，与天空对话，与一切精灵攀谈，爱的语言由心而发。

一千米的路程，短暂到没有察觉，来回往返、奔跑、走动、倒转，那么惬意舒心，那么无拘无束，刘婉清用懒散的双手碰触松杉的指尖，扎扎的，神经抽搐，大脑却异常清醒。一片白杨树下驻足，透过叶的缝隙，太阳依旧努力地输送精神的点滴，仰起头配合着它想用脸盛住洒下的片片光阴，动作自然就像流水的生产线，20多年来刘婉清不曾创新，生物学却已标注了很多年——本能。

江震问刘婉清，是继续走下去还是去看电影《一夜迷情》，刘婉清选择了后者。江震告诉刘婉清，网络上有一句话对这部电影的评述："一对结婚多年的夫妻相互出轨的故事。"

刘婉清不善于做影评，却在观影的过程中有想评论的冲动。

坦白说，刘婉清喜欢导演的拍摄视角，几乎没有露骨的床戏和缠绵的喘息，更多的是从对话中体现婚后可能出现的精神和肉体出轨，主人公结婚三年，江震问刘婉清："中国人有七年之痒，是不是国外三年就视觉疲劳呢？"无论哪种层面的出轨，终究还是要落在出轨两个字上，不论对方能不能忍受，该发生的偶然事件总会发生。

《一夜迷情》很恰到好处地将这种偶然发生的事件用肢体语言、对话和图像展示了出来,相同的夜晚,不同的地点,一对夫妻,重新组合的两对"情侣",酒精的刺激,欲望的驱使,迷离的灯光,挑逗的言语,身体轮廓的凸显,回忆画面的展示……就这样,双双出轨。所不同的是男人肉体出轨,女人精神出轨。

这部电影其实可以分开来看待,女人的内心索求和男人的内心挣扎,女人失衡的忠贞誓言和男人抛却的体壳约束,女人微妙的精神控制和男人惶恐的短暂沉溺……对比比较鲜明,婚姻中的不依不饶,咄咄逼人战术是否也是活脱脱、赤裸裸的精神逼迫,精神暴力呢?

最终,女人坚守了肉体,男人却无法把持诱惑,愧疚的丈夫急匆匆地回家却看到流着泪思念另一个人的妻子,她的心那时已远走高飞,随着柏拉图的爱恋时刻准备着颠沛流离,于是她冷漠地回应丈夫的每一句略带愧疚的问话,那种语调,那种眼神好似绝望,又好似对新生活来临前的誓言承诺,最后的一个拥抱,双方的"我爱你",不知混合了多少的杂质,一道道过滤,爱的容量瓶也许只能剩下晶莹的一滴真诚,又或许这滴真诚只能够在试管的尖端不停蠕动,不足以落下。

诗人里克尔说:"叫一个人去爱另一个人,是我们最艰巨的任务。"

不可否认,这句话在实践中的分量。对于这个故事来说,已经结束,剩下在银幕外的刘婉清和江震,一切才刚刚开始。

曾几何时,刘婉清习惯追问江震喜欢她的原因,询问江震他们之间爱情的真谛,考问江震对他们未来的承诺……殊不知感情是无法用言语描述,情感是无法使用辞海去束缚的。赞叹天地的广袤,惊讶渤海的辽阔,而爱情却抽空了赞叹和惊讶的颜色,并不是涂料的瞬时蒸发,而是想当然以为那是自然，以至于不用大惊小怪。就像懂得阴阳相合之理，却忘记合久必分的残缺。

爱情很简单，简单到甚至透明。因为透明，人们总想赋予它幻化的色彩，高兴的、悲伤的、愉悦的、痛苦的、甜蜜的……群群种种，秒间爆破般涌出，争相夺宠。而后大脑嘈杂混乱，任由理智的密码戟指斥责，也容不得半点平静淡然的跻身之所。在动物之前加上高级二字，能够很完全地表达自己的情感，我们美其名曰为：人。

人加个人成为从，从加个人成为众，也就是一群。表明人是群居的，要群居势必繁衍，要繁衍势必效仿亚当夏娃。《圣经》创世纪中提到，伊甸园时期并没有羞耻荣辱感，赤身露体并不害羞。刘婉清猜想这原是人之本色，记得看过一本爱情小说，当作者笔下的人物想要将感情搁浅似乎顿悟的时候用到《心经》里的一句话：色即是空，空即是色。当时略懂佛学皮毛的刘婉清轻狂地打电话给编辑，讲述了一通：色乃实体，空乃无形无相，空色不分并未着相……好在编辑是她的朋友，并不介意她的莽撞。今天回想，这所谓的爱情着相于空色又有何过？

年少时刘婉清喜欢窝在床上读惟妙惟肖的浪漫爱情小说，当她真正经历时才发现爱情之所以用浪漫形容，是因为心里感觉甜蜜，真正的爱其实很平淡，只是简简单单说句：吃饱了吗？天冷了多穿件衣服，今天你做了什么？或者晚安。

想念会藏在心里，然后猛然间问自己，我有勇气对他说句我想你吗。看自己并不赤身露体，爱情上在意的人我们在语言上始终会有羞辱感。将这句话咽下去，继而告诉死党，很想你，话还是说出去了，转换了对象，结果就不同。开心总会开心，却不再忐忑地期待，心情也会淡然许多。

人都会有秘密，只是长大后压在心头的太多，坦诚更多的只是匆匆过客，明天依旧习惯性地守着自己的一座孤岛，遥望地平线的另一端，向往着自己想要却永远不会实现的生活。

两个人在一起有诸多的因素，分开却只有一个原因：不适合。见多了身边朋友的分分合合，也看淡了周围情侣的卿卿我我，一笑而过时刘婉清不想触动心底那根弦，刻在骨子里的感觉如同五线谱奏出的乐有快乐也有难过。曾封锁了通往男女之爱的小径，惶恐地不敢越过雷池半步，醒豁后才问自己：谨慎为了什么？就为一纸9块钱的红皮结婚证，然后贴上两张照片加盖戳，一起心安理得的生活。这才是平淡，这才是真实，这才是大多数所谓传统男性口口声声提倡的快乐生活吗？

那时候，刘婉清和江震还未相识，认识多年的好友对刘婉清说，可以孑然一身保持清心寡欲的状态，却并不代表会坚持守护那一张生理的膜。刘婉清笑的时候回应：女人同男人一样，一半是天使，另一半是纯粹的动物。将爱情升华时，男人与女人是平等的，若想要寻求责任，那只是对自己的行为负责。都不是对方的囚犯，仅仅是无法抵挡青睐和需求。好友瞅了刘婉清半响，才问她："你认为男人和女人一样吗？"

"生理上来讲不一样，但情感上来说没任何区别。"刘婉清回答。

"你恋爱过吗？"

"没有，所以不会有机会那么彻底地明白。"

"那就对了，除了生理，男人和女人也绝不可能一样的。"

……

刘婉清没反驳，当时的她也没挖掘出有利的辩证依据。当然，这些问题没有一成不变的结果，首先问题本身就不可能有标准答案。

抛开幽禁的习俗，刘婉清很乐意说句：其实不仅仅是喜欢，也爱你。只是社会在不断地提醒：女人，不可以情绪和肉体失控，既不"正派"也不"贤淑"。

爱，无论多久都只是在心里，仅仅在心里而已。因为，始终刘婉清还是女人，好友原则上并没错，和男人不一样。

傍晚，刘婉清和江震在街上漫步，不经意间看见了四季花店，便推门而入。

花先生的新作"芭蕉水中花"放在案几上。玻璃晶莹剔透，而在玻璃中的芭蕉却青翠可爱，望而忘忧。

斜躺在椅子上的花先生正在闭目养神，听见门口的铃铛响，便缓缓地起身。

刘婉清环顾四周，白色的玉兰花、含笑花、水姜花、七里香……摆在一起，颜色鲜艳的花却都独放，给人感觉就是简单的花喜扎堆，美艳的花喜幽然独居。摆放白色花的地方香味浓郁，摆放颜色鲜艳花的地方，香气居然释放得有些吝啬，真是香花无色，色花不香。

花先生给刘婉清和江震点点头，算是打过招呼，他将案几上的"芭蕉水中花"移到了花架上，又端来一盆莲花放在案几上，莲花已经结出粉红色的花苞。

刘婉清对花先生赞叹："您店里的花真美！"

江震看着刘婉清说："在爱情里，看什么都美。"

花先生朝刘婉清笑笑，说了声谢谢。

江震对花先生说："快到中元节了，您这荷花让我想到了放荷灯。"

"不过，荷花很难养，要有足够的耐心和爱心。"江震接着说，"就像爱情，也需要这种坚持的耐心和爱心。"

花先生点点头，"嗯"了一声，他听得出，江震虽看着自己，话却是说的别处。

"我喜欢刚才那盆'芭蕉水中花',硕大的叶子就像在水中游泳,干净的水和玻璃容器看着都纯净,芭蕉浓艳的绿,在水中更加鲜艳、水灵、娇嫩。"刘婉清对花先生说,"敢问您,为什么把白色的花放在一起,鲜艳的花独自放置呢?"

"白色的花,看起来比较朴素,能让内心平静,而且它们喜欢扎堆开花。鲜艳的花,适合远观,不适合沉潜。如果将两种花摆在一起,那就无法思考,只能是陈设。"花先生回答。

"你喜欢白花还是鲜艳的花?"刘婉清问江震。

"鲜艳的,白色没有朝气。我们还年轻,需要些有色彩的点缀生活。"江震说。

刘婉清说:"我倒是喜欢白色,风格单一,因为单一,所以才能有很多的遐想。你可以把白色想象成任何颜色,就是它能够幻化成不同的色彩,可是鲜艳的花就定格了,你很难再从色彩上对它有想象的空间。这就像人一样,年少时,你可以对他有所指引,但是成年,你就很难改变他。"

"就拿爱情来说,你总会希望这个男人带给你惊喜,这些惊喜就是生活中的色彩,如果他很木讷,一成不变的白,是不是很无趣?"江震说。

"色彩太亮,总容易让人产生误解,有种不真实感。"刘婉清说。

"你总不会觉得只有冬天白茫茫一片才是真实的生活,那秋天满山遍野的黄,就不够真实吗?"江震问刘婉清。

刘婉清一时哑口,这多像江震对她的承诺。

江震指着花架,对刘婉清说:"你看,小巧的桔梗花和一株楚楚可怜的紫露草,重重叠叠互相呼应,在一个小小的陶罐里怒放,是不是也是一种生命的欢乐。"

"可是……"刘婉清还想反驳,花先生开口了:"年轻时,喜欢色彩,喜欢造型，喜欢耀目的风华，是积极的生活态度。上了年纪的人，喜欢单一，喜欢思索，喜欢从内寻找，那是对事物有所感怀。不过，白色有白色的纯真，彩色有彩色的绚烂。就拿这位男士所说的爱情比喻，在爱情里，有了纯真，才能创造出绚烂。纯真是本色，绚烂是生活里的多样美。"

从四季花店出来，刘婉清和江震走在石砖路上，两人都很安静，刘婉清转过头，灯下没有丝毫影像，携起江震的手，就默默的那么走着，趁还能听见彼此的心跳，趁喧哗的人群、狂野的歌声，没有融化他们之间的刚烈，没有隔开他们之间的距离……

白露

初候　鸿雁来

二候　玄鸟归

三候　群鸟养羞

四季花店玻璃窗下的窗台上放几盆黄色、红色的太阳花，还有几盆紫红色的茑萝，悠然地沐浴着阳光。

案几上有一碟桂圆，旁边放着一束茅草，茅草之美，在于随着秋风摇曳的柔和线条，细长的穗花，饱满的茅草展示着秋风瑟瑟的美，越年而生的枯芒穗，更见秋之萧萧。

只是随意那么一摆放，秋风就已经在案几上盘旋。

三辆黑色的奥迪 A8，干净得锃明瓦亮，缓缓地停在了四季花店的门前。中间的车上走下来几个人，其中一个从体态到目光完全是常打高尔夫球的男人，考究的一丝不苟的西装，一种从里到外的壮硕笔挺，神情气宇轩昂，讲究和不讲究的男人，就像保养与不保养的女人，一眼就能看出。

男人挥挥手，一个年轻人点点头，其他两辆车开走了，只留下中间一辆，往后退了一段距离，年轻人坐上了车，车子熄了火。

幕志强看着车离开了，便朝四季花店里走去，轻轻推门。

花先生听见铃铛声，并没有抬头，他在专心致志修剪那盆文竹。

不一会儿，外形优雅，葱郁苍翠，似碧云重叠，层次分明，高低有序，显得秀丽宁静，独具风格的文竹就出现在幕志强的面前。

"艺术！"幕志强对花先生说。

"生命本身就是艺术。"花先生对幕志强笑笑，说，"来了，你先坐。"

将文竹摆放好，花先生洗了手，招呼幕志强。

"我带了一包不温不寒的白露茶，咱俩尝尝。"幕志强对花先生说。

白露茶是白露时节采摘的茶叶，不像春茶那么不经泡，也不像夏茶苦涩，白露茶别具甘醇的味道。

"我想你来了，怎么也得小酌几杯。"花先生对幕志强说。

"酒有时候也喝一点，但已经没有了年轻时候的豪情。我感觉喝酒与年岁有关，年轻能喝，年龄大了，酒量就逐年减轻了。茶可以喝出意境，苦中有甘，心是暖的，不烧。"幕志强说。

花先生领幕志强坐在了茶台前，说："鲁迅在《喝茶》中也提到，有好茶喝，会喝好茶，是一种清福；不过要享清福，首先须有工夫，其次是练出来的特别感觉。可见，你这感悟定来自'心手闲适'。"

茶台上有个古拙的容器，上面插几枝花草。

幕志强看着这几枝花草，感叹道："人生转眼呼啸而过，还不如一株小草自在自得。"

茶台上，放着的烧水器是白泥炭炉，半尺高的炉身，刻有"坎上巽下离于中"，意味水于上段风于下段火于中段。

花先生提着手把是花梨、黑檀和铁刀木等自然原色拼接的银壶，放到了烧水器上。

水沸腾后，先将热水倒入一把朱泥小壶中，停留了片刻，温壶后将水倒入两个小杯中，又将小杯的水倒掉。

接过幕志强手中的白露茶，纳茶注汤，花先生心定神闲地观察了小壶片刻。出汤，分茶，将一杯茶水递到幕志强面前，眼神深邃贞定。

茶水静静地躺在茶杯中，置身于大千世界的一隅，没有声音言语。

幕志强端起茶杯闻了闻，抿了一口，放下茶杯，说："近些日子，爱做梦，梦见年少的时候，梦见我们刚入伍的时候，满脸的青涩。"

"昨晚，梦见我在天上飞，心情有些惶恐。

"所有在我身边，很亲近的人，都开始变成强硬的仇敌，个个鼓足勇气，向我发起猛烈的攻击，我孤军奋战，最后只能落荒而逃。

"我像一只燕子，不，更像一只雄鹰，展翅飞翔。飞过高山、越过河流、横过屋顶，穿过森林，我毫无目的地向前飞行。浓密的，强韧的空气推涌着我，如海浪推涌着小船。

"嘲笑、怒骂和惊喊，在我身后沸腾着，渐行渐远，慢慢地我听不见了。

"不需要抵御的时候，我安心地翱翔着，我飞啊飞，从白天飞到了黑夜，我看到了太阳落山，看到了月亮升起，看到满天星辰在指引着我飞翔的方向。

"最后，我的目的地到了。其实我一直没有目的地，我停了下来，就当那是目的地了。那是一片荒漠，没有花草，没有飞禽走兽，前面的悬崖峭壁耸立在我眼前，我在峭壁的顶端停止了飞行。

"我太累了，倒在一块平滑的岩石上睡着了，睡得特别香，直到醒来。"

花先生说："一个人自由不自由，跟心态有很大关系。"继续给幕志强斟茶。

"在终南山住了几天。"幕志强继续道，"越想清净，越难平静，终究是凡人，脱不了这满身俗气。"

"说吧。"花先生看着幕志强说。

"前段时间，我跟你说过，董事长将卸任，董事局要推选几个候选人。这几个人中，除了我，其他两个你也认识。任谁接任了，对我倒没多大影响，我也乐得自在，但是上不去的肯定就踢出局了。目前，我手上有份资料，摊开了，老马出局，不摊开，老夏出局。两难之间，没法决断。"幕志强说。

幕志强所在的集团，如今已是世界 500 强企业。

"你是名儒将，集团能发展到如今这么大规模，你功不可没。关键时刻，你退一步是对其他竞争人所谓的大慈大悲，但于集团利益并无好处。董事局和员工在意的是利益，大势所趋，你也躲不掉，何况你大运正旺，流年虽刑犯太岁，但君子不刑不发，往前跨一步，便是顺应天道，顺势而为。

"至于他们俩，我清楚，做不了集团掌舵人。

"用晦在时，时如驹逝，稍纵即逝之矣。欲择时当察其几先，先机而动，先发制人。"花先生对幕志强说。

"我相比老马资历浅，他若和老夏联手，我岂能坐得安稳？"幕志强问花先生。

"老马不足为患，他能扶摇直上全靠家族关系，没什么真本事，况且你手上那份资料，不公开，他且尚存脸面，对你还不感恩戴德。"花先生抿了一口茶,继续道,"至于老夏,此人心计重,难免使坏。你保了老马,明显就与老夏对立,但是你不能让老夏出局。"

"他出局,我就与老马从联手转成对手了。"幕志强说。

花先生说:"对,你不摊开那份资料,但是把有份资料的事情蜻蜓点水,让老夏知道,你不是敌人,只是为了公司大局着想。老夏虽心计深重,可也清楚自己几斤几两,他得势全凭董事长信任,即便上任,董事局也不放心,与其成为众矢之的,不如两全其美,劲敌老马与他还是平级,不分伯仲。董事局和集团问题,你挡着冲锋陷阵。"

幕志强沉思了片刻,说:"我原本一副事不关己的态度,如今他俩内讧,我插一杠,是不是有些螳螂捕蝉黄雀在后。"

"你若能一枝独大,倒也不失为好办法。"花先生说,"恐怕你做不到。"

花先生去茶渣,清壶,重新纳茶。

"我可没这样的野心。"幕志强看着花先生说,"还是你好,懂得急流勇退,如今,我是身不由己。"

花先生说:"心产生世上的万物,万物的根源都在于心。你如今的成就,就是心之所趋,即便不野,也狠。心的价值,是时间来衡量的。"

"毒!"幕志强说,"心曾经野过,如今我是真少了当年那股子蛮劲,我就是有些放不下。"

"这是理所当然。"花先生说,"企业走到今天,倾注你半生心血。不贪功劳不谈苦劳,只对企业形象,你是怕被你呕心树立的企业文化坍塌了。"

"穷则变,变则通,通则达。"幕志强说,"我看着集团一天天成长,从一个提不起的烂摊子开始,转变观念,寻找出路,树立形象,扩张版图,每一步,都是我蹚着石头过河摸索变通出来的,我不忍在我没闭眼的时候,这座牢固的金字塔轰然崩塌。一个人,可以成事不足但败事有余,分秒中的事情。"

花先生说:"你心中已经有了答案。"

花先生完成注汤,出汤,分茶。

幕志强说:"有段时间啊!我也养花,在办公室摆了一个花架子,从市场买回一些花草,放在上面,办公室瞬间就多了生气。花草的品种也多,我认识的,不认识的,只要好看就行。

"我精心照料这些花草,可是不到一个月,那些花草还是枯萎了。

"反倒是放在窗台上,几个月都不在意的仙人掌还活着,居然开出了淡淡的紫花。

"太上心,耗了精力,反倒失望。不在意,却有想不到的惊喜。

"那时候,我突然觉得,人在生存中应该也是这样,即便有想法,也应得天道为之,不能强求。

"这件事,我缺个理由,你已说透。"

"本来一件惹人嫌的事,你可以推远一些看。"花先生说,"很多人迫于实际的需要,把利害看得太真,站在适当的距离,总会看到不一样的美景。"

幕志强说:"我站在树下,你站在对面,我抬头看树,满眼都是枝干,还看不清树顶,看久了也累。你能看到整个树的轮廓,当然也能看到我,随便瞅上一眼,还不必全神贯注。"

"人都这样,常不满意自己的境遇,羡慕旁人。就像种田的羡慕读书的,读书的又羡慕种田的。种田的自有被风吹日晒之苦,读书的也自有多年寒窗之苦,各自不知罢了。"花先生说。

"现在也不求叱咤风云,但求心安了无挂碍。"幕志强舒了一口气,说,"能睡得踏实。"

"你睡不踏实了。"花先生笑笑,说,"至少今天开始,直到你卸任,有了责任，怎么能睡得踏实。"

幕志强也笑了，说："这责任得扛，天降大任，接受，便是使命。"

幕志强的车消失在花先生的视线中，花先生端出一盆枯莲，洗了手，静坐了许久，才再次走到那盆枯莲前，稍许踌躇，莲花是圣洁之物，它肩负着将人们带到极乐世界的重任，花朵凋谢的枯莲，已释重负成为自由之身。

即便是面对骨瘦消残的枯莲沉默，花先生仿佛还是能看到它在花之末期，引人入极乐世界的力量。

秋分

初候　雷始收声
二候　蛰虫坯户
三候　水始涸

自古逢秋悲寂寥，我言秋日胜春朝。

秋高气爽，花先生带着姜晨一起去山中采摘一些秋季的花草瓜果，缺乏运动的姜晨叫苦连连，每走几步就要停下喘息，花先生健步如飞。姜晨暗自较劲，走 3 分钟休息 5 秒钟，走 2 分钟休息 10 秒钟，走 1 分钟休息 1 分钟，到最后，走一步休息几步。

花先生走山路有技巧，斜着走，偶尔还有点小跳跃，不走走停停，到一个地方可以长时间的休息。在一棵树旁，花先生放下了背包，姜晨半个小时后才赶了上来。

那是一棵已经被染红的野山楂树，树上挂满了山楂，在蓝天下，独自盛放着自己的美丽。

花先生看到姜晨，便说："你摘点山楂带回家，冰糖山楂水，止咳祛痰，消食健脾。"

　　说完，花先生拿着手中的剪刀，继续端详，好一会儿，才小心翼翼地用剪刀选下一枝挂着山楂的枝叶来。

　　姜晨见过花先生用桃子，用石榴，所以用山楂，姜晨倒也不觉得意外。果是花生，有花才有果。

　　在山中寻了一些野菜，花先生交给姜晨，说："秋分食蟹，现在蟹肉最肥美，最滋补。桂花也开了，做点桂花糕，再炒一盘野菜，荤素搭配，肠胃不累。"

　　回到四季花店，花先生意味深长地看着带着山楂的枝叶。

　　山楂的叶染上了一层秋季的红色，枝头沉甸甸的，配上些秋季的芳草美花，自有风韵，山楂的红得浓艳，为秋季这肃杀寡淡的季节添上了一抹风情，却又不艳俗，有种风雅闲寂之感。

　　"姜晨，你来试试？"花先生端坐在案几旁，手指轻轻叩桌面，案几上发出一阵阵的敲击声。

　　姜晨连忙拒绝，他连剪刀都不怎么会掌控，这木质的枝叶更难控制。

　　一旁的刘瑜和他女朋友偷偷笑着。

　　看姜晨连连推辞，刘瑜的女朋友自告奋勇，说："花先生，我可以试试吗？记得那天刚认识您，就看到了山楂，从此喜欢上了山楂，爱上了山楂的味道。"

　　花先生看了看这个如同白藤一般坚韧的女孩，如今和刘瑜在一起，坚韧之中又多了几分瑰丽。

　　花先生站起身来，伸出手，邀请苗姝，也就是刘瑜的女朋友，坐到案几边来。

面对着眼见的枝叶，苗姝笑了笑，想起当年也是在秋天，自己初遇花先生的时候。

站在办公楼的大型落地窗下，苗姝闭着眼睛感受着秋日暖阳的温度。

手里的骨瓷马克杯在阳光下泛着白皙油亮的光泽，杯子里的咖啡随着苗姝的轻轻晃动，将一丝略带苦涩的香味送到她小巧但又挺拔的鼻尖。

喝了口咖啡，将马克杯放回桌上，又站到了落地窗前。

苗姝双手环抱，看着玻璃上倒映的影子不由得仔细打量起来。

微微烫过的大波浪卷发，小小的脸颊，耳垂上细细垂挂着一对限量版的GUCCI耳坠，苗姝喜欢那种自己微微摇头，耳坠跟着晃动的样子。显得自己无助又可爱，无形中给自己平添了不少魅力。

全身上下，苗姝最不喜欢的就是自己的眉毛，弯弯的，细细的，柳眉杏目，是上古时期的审美标准，苗姝仔细想着，现在的社会，可不流行那一套，弱风摆柳，摆给谁看？

这个社会，不能软弱。

这是苗姝在这个钢铁丛林里学到的第一项原则。

她必须坚强，必须不依靠他人，一个人生存下去。

她不要做苗姝，她要做shero。

回到办公桌前，苗姝将杯子里的咖啡一饮而尽，看着咖啡杯中倒映着自己的脸，在晃动中变得坚硬起来。

玻璃倒影里的苗姝看到自己掩饰下的眉毛，柔弱又无力，她似乎又看到了当年的那个自己。

小时候的苗姝是一个听话的乖乖女，从小按照父母的意愿，读重点小学、重点初中、重点高中、重点大学、名校研究生，就这样子一路重点的走来。

她从来都是父母的掌上明珠，不仅是因为学习好，更是因为又乖巧又可爱，从来不违抗父母的命令。

因为从不违抗，苗姝的性格也磨得温润缄默。她很少和别人说话，心情不好便找个地方先逃避一会儿。虽然逃避并不可取，但是很有用不是么？苗姝自认为不愿意跟人争，也不愿跟人抢，自己做着自己的一切就已经足够好了。上学那会儿，苗姝喜欢一个人静静的待着，坐在运动场边的紫藤架下发呆，看着来来往往的人群，在她眼前走过来又走过去。

毕业后，来到大城市，柔弱的她跟一只羊误入狼群全无两样，租房被黑中介坑，她不敢力拒，找工作被黑公司坑她还是不敢反抗，甚至上班一段时间，居然被实习生坑，从来不敢说一个不字的她，每天都是面临着无休止的工作、工作和工作。

摘下眼镜，揉揉已经熬得通红的眼睛，因为工作的重压，生活的乐趣全然已经在她周围失去了。直到有一天，苗姝看着玻璃里自己的影子，面色枯败，完全不像妙龄女孩，隐约看着就像将要倒下的枯草。

苗姝开始惶恐，风华正茂的年纪，居然这般状态，她有些不甘心。

一切都按照父母要求的做了，与人为善，不争不抢，乖乖巧巧，安分守己，这一切都是父母教导自己的为人处事的守则。是哪里做错了吗？为什么换来的是这副不堪的模样，这般不堪的境地。

甚至，在柳絮满天的季节，连个恋爱都没有谈过。

苗姝哀叹：这么多年，难道自己错了？为什么会过得这么惨？

苗姝皱着眉头，也许是时候做出改变了。

她叫来在一旁跟人聊天的实习生，把工作甩给了她。

看着那个原本都敢把工作推诿给她的新人一脸难看却又不得不接受的样子，苗姝心中乐开了花。

苗姝决定周末给自己放个假，平常周末如果不加班，苗姝会在早上9点左右起床，收拾小屋，然后梳妆。吃过中饭，悠闲的躺着看书打发时间，6点去公寓附近的公园慢跑或者是自己在家做瑜伽。晚上从不喝酒，从不和朋友去酒吧。如果没有朋友约，就一个人逛逛商场，坐在靠近火车站的星巴克看着来来往往的人群，或者去看场午夜电影。

苗妹其实是个内心柔软的女孩，她不知道这种柔软是来自于她本来的内心，还是被父母的教化。

只是现在，苗妹不甘心再这样任人欺凌，即使柔软，她也要给自己覆盖上一层钢铁盔甲。

"我要活出我的精彩！"这是苗妹给自己下定的决心，在这个肃杀冷厉的秋季，煞气十足。

秋夜，夜晚已经开始泛凉，苗妹买了瓶啤酒坐在阳台上静静的看着窗外，流光浮动，川流不息，所有的一切终将结束，一切的故事逐渐退场，城市在夜色中睡去。唯有路灯低垂着头站在路边，孤独地发出昏黄的光。孤独的夜行人在路灯下前行，影子细细长长，逐渐缩短，成为一点，随即又逐渐拉长，再拉长。一阵风吹过，苗妹打开啤酒，以前她从来没有喝过这样的东西，父母不允许她喝酒精饮料，更别说是啤酒。

入口，有些苦涩，苗妹吐出口中的啤酒，有些嫌弃地把啤酒瓶放在一边。

风，有些冷，苗妹自顾自的裹紧身上的衣服，以前在和父母一起的时候，她完全是在父母给她画好的小圈子里玩耍，从来不会有太多的不快，也不会害怕，但是现在，要真正的活自己了。

苗妹的衣襟在风中摇晃，落寞，或是惆怅，自己的心事唯有自己慢慢品尝，就像受伤的猫儿蜷缩在无人的角落，用舔舐伤口的方式为自己疗伤。那个渐渐远去的身影，还有脚下被灯光拉长的影子，一起被夜的黑暗与梦胧吞噬，就像她从未走过一样。随之远去的，还有那半夜的喧嚣繁华与灯火辉煌。

苗姝一个人站在家里的阳台上，一个人孤单地眺望城市的景色。她站了起来，向下一看，只见下面一片黑暗。她感觉自己是一个巨人，周围的建筑物都变得矮小了，像被她踩在脚下似的。整个城市一片灰暗冷清，巍峨的建筑物像玩具一样，显得特别矮小可爱。

从这么高的阳台跳下去会不会摔死，苗姝脑中突然闪出这样一个可怕的念头。

她打了个激灵，赶紧让自己从那种情绪中走出来。

这个城市里不是只有令她悲伤的故事，很多开心的往事都值得她回味。

朝着那万家灯火，苗姝举起手中的酒，敬过去的自己，敬现在的城市，敬未来的自己。

皱着眉头，苗姝憋着气，咕咚咕咚一口气喝完所有的酒，明天就开始改变吧。

周围人都惊奇发现，苗姝开始变了，突然之间，气场全开，言语简单明了，做事公私分明，不去占别人的便宜，任何人却也别想欺负她。

雷厉风行，不苟言笑，这就是苗姝，背后被人称为女魔头，也被称为灭绝师太，苗姝却不在乎。要是柔弱点就能成功，就能好好工作，那她就应该成为人生的大赢家了。

偶尔出去旅游，睡前习惯性地看一会儿书，或者听会儿广播。可是现在的电台实在是乏善可陈，一过了夜里十二点，就跟对过口供似的，齐刷刷全是情感节目。几个装模作样的伪专家，坐在电波那头对别人的生活指手划脚，评头论足，他们齐心协力地想制造一种庞大的假象：痴男怨女难熬生活的琐碎，妥协容忍才是对社会稳定的贡献。

苗姝逐渐适应了这都市的生活，她甚至爱上了这样的感觉。

苗妹变得独立坚强，好斗善战，她喜欢上这种斗争的感觉，这样你来我往，刀光剑影的生活苗妹觉得很刺激也很有激情。

苗妹的脾气越来越大，对人的态度也越来越蛮横，她自己没有发觉，就连跟父母打电话的时候，语气也开始变得横冲直撞。

远方的父母很是担忧，女儿的突然改变，肯定是有什么难言之隐。

父母打电话，催着苗妹回家。说苗妹年纪不小了，有几个很好的小伙子，家里条件不错，苗妹听到这些后，开始还有心情辩驳几句，后来，只要父母说到这个事情，苗妹就直接将电话放到一旁，自顾自忙自己的事情了。

那天，苗妹在加班，手机响起，看到是父亲的电话，弯弯的柳眉扭得像两根蚯蚓一样，拱来拱去。

苗妹虽然不情不愿，最终还是接起了电话。

刚接起电话，苗妹就把手机放在距离耳朵一尺远的地方，她不愿意听到父亲的声音。

可是电话里，父亲并没有像往日一样嘘寒问暖，也没有询问苗妹的工作，只是沉默了许久。

苗妹觉得有些不对，把电话凑到耳边，问道："爸，怎么了？"

电话那头的父亲沉默一会儿，透过电话的声音显得很干涩很悲伤："惠惠，你妈妈她生病了，你有时间回来看看她吧。"

苗妹瞬间觉得天旋地转，母亲怎么会生病，她从来没有想过母亲会生病，那个乐观坚强勤劳的女人，怎么会突然病倒？

苗妹心里堵得慌，头上的青筋突突地跳动着。

苗妹问父亲："妈妈什么病？现在好点没有？"

父亲的声音低沉，哀伤，说："不大好，检查是乳腺癌，如果没什么事，我也不会给你打这个电话。"

苗姝只觉得心中最柔软的部分，被刺穿。心如刀绞，眼泪止也止不住。什么都没有收拾，订了最快的机票，就飞回了家。

离开家三年了，家里的那个小天地还是没有改变，地板上，沙发上，窗台上，都干干净净，母亲正在厨房里忙碌着。

听见敲门声，母亲放下锅铲，快步走来开门。

苗姝哭得红肿的眼睛，看着微笑着的母亲，想都没想，一把就将母亲抱住了。

"妈！"苗姝号啕大哭。

母亲先是一愣，转眼反应过来，笑呵呵地拍拍苗姝的后背，说："哎呀，你爸骗你的，我没病，就是想你，你都多久没回家了？妈妈想见你。你爸朋友的儿子，刚从英国留学回来，我和你爸的意思是，你们见面认识下，你到现在还不找个对象可怎么行？"

听到母亲的话，苗姝放开母亲，突然有种被愚弄的感觉，自己最亲近的人居然欺骗自己！

"生病这种事情能开玩笑？你们拿什么理由不好，拿这种理由骗我回来相亲。连自己爸妈都开始骗我，我还能相信谁！"刚刚帮苗姝放好行李的爸爸急急忙忙过来，却也拦不住苗姝对他们的怒火。

苗姝和父母吵了几句，怒火未平，终是没有在家待多久，出去走了走却又不知道走到何处？

这种简单粗暴的交流方式，不是苗姝想要的。

苗姝心里明白，父母对自己未来的忧虑，是出自于他们的爱。可是完全不了解对方姓甚名谁，性格如何，做何职业，也不问收入和家庭经济状况，以为一次简简单单的相亲，那就能在一起，能过一生吗？哪一天腻烦了，没兴趣了，等到所有耐心都耗尽，关系也只能像拉闸断电般干净利落地断掉。

那样的关系不是苗姝想要的。

心情平复下来的苗姝，出门去了花店，小区楼下花店的人太多。几株月季花被随意的扔在地上，还有一株已经被踩得变形。旁边本应该养在水里的睡莲，被放在桌子上已经接近干枯，这让苗姝本就清冷的面孔更添寒霜。

爱着的且不容易照顾好，更别说不爱。

苗姝如是想，正如她和父母的关系，明明互相爱着，却为什么会变成这样？

他们互相相爱，可是苗姝无法容忍被欺骗，在相亲这件事上更是做出了没有半点回旋余地的意思。

苗姝决定离开，她态度坚决，意志刚强，不再是那个你说一句，她点头说是的小女孩了。

父亲送苗姝去机场，一路上，父女两人都沉默着。

到达机场，父亲将行李从后备箱提出，一直将苗姝送到安检处，终于开口：

"惠惠，爸爸知道这次让你回来，你不开心，是爸爸不对，爸爸不该骗你。爸爸妈妈没有别的意思，只是我们都老了，你以后再回来，谁来给你提行李，搬箱子？"

苗姝安检过后，父亲还在另一端朝她挥手，她摆摆手，迈出了脚步。过了一会儿又折了回来，看着父亲的背影越走越远，原本结实的脊梁已经微微弯曲，走路也不像以前大步流星了。

苗姝突然发现，父母真的老了。

离开公寓一周，房间里就已经弥漫着一股浓浓的颓败气息。地板上，沙发上，窗台上，都蒙上了薄薄的灰尘。盆里养的那棵栀子花，没人照顾，也已经枯萎。苗姝烦闷地将它扔到外面的走廊上。后来想了想，一点生活琐碎就破了自己的心境，真是不该，便又把它捡了回来，心里却已经决定换掉那棵栀子花。

苗姝准备出去找找，看看有没有合适的摆设，父亲花白的头发和背影让她心里空荡荡的。

漫无目的地路过一个地方，她看到门前挂着的一个青铜铃铛，想起来父亲小时候也是这样用这个铃铛逗着自己，只是没想到转眼之间父母都老了，以前的她没有感觉，可是现在，苗姝开始沉默。

也许是被铃铛吸引，苗姝神使鬼差地推开了门。

开门却是一个小小的照壁，照壁镂空几处，苗姝看到几瓶简简单单的插花摆放着，空灵、冷寂。

苗姝踱步而进，正在摆弄花草的花先生并没有抬头看她，仍在专心地侍弄着自己的花。

苗姝也没有说话，看着花先生的动作和神态：一个瓶、几条枝，信手侍弄，却有一个禅花画境。朴素、冷瘦，独抒性灵。

不过奇怪的是，苗姝并没有看到花，只看到花先生在摆弄一根歪歪扭扭的白藤，还有一个挂着几个山楂的山楂枝叶。

苗姝不知道该怎么去说，她只是觉得很美，那红色的山楂，就像这个秋天的亮光一般，让她的心情有所好转。

看出了苗姝的好奇，平日里沉默寡言的花先生居然开口解释："插花在乎的不是花，而是时光，是自己的心，说出自己的内心即可，插的是花还是什么，又有什么关系？"花先生用温暖的双手捧着那山楂说着。

苗姝还想多问，花先生却起身继续忙碌，看天色不早，苗姝没有过多叨扰，开口告辞，花先生却喊住了她，将一株黑山茶花送到她手中："送给你，这株山茶花很配你。"

花先生说完便转身忙自己的事情了。

苗姝看着这个奇怪的老板有些哭笑不得，但是手里这黑山茶花却又让自己有些欣喜。

她想要给钱，却又不知道怎么开口，看到门前的招财猫，苗姝将钱包里的钱掏空，全部塞了进去。

回到公寓，看到那黑山茶在灯光下散发着魔幻一般的魅力，苗姝心情终究是好了一些，在她关灯时候，却发现在花盆里有一抹淡淡的白色。

苗姝这才发现还有一株白藤也在盆内。关掉灯，苗姝躺在床上辗转反侧。

她有些心烦，想着要不要给父亲打个电话，报个平安，正想着，母亲已经打了过来："苗姝，睡觉了吗？"

"没呢。"

"你别生我和你爸的气，这件事终究是我们不对。"

"嗯。"

"有时间多回家看看，你爸最近一直休息不好，公司事情也多，你也知道你爸今年65了，他也是着急你，你别怪他……"

"嗯。"

"……"

对话一直淡淡的，苗姝觉得和母亲也没话说。电话后来挂了，苗姝却睡不着了。

"我是不是太自私了，也太狠心了，总想着自己，没有考虑过爸妈。是啊，一个月、两个月、一年、十年，花开是有时间的，爸妈又有几个十年呢？家庭的和谐和融洽我一直都期盼，可是我一直为此努力了吗？我靠着逃避和冷战的方式能有什么结果……"

苗姝心里在反思，或许花先生说的是对的，花开需要培育，而我和父母，也需要更加平和的沟通和交流，苗妹不断地想着，也不知何时沉沉地睡了过去。

早晨看到很多信息，父亲说不放心，已经到了她的城市来看她。

正在看着，敲门声就响了起来。

开门，看到半头白发的父亲，提着小时候自己最爱吃的桂花糕，突然觉得自己太自私也太狠心，眼泪又不争气地掉了下来。

一个人的独立，不一定非要挣脱父母不可。咿咿呀呀学语时，父母没有失去耐心，陪着我们成长。如今，他们年轻不再，我们该怎么去爱他们呢？现在是父母年纪大了，等我们年纪大了，谁来爱我们？

苗妹带着父亲想让父亲看看那个小时候的铜铃，推开门，花先生正坐在那里还在静静插花。

还有些青涩的山楂，在一旁的案几上，于茅草的衬托下，秋色撩人。

寒露

初候　鸿雁来宾

二候　雀入大水为蛤

三候　菊有黄花

在完美的罪行中，

完美本身就是一种罪行，

如同在透明的恶中透明本身就是恶一样。

不过，完美总是得到惩罚；

对它的惩罚就是再现完美。

——《完美的罪行》

冷秋的脑海里总浮现出鲍德里亚这段话，她反复琢磨，给花先生带来一盒冰皮月饼，放在案几上，她需要跟花先生聊聊。

四季花店今天就是小型菊花展，花先生正在给一群中学生讲菊花，这是姜晨表妹的学校布置的课外作业，现在的学校很重视学生的综合发展，课外作业不再是加减乘除，改换成"亲近自然，用心观察"。姜晨带了表妹小组十个同学来，同学们听得很认真，都在做笔记。

菊花是中国十大名花之一，我们常听到梅兰竹菊，也就是花中四君子。

菊花按栽培的形式分为多头菊、独本菊、大力菊、瓦筒菊、艺菊、案头菊等栽培类型，按花瓣的外形形态分为园抱、退抱、反抱、乱抱、露心抱、飞舞抱等栽培形式。

中国栽培菊花的历史已经有3000多年，《礼记》讲"季秋之月，鞠有黄华"说明菊花秋月开，当时都是野生种，花是黄色的。周朝到春秋战国时期，《诗经》和《离骚》也有菊花的出现，《离骚》中"朝饮木兰之坠露兮，夕餐秋菊之落英"，说明菊花与中华民族的文化早就结下不解之缘。

从《神农百草经》及其他记载中，可以看出，中国栽培菊花，最早是作为食用和药用的。

菊花颜色不同，代表的含义也不同。白色，一般用在哀悼场合。黄色，代表淡淡的爱。暗红色，是娇媚。

陶渊明笔下的"采菊东篱下，悠然见南山"，讲述一种悠然自得的心境。

菊花不仅有清寒傲骨的品格，也被赋予吉祥、长寿的含义。

画画的人大多懂得，菊花和松树画在一起，叫作"松菊永存"，表示接受此画的人健康长寿。

菊花中的帅旗是菊中奇品，花型硕大肥美，单瓣一轮，正面颜色朱红，背面颜色呈泥金色，中心筒状花黄绿色，犹如古代军事统帅的一面旗帜，瓣宽盈寸，威武雄健，整个花体色泽明快，花姿雄劲，美观奇特。

玉翎管，名贵菊花中的一种，叶干细绵长，菊心可见淡黄色点燃。

瑶台玉凤……

花先生在花架上放着提前准备好的瓶供菊花，所插菊花有三枝，花枝硕大，色调清丽，淡紫浅黄，显得丰腴富丽，菊花插瓶，能显出富贵的气象。

在案几上，有个圆肚扁腹形瓷器，洁白盈透，瓶内菊竹横陈，自有一种漠然不羁的意态。冷秋看着眼前的菊花，专注地思考着，就像雕像一般，坐了许久。

韩语彤和何嘉瑶来的时候，冷秋还像个标本一样端坐着。

花先生正带学生参观，韩语彤看见四季花店居然摆出了名品的菊花，不由地赞叹。

"《红楼梦》中，贾芸认贾宝玉为干爹，送了两盆白海棠，还极其恭敬地写了一封信。贾芸是挖空心思，弄了这两盆白海棠，大观园中的小姐们对这两盆白海棠都很喜欢，因此起了诗社，叫'海棠社'，可见一株名贵的花木，在上流社会中所受的追捧。"韩语彤说，"名花须得人相配，我也算开了点眼界。"

"什么时候开始研究花了？"何嘉瑶问韩语彤。

"懂花的人，运气都不会太差。"韩语彤一副老成的语气。

何嘉瑶想了想，说："原话是，爱笑的人，运气都不会太差吧？"

"哪有什么原话，我们觉得对的，就是原话，觉得对的，就可以去实施，时光不待人，你看英语书中，最常见的一句就是：How time flies！时光匆匆。"韩语彤十分自信，这与初见花先生时判若两人。

何嘉瑶笑笑,说:"埋头研究了几天花草,开口引经据典,闭口人生哲言,真是几天不聊天,当刮目相看。"

"过奖,过奖。"韩语彤悄悄指了指花先生对何嘉瑶说,"咱们要谦虚、低调。"

两个女孩,闷声笑了。

等姜晨带着表妹和一群同学离开后,韩语彤才对花先生说:"花先生,我来取您帮我准备好的插花。"

"菊花配竹子寓意祝寿,老师马上要升副教授,我用了淡黄色仙灵芝,仙灵芝是菊花中的名品,用黄菊簇拥仙灵芝,黄菊代表飞黄腾达,虽是祝贺生日,却在花束中暗含贵人多助,众人鼎力扶持。"花先生对韩语彤说。

"一束花寓意好,别说收花的人,旁听的人心情都好。"韩语彤对花先生说,"老师一定会特别喜欢,谢谢您。"

韩语彤捧着这束仙灵芝的插花,与花先生再见,何嘉瑶也礼貌地跟花先生告别。

"昨晚看了《海岸线》,今天心情有些沉重。"何嘉瑶对旁边的韩语彤说,"来了花店心情好多了,看来鲜花可以治愈人的悲伤。"

"'人性'就是一个永恒的话题,我们除了要认识世界,更要认识我们自身。越是标榜崇高的目的,华丽的理由,也越是容易在其中藏污纳垢。"韩语彤说。

"那你怎么看《海上钢琴师》和《辛德勒名单》?"何嘉瑶一边推开门,一边问韩语彤。

"坚持一个立场和保持一种姿态……"

韩语彤和何嘉瑶离开了,四季花店暂时恢复了宁静。

谈话必有对方，正如下棋必有对手。一个人谈话自言自语，就成了独白。花先生看冷秋，正给自己倒茶，举手投足之间就能看出严谨。

"有麻烦？"花先生问冷秋。

"您大概也猜到了。"冷秋站起来，对花先生说，"我是无事不登三宝殿，我在等您有空，想请教些问题。"

"着相了？"花先生示意冷秋坐下，倒了两杯茶，放在各自的面前，茶水的热气缓缓升腾。

"执着于外相和个体意识，而偏离本质。"冷秋脸上是浪拍礁石般的严肃，说，"我最近在思考，一个心理素质十分强大的人，眼神里没有求生、惊恐、凌乱，甚至没有蔑视，那眼神平静到空洞。我希望他出声，哪怕是撒谎，如果撒谎，证明他还有求生的意志力，证明他还害怕。他的沉默那么自然，自然到没有任何的破绽。"

"独具一格的欺骗，必须具有超越他人，塑造出自我独特风格的骗术。"花先生说。

"一整天都没有表情，你看那目光，就像镜子，能折射出你，其他一切都是空的，根本什么都没有，或者是不存在。"冷秋皱了皱眉头，想了想，说，"有次，他闪过一个笑容，我很难形容那种笑容，像隔着一条河，站在对岸的笑容。我站在岸边，那头是彼岸，我才明白，我或许需要与他进行彼岸的交谈。"

冷秋大致把审讯情况对花先生讲了一遍。

"与无声做较量，是精神上的博弈。"花先生说，"无压迫、无逼迫到绝境的觉醒，是柔软没有力量的。这种被三番五次压迫到绝境的觉醒，是坚硬的，拥有极大的力量，这种'觉悟'，有灵性，有生活阅历，有知识的感悟。这是某种意义上的'超脱',甚至是加引号的'大彻大悟'。之后在他所面对的世界里,他需要一个可以与他的灵魂进行对话的人。"

"如果大彻大悟,他为什么不忏悔?"冷秋问花先生。

"他忏悔的理由是什么?"花先生说。

"他所做的一切难道不应该是理由?"冷秋说。

"你站在猫狗之上的世界,观察猫狗,评判的标准是你制定还是猫狗制定?"花先生说,"大彻大悟有时不是简单的'放下屠刀立地成佛',需要灵魂有归属感。倘若灵魂已经不在当下,那意识中彼岸和此岸,对他来讲,都是无法停泊的。活着或者死亡对他来说已无意义可言,那么沉默还能让他有些不出卖他人的道义感,他需要灵魂净化,升华后,作为高尚的、正义的人的另一种超脱,那才是真正意义的大彻大悟,灵魂的归属和最后的满足,他此刻停留在加引号的'觉悟'。"

"我很难摸透他的想法。"冷秋说,"似乎这个人没有兴趣爱好。"

"观察是相互的,你不能给他观察你的机会。这样,你就进入他的气场,就容易被他左右。你需要让他进入你的气场,你就是主宰。"花先生说。

"我需要从哪里开始?"冷秋说。

"万法唯识,一切存在物的本质只是意识,整个世界都是意识的变现。每个人都有自己独特的意识,进而有自己独特的世界。但不同的友情之间总会有些共同的东西,形成思想的交集,这种共同的业力所感,就形成了自然界,构成了有情生存的环境。每个人变现了自己的世界,大家变现了共同的世界。"花先生继续说道:

"春天播种了一颗种子,这颗种子成长在土壤里,通过阳光、水分、空气等因素的作用,发芽成长。经过风吹日晒,雨打霜冻,又形成新的种子。在这新的种子中,蕴含着这一年中这颗植物所感受到的所有信息,比如缺水差点干死；下雨差点涝死；被人踩了一脚，差点踩死；所有的这些感受，都凝聚在种子里。

"每一粒种子表面类似，但无一相同。有的种子长在试验田或者温室里，一年四季都有阳光，温度是恒温，水分充足，很舒服。有的长在悬崖上，自然没有那么丰满。人也是这样，一切活动都会留下意识，有一个仓库，将这些意识潜存在里面。

"当感觉器官和外界接触时，仓库里的藏存的种子意识就会出现。

"种子有染有净，让种子转染成净，那便是至高的精神境界，解脱，大彻大悟。"

"一个人躺在地上，不想起来，你怎么拉都没有用。就像你永远也叫不醒一个装睡的人。"冷秋说，"从某种意义上来说，或者这个不想起来，装睡的人，是因为没有找到能够让他起身清醒的契机，这种契机可以姑且称为内心的颤动。"

"人的脸和心，经常是两幅不一样的图。契机恰到好处，才能拼成一幅图。"花先生说。

冷秋起身，拉了拉衣领，眼里多了自信，她对花先生说："谢谢，更大限度逼近那个精神的高度，对我而言，是挑战，越过了，我也能有所觉悟了。"

花先生不语，冷秋说："这冰皮月饼，女儿从香港寄来的，嘱咐我一定给您送来。她说感谢您给她推荐的书单，读好书是种享受。"

"谢谢。"花先生说。

几天后，冷秋提着一瓶菊花酒，再次来到四季花店，手上的菊花酒瓶，跟着她的脚步，都充满了喜悦。

霜降

初候　豺乃祭兽

二候　草木黄落

三候　蛰虫咸俯

　　叶蓉的办公室放着一个铜花瓶，花瓶中插朵莲花，莲花昂然怒放，莲叶干净碧绿，这个季节在北京，能用莲花做花材的大概也就花先生了。

　　那天，推门而入，四季花店满屋的花香。各种能喊上名字的，喊不上名字的花摆在它们应该在的地方，恰到好处的自然。店里就花先生一人，正在喝茶，叶蓉一开口，就像在讲与自己无关的人，只是点头之交，打个招呼就擦肩而过了。

　　人总会恍然间领悟到自己错失的幸福，便开始马不停蹄的忧伤。

　　说实话，我应该感谢他，他不是明星脸，却浓眉大眼，宽肩粗臂长腿，开口就是大老爷们的嗓音，能说善侃，加上一股子糙劲，倒有种接地气的和蔼可亲。他这人也浪漫，追我那会儿我还在上海，北京到上海，那是说去就去了。有时他突然就捧一束花出现在我面前，跟从天而降似的。

　　他这人也风趣，谈天说地，很有说话的艺术，煽情劲上来，可不是一张嘴，上下两嘴皮磕巴点音，那是真动情，脸部肌肉也跟着配合，简直天衣无缝。我跟他逗趣，说我懒得洗衣服，他来看我，就动手洗了。这样的男人，打灯笼去哪找，我对自己说，人家要娶，我就嫁吧，别过了这村没这店了。所以，他说结婚，我立马就答应了，想都不想，就跟着他来北京开始了新生活。

　　他有正经职业，也就是大家常说的铁饭碗，我从上海的外企辞职，刚到北京也不知道能干什么，在家待了一段时间，经常去门口的小卖部买菜，和老板娘也熟悉起来。老板娘除了卖菜，还有一个副业，当副业比主业赚得多时，主副业要么不分家，要么副业荣升主业。老板娘的副业是家政中介，每天都能看见不少人来找钟点工，也有不少人来毛遂自荐当钟点工。在我眼里，家政中介简直就是朝阳行业，我看老板娘人也不错，老北京人，房子是自己买的，跑不了。我就跟她提议，家政中介毕竟不正规，要规范，就得有公司，有公司就能有合同，有签字，有法律约束，对谁都是保障。

老板娘文化层次不高，但人挺好，我俩一合计，就开了个家政服务公司，随着社会需要，我们也加了不少新的项目，小儿推拿、金牌月嫂、催乳……现在二胎政策放开以后，公司更忙了，这几年一下子签了好几百服务人员，给她们培训，和客户沟通，忙得不可开交。

我们有个女儿，上小学就让他送去住校了，他说我俩都忙，没时间照顾孩子，周日送学校，周五接回来，就陪周末两天，倒也能腾出时间。有时周末，有些客户需要我去协调，孩子也就跟着他，我们一直相安无事，虽然在家，也会为鸡毛蒜皮的小事饭饭，但谁家的锅碗瓢盆不哐当，牙齿有时还咬舌头，严重了也出血溃疡，还不是过几天就好了。

他这人自我，我们婚后不久，我就感受到了。我不戴手表，不好这个。有次他出国学习，回来带了两块手表，一块是他的，一块是我的，两块表差价有十倍，价格低的那块是我的，他还觉得我应该很高兴。这事不大，伤人啊！我在他眼里原来就不值钱，差个十倍，我还得贴着脸赔个笑，表示感谢，哪能，我不是这样的人，当时我就火了，你可以不买东西送我，但是你不能糊弄我。实话说，一根冰棍，你花1块钱买的，跟花100块买的能一样吗？你心里的价值和分量就不同。

以前我跟他在一起生活，对未来是充满希望的。那一刻，我突然有些迷茫，我甚至怀疑我们能不能走到最后。我将公司当成他的替代品，用尽了心血。偶尔，我也觉得是我不好，我不能一棒槌把人抡死，人家还有优点，比如说，有文学的功底，会写诗，最近也写歌词。

先谈谈他写歌词吧，文化人很多都是性情中人，这点是公认的。酒场认识的人，你能指望谁记得谁？酒色财气，权当放屁。可有文化的人不一样，那股子劲绝不是装出来的，他在酒场上认识一个作曲家，酒醒了，作曲家居然还记得他说的话，他说，我从小就梦想成为歌唱家，自己写，自己唱，没机会，遇到您，您得给我一个机会，作曲家答应给他作曲，他就开始写词。

一件事情只要上心，没有干不好的。那段时间，他跟走火入魔了似的，吃饭走路开车睡觉，嘴里都嘟囔，打着拍子，一遍又一遍哼唧着，歌词写好了，作曲家履行诺言，做了曲，还找了大歌唱家试唱录音，词写得挺押韵，我倒没记住几句。再后来，他跟作曲家走得近了，正好人家给那个电视台春节晚会谱曲写歌，就叫他一起参与。

这世上的人千千万万，为什么能平白无故跟他好？只能说，他这人除了聪明，还会来事，比如说，我家里不能有带包装的东西，要不然第二天准没影，他拿去送人了，连芝麻糊他都惦记。你看他往沙发上放东西，就知道，他明天要去哪里，这一袋是谁的，那一袋是谁的，礼多人不怪，可他对家里人不这样。

我家亲戚来北京看病，托他找个经验丰富的大夫，他接了电话，摆的那个谱，先不说找医生了，一开口就是各种困难，人也不是不认识，这年头，得花钱啊，你们把东西准备好，我把人请出来吃顿饭，饭桌上聊一聊，你们把事说一说，最后还不忘加一句，关系不好，根本约不出来。亲戚着急啊，就说，行，你说咋弄就咋弄，你先安排着。他满口就答应了。

几天过去了，亲戚给他打电话，问安排怎么样了？他还凶人家，说什么你们不请吃饭，我咋约，亲戚急了，说这不是你说的等你安排吗？他那盛气凌人的样子，我真想抽他，说你们这种人做事不地道，请个客能花多少，人家缺你那顿饭，人家看的是交情。现在医院，好大夫没交情根本挂不上号。

我说让他们自己去医院挂号，北京的医院没他说的那么夸张，亲戚不信啊，说请个客有啥难，客请了，就他一个人去了。我都嫌丢人，不敢去。后来，亲戚朋友都知道了，他这一开口，这个跟我熟，那个跟我好，就是想捞点。

跑题了，接着说文学功底。

除了写歌，他写了几首诗，不是那种我去超市，看见苹果是苹果，梨是梨的诗歌，是真有点东西的。有一天，突然给我发了一首，那写得，念着都觉得是一种享受，我忘不了这诗，但是我不想提。他说，你把它背过去，这是我给你写的。

他在家里喜欢朗诵，这诗高低音朗诵了没有万遍也有千遍，最后我才知道，里面是藏头诗，是杨树爱海冰万年，海冰是谁，他的情妇。

我应该很早就发现，可是我不相信。

最早是海冰的丈夫告诉我，说叶蓉，你家杨树跟我媳妇走得太近，我对海冰的丈夫说，那不可能，不要多想，他俩就是在一个项目组。我们两家认识好几年了，还一起出去玩过几次。有天，他喝了点酒，叫了代驾回来，我在楼下碰见他，他看见我就喊海冰，你老公今晚回来不？

在外面跟他吵，我嫌丢人，何况他喝多了。我就转身拉着孩子回家了。现在孩子多聪明，悄悄对我说："妈妈，你知道爸爸的手机密码吗？"我说不知道，我家孩子说，我知道，我告诉你。我问她怎么知道的，她说看到爸爸玩手机，她偷看到的。孩子对我说，妈妈你看看爸爸的手机，看他是不是背叛了你！

这话出自一个孩子之口，不能不让我震惊。我不能当她是孩子，她有成熟的思想和敏锐的判断力。不出所料，手机里的聊天信息露骨暧昧，但我没有撞到跟前，我不能丧失理智。

有天下午，他说来找我一起去接孩子放学。我在楼上看见他的车到了，就收拾东西准备走，还没收拾利索，就有个客户打电话找保姆，我跟人家沟通了一会儿，挂了电话，他还没跟我联系。我就没下楼，一直等着他打电话。等了足足一个小时，他也没跟我联系，我忍不住下去了。他和海冰就坐在车里，两人聊着天，笑得脸都快烂了。我直接冲过去，拉开副驾驶的门，抓住海冰的肩膀就往外拉，我骨架大，又胖，那女孩皮包骨头的，哪是我的对手，我一边拉还一边喊着，大家快来看，这就是小三！这就是勾引人家老公的小三。

他一看急了，下来抱住我，就喊："海冰，快跑！"那女人开着车就跑了。

回到家，他跟没事一样，装出一副无辜的，天真无邪的表情，我以为人家会认错，会解释，人家特别不解地问我："叶蓉，你给我说说，你咋发现的？你咋就能发现这事。"

他还对我说："你不要去海冰的单位闹，她马上要跟单位续约，你一闹，单位不跟她续约，她就得找新单位。"

我能让她舒服？我没闹，我就找到海冰单位的领导，说了情况，人家能继续要她吗？那是国企，要脸面。

海冰离开那家单位，去了新的公司。他跟我说："有个公司请我做顾问，年薪30万，还不用坐办公室，就偶尔去指导指导。"

我说那是好事呀，是不是海冰在那呢？

他点头就笑了，笑得前俯后仰，还说："叶蓉，你可真聪明！"

海冰的丈夫和海冰已经协议离婚了，刚签协议离婚没多久，海冰丈夫家的胡同被征收了，他是老北京，拿到两千多万的赔偿款。这事他从哪知道的，我不清楚，可是他回来问我："叶蓉，你知道海冰老公现在去哪了？"

"她是你姘头，我和她老公还得自动组合了？我凭什么就得知道他老公在哪里？"我连跟他争吵都不愿意，我在等他跟我耗，耗到离婚为止，我不希望有一天，他对我的孩子说，不是爸爸不要你，是你妈妈非跟爸爸离婚。

最近几天，他对我说，有个别墅，市场价最少要三千万，他可以不到一千万拿到，他手头有些紧，让我把我上海的房子抵押了。我能同意吗？他还恬不知耻地给我哥打电话，让我哥给我做工作，那是我的婚前财产，跟他没有半毛钱的关系。

自从知道他有了外遇，我开始审视自己。有了家，不捯饬自己，脸上岁月的痕迹太多，我开始学习礼仪，学习化妆，学习穿衣搭配，我还开了一家美容院，把我学的知识，分享给更多的女性。可能很多人觉得海冰比我年轻，比我漂亮，我今年36，他39，海冰42，个子1米56，皮肤黑，瘦干柴。也可能是干柴，他们才有了烈火。

昨晚，他对我说让我带着孩子好好过，他不行了。

我说你咋了？是绝症，咱们就准备后事，是病就治，谁查出来的找谁。当然，要是相思病，都不用找医生。

今早，我去办公室，他又给我打电话，说咱俩好好过吧，我说海冰呢？他说，为啥不能一夫多妻制。

我不矫情，生活也没什么波澜，我俩没什么惊心动魄的故事，就是生活。可能大部分家庭，都是生活，没什么故事。

叶蓉说："花先生，我想不明白他……"

叶蓉话没说完，夏颜倾和快递便推门一前一后进来了，夏颜倾手里拿着一包烤红薯，跟叶蓉点头打了招呼，就对花先生说："花先生，家里寄来的沙地红薯，我烤了，我老公非让给您送来尝尝，特别甜，正好您这有朋友，一起分享了吧。"

花先生示意夏颜倾坐下，夏颜倾摇摇头说："不坐了，我还得去接我老公，我们约了朋友去听歌剧。"

"我还惦记着您给我妈配的安神的香囊，我妈说晚上放枕头边，最近不失眠，睡得特别好。"夏颜倾有些难为情，接着说，"花先生，我还有个不情之请，您看您有时间，也愿意的话，能给我也配个安神的香囊吗？我最近一过点，整晚就睡不着觉了。"

"有些花过了季节，就很难有了。"花先生顿了顿说，"我先想想，你既然说了，也不能让你太失望。"

"谢谢花先生，那我先走了，过两天我再来看您。"夏颜倾对花先生和叶蓉打了招呼，急匆匆地走了。

花先生签收了快递，感谢了快递小伙子，快递小伙子还没到门口，花先生的手机就响了，电话那头对花先生说："花先生，收到您签收的信息，赶紧给您说一声，寄了一箱山里的野柿子，找人一个一个摘的……"

花先生道了谢，挂了电话，打开了一个白色泡沫箱子，里面是两层柿子，个个一般大，红得剔透，取了一些清洗了，花先生让叶蓉尝，叶蓉说："我不吃柿子，涩涩的。"

"或许这个甜呢！"花先生说，"你没吃，怎么知道这个也是涩的。"

叶蓉拿了一个，皮轻轻一撕就掉了，放在嘴里，咕噜两下就咽了下去，叶蓉又拿了一个，将皮一撕，放进了嘴里，吃完，才对花先生说："还真好吃！"

"小时候吃过一次柿子，硬硬的，涩涩的，以后看见也不想吃了。我一直以为柿子都是不好吃的。原来，觉得不好吃的东西，是因为没吃到过最好的。"叶蓉感叹道，"就像我们做服务行业，你觉得服务不够好，是因为你给的钱不够多，你拿着住连锁酒店的钱，就想住五星级，买的经济舱的票，就要头等舱的服务，是不现实的。"

花先生会意地点点头。

偶然，叶蓉一个眼神，看到了花架上，放着的铜花瓶，里面插只莲花，对花先生说："我要怎么历练才能像这莲花一样，出淤泥而不染。"

"花先生，当初，他说爱我一辈子，如今，我真是有些后悔，为什么听了他的甜言蜜语。我实在想不明白，他现在是什么心态？"叶蓉自问，也想从花先生的口中得到一些慰藉。

花先生说："你看街道往更远的地方延伸，夕阳是不是就在尽头挂着？你可以停下脚步，欣赏下美丽的夕阳，因为今天就要结束了。

"你从窗口往外看，一个老妇人步履蹒跚，牵着活蹦乱跳的小孙女，准备过马路，你有没有想过，老人曾经也是被人牵着的小孙女，小孙女终将牵着自己的孙女步履蹒跚。

"当你从天桥走过，扭头不经意间，看见车流不息，你想过哪里是起点，哪里是终点？

"人生的很多问题，都需要时间去看，就像看花，看得久了，你总能看出一些智慧。"

叶蓉说："男人总会有娶错妻子的遗憾，女人一辈子都会有嫁错男人的感叹。"

花先生不语,叶蓉接着说:"在您花店这么美的地方,跟您说了这么多不那么美丽的故事,我都觉得自己太俗。您能把这株莲花让我带走吗?"

　　花先生点头,说:"可以。"

　　"在有污泥的环境中,我想尽量保持洁净。"叶蓉对花先生说。

冬之藏

立冬

初候　水始冰

二候　地始冻

三候　雉入大水为蜃

　　米兰时装周以"兵马俑"为主题后，时隔一年，主题为中国华服品牌"秦"在北京饭店金色大厅举行时装发布会。

　　致力于发掘传统中国之美，创造时尚美丽中国，将传统文化与当代生活相结合的时装设计师秦立在时装发布会上亮相，再一次用时装展现出其对文化、时尚和生活的独特理解。

这场时装发布会从四季花草中寻找灵感，将中国元素，中国造型，中国意境，都在服装上展示了出来。没有凌乱夸张的搭配，没有嬉皮士的疯狂，也没有拜占庭式的华贵，轻轻的，淡淡的，虚灵中有凝实，空旷中融丰富。

用植物染色的丝、麻、羊毛等天然材质展现了各种朴素自然的色彩渐变，从山水墨色到淡青，从冷艳翠玉到透亮红，从草蓝到靛蓝……加上手绘的梅兰竹菊等四季花卉，营造出了中华审美学的意境。

秦立介绍，这次发布会的服装面料，均采用中国传统的草木染技艺，利用自然界的花、草、树木、根、茎、叶、果实、种子、皮提取色素作为染料，通过直接染、媒染、还原染、防染、套色染等工艺来染色。

草木染对环境无污染，且对人体有保健作用。

秦立致谢后，小桥流水的音乐配着解说百灵似的声音，服装发布会正式开始了。

《诗经》热情、浪漫、唯美，《诗经》生长在花草树木之间。

让我们采撷《诗经》中的花花草草，辅以手工染布，将中国传统文化的情怀，融入心中，没有惊鸿一瞥的绚烂，只有陌上花开的恬淡。

服饰的色彩、搭配、出场、格调，均经花先生一一指导，秦立想要给花先生致谢，可是转眼，花先生已经悄然离开了。

秦立出生在陕西秦岭以南的山区，本来村里的老师给她取名秦莉，可是父亲不识字，报户口的时候，工作人员问哪个"莉"，父亲说，就立到这里的"立"，从此，秦立的名字就从"莉"变成了"立"。

家里孩子多，秦立初中辍学，从大山里走到外面的世界，起初只是东莞一家服装厂的女工，服装厂有个大车间临近一所大学，每天秦立都看着那些大学生拿着书有说有笑从窗前走过。

"我为什么不能跟他们一样？"秦立心中默默问过自己很多遍，直到有一天，她盯着两个从眼前走过的女孩，盯得太入神，缝纫机的针一下扎到她的食指上，血瞬间就染满了手中的一块白布。

可秦立不觉得疼，这一针扎醒了她的内心。对命运的不甘心和对知识的渴望督促着秦立不断地学习，她利用空余时间，上了成人夜校，考取了成人大专学习服装设计。

为了生活，秦立始终坚持做着流水线上的一名女工。一日，和女友逛街，路过一家店，秦立透过橱窗就认出其中的一块布料拼接经过她手，标价更是让秦立目瞪口呆，自己一年的工资，也不及这一件衣服。秦立懂得奢侈品的概念，自己的工厂，只是代加工，秦立看着那件成型的衣服，在橱窗内熠熠生辉，她下定决心，不再远观，她要改变自己。

秦立辞掉女工，背着简单的行囊来到北京，咨询留学服务中心，自己多年来省吃俭用的积蓄勉强可以通过申请，秦立和一群比自己小十来岁的孩子一起，学习生活了一年，通过留学中介，她去到了意大利，怀着对服装的热爱，她想在意大利开始自己梦想的生活。

现实却与她想象的不一样。

刚下飞机来到意大利米兰的秦立看着机场来来往往的高鼻梁大眼睛黄头发的面孔，才真正体会到已经只身一人来到了异国他乡，无论如何她是走出来了，秦立深吸一口气，迈开腿，也就迈进了新生活。

出了机场，在长廊上遇到一群黑人硬把彩色绳往秦立的手腕上绑，然后向秦立索要小费，后来秦立才知道，他们叽里呱啦说的是福音，也是讹钱的一种方式。想去买地铁票，可是语言不通，找人给她帮忙买地铁票，找的钱对方还少了几分，嘴里说着，那是小费，有人主动给秦立帮忙提行李，也会索要小费，秦立没出地铁站，只要看见有人要给她帮忙，她都吓得赶紧拒绝了。

早到一天，房东还没有赶来，秦立只能在火车站坐着，冷了一晚上。连喝一杯热水都是要花钱的，这在国内随便找个小卖部，大家愿意不愿意也会给倒一杯，根本没有人索要这些看似无理的费用。

秦立突然想家了。

等房东赶来，交接了大半天才结束，房东走后，秦立躺在床上，伸了伸懒腰，第一天的不适应已经烟消云散，她想着自己已经有一个窝了，可以慢慢适应。

简单收拾后，秦立准备去学校看看，提交入学资料，七拐八问，也算是到了，找到了自己的系，秦立参观完，展开双臂，站在校园里，她已经做好迎接新的生活的准备了。

离开学校去超市购了些生活必需品，刚回家，就接到学校的电话，电话那头说什么秦立没有完全明白，隐约觉得是自己的学历与他们学院的录取标准不一致，是不能够录取的。秦立把东西往地上一扔，就飞奔去学校，教学楼空无一人，已经到下班时间了。

第二天，一大早，秦立就赶去学校，问了好几个办公室，这个办公室的人说他们不清楚，那个办公室的人说不是他们负责，好不容易碰见个亚裔面孔，问人家是不是中国人，对方非常热情，问她怎么了，她把情况给对方一说，对方帮她找到了专门负责招生的办公室，人家给出的解释是：他们的录取要求是本科毕业，你这个是大专，没有办法，我们不能录取。

秦立一听，就火了，噼里啪啦说一堆中国话，我千里迢迢赶来读书，你们把我录取了又不要了，你们不要我之前就不要录取，你们这是耍流氓……很多办公室的人都来看，对方叫来了校园警察，将秦立劝了出去，留学生帮助她，说可以去找大使馆，看有没有办法协调，毕竟一个人的能力是有限的，他们去到大使馆把情况说明，使馆的工作人员答应协调，跟学校沟通无果，使馆的人建议秦立读个语言学校，继续申请。

回到住的地方，秦立想起自己小时候，家里穷得什么都没有，她从大山里走了出来。秦立想起在服装厂，每天三班倒的加班加点，大夏天，汗流浃背。秦立想起了她对那些大学生的那种羡慕，如今，自己从服装厂出来了，能来意大利留学，还有什么不能过的坎，想到这里，秦立擦擦眼泪，准备去周围看看，看能不能找份零工。

在一家药妆店，秦立看到老板娘是亚裔，进去一问，老板娘说她是温州人，来意大利十几年了，对方热情地给秦立介绍在意大利生活要注意的事项，秦立不好意思地问老板娘要不要找打工的，把她的情况说明后，老板娘说他们不能收黑工，居住证可以办，可是秦立没有保险，秦立求老板娘留下她，正好店里来了几个中国客人，店里的意大利小伙子语言沟通差，秦立当下就做起了导购，带着客人购物。

老板娘看秦立是中国人，也机灵，就对秦立说："警察有时候会突袭，你在后面打箱子或者服务中国客人就行了，如果来警察了，你就说你是我家里的亲戚，每天工作四个小时，一周五天，500欧。"

秦立一算，自己的房租什么都赚出来了，还有一下午的空余时间，她想学意大利语，就去咖啡店，将自己写的类似作文的东西拿给喝咖啡的人看，因为她觉得能喝咖啡的人都是有文化的人，她希望咖啡店的客人能给她修改文章，可是改来改去，那些都是文章，秦立需要语言交流。

省去了去咖啡店的那杯咖啡钱，秦立下班后开始去公园，每天下午在公园跟老太太们聊天。

有一天,一个打扮奇怪的意大利男人主动找秦立搭讪,他看到秦立两眼放光,嘴里说着 Chinese,Chinese,秦立吓得起身就跑,对方追上来拉住她不停地比画着,有个经常跟秦立聊天的老太太看见了慢慢给秦立翻译,对方最近在寻找中国元素的东西,秦立穿的衣服很特别,他是设计师,希望秦立能给他一些建议。对方留给秦立一个名片,说他叫阿尔伯特,他有一间工作室,希望秦立能去找他。

那天秦立穿着自己在国内大专毕业时设计的一件衣服,当时学校请来了中国草木染的非物质文化遗产传承人,在老人的指点下,秦立用兰草、石榴皮等草木染料在纯天然的丝麻衣服上进行染色,通过手绘竹叶点缀,衣服色彩淳朴自然,很有特色。

秦立思前想后,又去找温州老板娘商量,最后还是去了阿尔伯特的工作室。阿尔伯特拿出一些中国元素的东西,秦立一看,自己根本不懂,囫囵说了自己的见解,那也是生活所见,不是艺术,秦立对时尚对艺术的了解还是一片空白。

阿尔伯特的服装作品要参加国际服装设计展,秦立请求阿尔伯特带着自己,没想到阿尔伯特很爽快地答应了。

在国际服装设计展上,参展的都是外国人,各个品牌做的都是中国秀,秦立发现,设计师有华人,设计展上却没有中国品牌,中国的本土品牌,在时尚文化中是缺席的。外国人做中国的东西,她怎么看都觉得别扭。

当时,秦立问阿尔伯特,为什么没有中国品牌?

阿尔伯特摇摇头说:"中国是一个不时尚的国家,没有时尚的基因。"

听到这话,秦立很难过。台上的服装在她看来,那就是服装,是穿不到大街上的,可是人家称为艺术。她来到意大利的初衷是想摆脱贫穷,改变自己的生存环境，学做设计，做服装，从来没有想过艺术是什么。

在那个时装设计展上，秦立第一次遇见了花先生。

花先生坐在秦立的前面，第一排的位置，因为是亚裔的面孔，秦立看见花先生就觉得有亲切感。

休息时，秦立就主动找花先生聊了起来。

"请问，您是中国人吗？"秦立问花先生。

"是，很高兴认识你。"花先生回答。

"您是设计师？"秦立继续问。

"不是，正好在意大利，就来看看。"花先生问秦立，"你是设计师？"

"我想成为设计师。"这话说出来，秦立突然就像在这场秀中找到了自己的使命感，她有了一种再也摆脱不掉的精神。她对花先生说："恕我见识短浅，我觉得这些衣服挺难看，居然有这么多人欣赏，我很不理解，这些衣服居然能称之为时尚，称之为艺术。"

"你仔细看，品牌和品牌不同，品牌的国家不同，他们之间的设计存在差异。时尚和文化之间是有联系的，时尚蕴含着区域性文化。"

秦立知道自己对时尚的理解是肤浅的，可是她对自己还没有做好定位。

花先生对秦立说："服装如果没有文化的支撑，就达不到艺术的层面，做出来的只能是有点技术。"

秦立在意大利学习了三年，她想利用在西方学到的艺术手法回国创立自己的品牌。

阿尔伯特支持秦立浪漫的想法，他对秦立说："艺术家需要留下自己的名声。你要到最顶尖的服装设计公司工作，只要找到不合理，你才能从中学会怎么做得更好。"

秦立一连面试了好几家国内知名的服装设计公司，因为没有工作经验，秦立的要求都被拒绝了，秦立说："我要做首席！"她知道只有做首席才有话语权。

在一家公司，面试官对秦立很不屑，临走时他说："有个首席的助手职务空缺，愿意的话，你可以先干着。"

在这家行业视为顶尖的公司，秦立才发现，他们的服装没有设计，每天的工作都是抄袭国外设计师的作品，修改一下洗板。秦立提出意见，首席和公司根本不搭理。

首席将秦立踢出了自己的团队，并对秦立说："我们不需要设计，我们需要的是抓住最新款的时间。"

无奈，秦立只能另辟新路——创业。

只有自己做才能有话语权。很多供应商对秦立持有怀疑的态度，秦立不厌其烦地找了一家又一家的供应商，最后有一家供应商对秦立说："我只能给你低的价位，支持你的想法，至于其他的，我做不了。"

秦立想说服这些供应商做自己的品牌，可是他们已经习惯了代工。

走自己个人的品牌设计师路线，秦立突然发现，自己不知道怎么设计，怎么推广，怎么品牌运作，她对供应商对服装工艺的态度很失望。秦立想起了几年前在意大利遇到的花先生，或许花先生还记得她。小心翼翼拨通了那个号码，很久对方接了起来。

在四季花店，秦立再一次见到了花先生。

将自己的困惑对花先生讲了一遍，花先生对秦立说："所有的品牌都是有故事，有温度的，服装理念和秀场设计不同。服装理念需要内涵。"

在花先生的建议下，秦立开始全国采风，第一次见识鱼骨缝合，实地学习蓝染工艺，学习丝、麻、羊毛的品质鉴定，等等。

一年以后，她将采购的各种材质的服装，各种类型的服装，挂在书房，在文房四宝中秦立在思考，什么符合品牌，什么东西能唤醒民族自豪感和认同感，她看着这些服装，脑中转了好久，几天以后，她发现，只有历史才能唤醒民族的自豪感和认同感，她要做有中国特色的，有中国历史的品牌。

再一次找到花先生，交流中，花先生对秦立说："一个品牌要有自己的文化符号，自己的自信符号。"

秦立的品牌"秦"诞生了，她上升成了管理者。

秦立在阿尔伯特的帮助下以中国瓷器、丝绸的不断发展和进步的概念文化，在意大利做了一场专场秀，反响非常好。

可是回到国内，秦立的品牌只有概念，很难推广。况且秦立没有成形的工厂，也没有成型的服装，"秦"从原材料到工艺技术都可以与国际一线奢侈品抗衡，可是资金和供应商成了问题，而且，秦立需要改变大家对奢侈品的固有印象。

奢侈品带给人的体验是一种精致文化，大家印象中，用奢侈品的人都是有身份的人，对于品牌的鉴定，就无形中给人一种自信。

秦立找了花先生几次，都没好意思说自己想找花先生给些投资。

有一天，花先生问秦立："你创立这个品牌的初衷是什么？"

秦立说："中国的服装品牌，都意识到自己的品牌低端，却不想着改变。而且，目前低端品牌已经没有市场，我们可以通过中国的高端品牌向世界展示中国制造，为中国品牌发声，为中国打造世界名品。"

"就像一些服装协会，他们通过权威要求别人强行认知自己的品牌，长久来看，这个做法肯定是失败的。我们需要做出自己的品牌，就像唐朝的丝绸，其他国家的人慕名前来寻找。"秦立对花先生继续说道，"有质量的问题，我在工厂待了好几个月，解决品质监控。我在抄袭维权中学会了做出纯天然染色，却不掉色的衣服，也将中国传统的双面绣作为了我品牌的一个标志。

我的服装如果只是通过网络渠道销售，就很单一，我的品牌是可以走上更高台阶的。我甚至求过人家穿我的衣服，明星都有代言，没有人愿意平白无故就把我设计的衣服穿了。有一天，我突然发现，我所做的一切还都是停留在衣服上，我做的还没有达到时尚。我的初衷是，我的服装不仅是品牌被认可，更要达到艺术的阶段。"

"你有什么想法？"花先生问秦立。

"我想利用兵马俑的概念，做一场时装秀，让世界认识'秦'的品牌。"秦立回答。

"这是一个持久战。"花先生说。

那天开始，花先生答应从色彩搭配，文化内涵对"秦"开始指导，早在几年前，他就从秦立的眼中看到了中国服装品牌的希望。

小雪

初候　虹藏不见

二候　天气升地气降

三候　闭塞而成冬

透过玻璃窗，抬头仰望天空，太阳透过指缝映入眼帘，时而缩小，时而放大。只等抬起的那只手酸了、累了，花先生才将它放了下来。

此时，气温已经下降，万物逐渐失去了生机，花先生的眼前摆着几盆需要包裹根茎过冬的花，母亲爱花，小时候，花先生总问母亲："你拿着剪刀去剪花的枝叶，花不会痛吗？"母亲总是笑而不语，该修剪继续专注修剪，那些花在母亲的修剪之下，确实更加美丽动人，花朵颜色更加鲜艳欲滴，花朵姿态更加优雅。到了这个季节，修剪花枝之后，还要包裹根茎，很多花，这时候都要准备过冬了。

长大后，花先生才懂得修剪的意义，只有不断修剪老枝，才能促发新枝，多坐花蕾，多开花。花先生的剪刀样式繁多，剪枝叶的，剪根茎的，修花朵的……大小不一形状各异，都擦得锃亮摆在工具包里。挑选了最适合的剪刀修剪眼前的这盆牡丹，残枝败叶被修差不多时，花先生放下剪刀，揉了揉太阳穴，去洗手的空当，抬头看了一眼时钟：还差一刻钟，就到时间了。

"快到时间了。"花先生心里嘀咕着，洗完手，摘下眼镜，做了简单的眼角按摩，做了几次深呼吸长吐气，放空手上的事情，让大脑进入轻松状态，走到玻璃茶几旁边，摆好两张椅子，一套茶具，并在茶几上摆放好新的插花木瓜海棠，烧水时，"咚"的一声，石英挂钟响了，10点了。

花先生望向店外，果然，一位顶着花白头发的老人拄着拐杖，步履蹒跚地朝他的店走来，老人走得更近时，就会看到，他只有一条腿，右腿完好，而左腿的膝盖以下，空空如也。

店里来了几位客人，老人示意花先生他到了，就安静地坐到了花先生先前准备的椅子上，把拐杖放在一旁，就着手泡茶，温具、置茶、冲泡、倒茶……一系列步骤井然有序，老先生动作娴熟，即便是在一旁的客人都能看出他是泡茶的老手。老人只自己倒了一杯，便开始细细品味，茶杯递到唇边，并未立刻开始喝，他闭上眼，将茶杯靠近鼻子，闻了闻，享受茶带来的清香，然后慢慢地轻啜一口，老人睁开眼。

等花先生送走顾客回到店里，老人放下杯子，看着茶几上的木瓜海棠说："这海棠只用花不用叶，可是为了追求某种效果？"

桌上的木瓜海棠插在铜器中，两朵红艳的花朵，均为五瓣，金色的花蕊甚是好看，花先生只留了花，而将叶子全部去掉。

"投我以木瓜,报之以琼琚。匪报也,永以为好也!"花先生看着木瓜海棠说了句,"这是送给您的。"

老人盯了茶几上的木瓜海棠一会儿,摆摆手,说:"过奖了,这事你也功不可没。"

老人口中的事情,是他最近和一些退休的老年人办了青少年学习中心,免费教授青少年书法、绘画,他还请花先生去给老年人讲插花,组织大家学习花道。这件事在社会上反响很大,一方面让有知识的老人能将终生所学传授给需要的人,另一方面,也给退休在家闲置的老人找到了新的乐趣和自我价值。说起这事的起源,还要从四季花店开始。

几个月前,老人来四季花店,他与花先生认识许久,经常来四季花店聊天,那天花先生给老人泡了一杯菊花茶,老人喝了一口,语气中喊着些许的"抱怨",说:"老朋友,暮春时节,你竟给我这个老头子喝去年剩下的菊花茶,这可有点不厚道啊!"说完,哈哈大笑起来。

花先生不置可否,也笑了,道:"旧的不去,新的不来。想试试您的品茶功夫,还真喝出来了。"

老人开怀大笑,说:"快把新茶拿出来,我可不好糊弄。"

花先生将已经准备好的新菊花茶递给老人,说:"尝尝,看看怎么样。您先喝着,今天订花的人多,我得先收拾出来。"老人看见一堆新到还未整理的花卉,说:"你修你的花,我喝我的茶。"接过花先生手中的新茶,重新冲泡,给自己和花先生都倒了一杯,一边独饮,一边点头。

"上次我讲到哪儿来着?"老人喝完一杯茶,给自己又续了一杯,眼睛盯着杯中之物,尝试回想上次见面时的话题,却总也记不起来,只得开口问花先生。

花先生已经整理好了几束蔷薇花，根据他以往的经验，考量了数量和花盆的大小来摆放，直至令自己满意，整个动作一气呵成，花先生拍拍手，回应道："讲到您带兵成功抵御了敌人，保护了村子。"

"是是是！唉，瞧我这记性，果真是老啦！一把年纪的老骨头，也不知道还能活多久。"老人喝了一口茶，深呼吸一口气。

"您长命百岁呢！我爸说第一次遇见您的时候，是小雪前后吧？您躺在地里昏迷不醒，浑身是血，没了半条腿，我爸和奶奶把您抬回村子，奶奶说，这年景，人都饿得皮包骨的，您咋这么重！把她可是累坏了！村里的赤脚医生看了您一眼，说您肯定没救了，可是您命硬啊，愣是鬼门关走了一遭，又回来了。"花先生没停下手里的动作，抬头看了一眼老人，笑笑说，"我看啊，阎王爷一时半会儿也收不走您，您就该吃吃，该喝喝，乐呵呵地活着吧。"

"说得是，说得是！"就像花先生给他多批了几年的阳寿，老人笑得嘴都合不拢了。他问花先生："我应该没和你讲过，我参军以前的事吧？"

花先生还没回应，但老先生早已知悉，自顾自地讲了起来……

我很小的时候，抗日战争就爆发了，母亲跟我说，父亲和我一样，16岁就参了军，30岁就当上了连长，带领一个连的人去参加抗战。战争多残酷，谁能想到那场仗怎么打，打多久。1937年以后，我再没见过我的父亲，战争持续蔓延，全国上下都弥漫着紧张的气氛，有一天从前线寄来了一封信和一些钱。

母亲接到信，就有不好的预感，我看到她发颤的双手，揉搓着信封，始终不愿打开，就像只要打开信封，噩耗就会跑出来，那是她不愿看到的。许久，她终于鼓足了勇气拆开信封，还没看完就抱住我哭得死去活来，我被她抱得太紧，都有些窒息，母亲哭着哭着晕了过去。那时，我知道父亲被噩耗带走了，我成为家里唯一的顶梁柱，那年我15岁。

我16岁时，村里像我这么大的孩子好多都去参军了。我父亲是军人，刚正不阿的军人，我敬畏我的父亲，也想成为父亲那样的人。说实话，我对军人的印象就是对父亲的印象：严肃，无表情，至于其他的，类似英姿飒爽，威风凛凛那种形容，是很多年后我才学会的。16岁，我就想成为父亲，想去看看父亲待过的连队，想穿着军装，想握起枪，我没有见过战场，战争对我来说仅仅是个词，我能想象的就是枪炮声、呐喊声、厮杀声，但仅仅只是想象。

母亲说什么也不让我去，我是家里的独苗，香火不能断在我这里。她越是不让我参军，我想参军的欲望就更加强烈，我甚至都在想父亲在连队穿什么鞋怎么走路，吃什么样的饭菜，我太想看看鬼子是什么样子，太想把一腔热血洒在战场，接替父亲继续打鬼子。

我绝食抗议，母亲拿出女人的撒手锏，哭闹甚至上吊。我就消停了，一段时间后，她看我打消了参军的念头，就放松了警惕，其实，我时刻在想着逃走。有一晚，我终于成功了，跟着村里的大队伍，越走越远，坐上了去前线的火车。

老人累了，停下来想喝口茶，却发现茶凉了。重新倒了一杯，小啜一口，咂咂舌头，说："这菊花茶味道不错，去年那个菊花茶，真是有股陈年的骚味儿。"

花先生把蔷薇花摆好，又开始整理其他的花束，继续听着老人的讲述。

我坐上了部队拉物资的火车，跟着大部队下车，看到数不清的陌生的面孔，开始参军了。那时候太年轻，有着初生牛犊不怕虎的劲，在队伍里，看不惯的人，看不惯的事我都要说上一句，所以，好多人不喜欢我。

我没有彻底地感到被孤立是因为鬼子进攻了，在睡梦中我被拖上了战场，清醒的时候，手上已经握着枪，当时想，这是什么东西？这就是传说中的枪吗？枪怎么用啊？来不及思考，对面的机关枪已经朝我们扫来，嘟嘟嘟嘟的声音根本停不下来，我听着战友对我说，接着，手榴弹，还没看清楚，一个战友已经将我扑倒，头晕目眩之后，我在烟雾弥漫中看到了那个扑向我的战友被炸掉的胳膊，还有血肉模糊的上半身。

我太害怕了，不，是极度恐慌了，那场面，我至今在梦里还能看到。尿了一裤子的我，扯着嗓子喊，全身的神经都错乱了，我想那时候，我的表情、我整个人都扭曲了，可是，大家顾不上我，那是战场，战场就有生有死。

那个战友，之前总针对我，抢我的饭，坐我的板凳，霸占我的床……可是，他毫不犹豫地保护了我。

老人脸上爬满深深的惭愧和内疚，忧伤让他皱起的眉头久久没有解开。可能情绪有些激动，他开始剧烈地咳嗽，杯中的茶水也抖了出来，溅在手上，落到地下。

花先生注意到，赶紧停下手里的动作，没有吱声，将菊花茶撤走，拿出一盒新的牛膝草茶，递给老人一块手帕。老人接过了手帕，做了简单的擦拭，花先生站在一旁，开始给老人冲泡牛膝草茶。

茶泡好了，花先生为老人倒了一杯，老人喝了几口，慢慢静了下来，情绪也平缓了不少，他示意花先生继续干自己的事情，花先生点点头。

你说得对，我命硬。仗打了两年，四处辗转，战友死的死，伤的伤，很多人这辈子想见都见不上了。不久前，我打听到，我刚参军那个营里的战友，除了我之外还有一位幸存，两年前也走了。

1943年从军，1945年抗日战争胜利，以为结束了，想回家看望母亲，想给母亲讲讲自己的勇敢，可是，鬼子走了，内战开始了。没来得及回家，就又上了战场。

就是那场战役，平津战役，我躺在你们村口，被炸没了半条腿。

"我知道，父亲讲过。"花先生终于整理好了花束，稍作收拾，也坐了下来，给自己倒了一杯茶。

"奶奶一直说，她最见不得自己人打自己人，枪子儿不长眼，都是中国人，打到谁身上不心疼？"花先生饮口茶，继续道，"第一次见您，父亲就跟我讲，捡到您的时候，是犹豫过的，是奶奶的坚持让您活了下来。"

"老太太，你们家，对我有救命之恩，我一直记得。"老人目光和蔼慈祥地看着花先生说，"那时候，那个年代，谁知道救了个什么人，我能够理解你父亲的犹豫。"

花先生没再吭声，他素来话不多，和老人相识几十年，老人了解花先生。

"咚！"墙上的石英挂钟又响了，两人不约而同地看了看时钟，11点整。

老人起身挂起拐杖，说："时间到了，我该走了，不然那些老朋友又要夺命连环 call 啦！"

"您也开始秀英语了？不是说打死都不学洋鬼子的语言吗？"花先生笑了起来，搀扶着老人往外走。

"唉，别取笑我了，不学不行啊，人老心不能老，语言是文化，是文化就可以学习，毛主席都说，活到老，学到老。"花先生替老人推开门，与老人挥手再见，老人说："明天见。"说完，他挂着拐杖，慢慢离开了花店。

翌日，"咚！"石英挂钟响了，上午10点，花先生摆好了桌椅茶具，这时一位顶着花白头发的老人挂着拐杖，步履蹒跚朝花先生的店走来。

今天店里的客人不多，不似昨天。

老人坐下来，把拐杖放在一边，开始泡茶、温具、置茶、冲泡、倒茶……他继续重复昨日的动作，花先生在替一家餐厅整理开业花篮。

因为是中式开业，讲究红花绿叶，大红大紫，浓墨重彩，衬托喜气，花店里送来了不少红色黄色的太阳花、天堂鸟、红掌、红色剑兰、紫色勿忘我……

老先生在一旁安静地喝茶、倒茶、喝茶，花先生在一旁将花卉分类，修剪，摆放。花先生专注于整理花，老人就品着茶，静静地坐着，望着，偶尔抬头看花先生一眼，又时不时看向店外，那眼神又是回忆从前的眼神。

"咚！"十一点到了，老人喝完了茶，把茶具摆放好，拄着拐杖，慢慢离开了。花先生将老人送到店外，注视着老人远离的背影，直至消失。

又是新的一天，10点还差一刻钟的时候，花先生摆好茶具桌椅，等候老人的到来，"咚！"时钟一响，视线里缓缓出现一个身影，不远处，老人拄着拐杖，一步一步走进花先生的店。

等老人走进门，花先生给门口挂了一个木牌：今日休息。

花先生难得清闲，他扶老人坐下，放好拐杖，自己坐到了老人对面。

论年龄，老人是花先生的父辈，两人初见时，花先生正值壮年，血气方刚，经常和老人争执。如今，花先生有了经历，老人也上了年纪。闲时两人品一口香茗，坐下来看云卷云舒，花开花落，未尝不是件惬意的事。

"今天我准备了十几种花茶，都是您平时爱喝的，我每次晾晒时都会特意给你留一些。"花先生打开茶叶罐，一眼望去，茶几上，十几个罐子并排列着，不明就里的人，真会以为老人是来买茶的。

老人很欣慰地点点头，取了几种嗅了嗅，说："嗯，闻起来不错，比你陈年菊花茶好多了。"

花先生笑了，说："知道您喜欢喝什么茶，每年都会多备一些的，给您专供。"

老人看了花先生一眼，没开口说话，喝完手中那杯茶。花先生又重新泡了一种新晒的洛神花茶，动作利落不失风度，泡茶完毕，给老人倒了一杯。

"你泡茶的技术愈发长进了。"老先生抿了一口，说，"想练成我的火候还需些时日。"花先生并不否认，老人泡茶的技艺自己确实无法比拟，至少在目前是这样。

时间在两人泡茶，换茶，聊天中一分一秒地过去。

"我大女儿要从美国回来了。"老人放下了杯子，说，"那洋女婿，自他俩结婚我就没正眼瞧过，总想着找谁不好，非找个洋鬼子！唉，当时是真生气，一个彻底的老顽固。俗话说，养儿防老，女儿也是心头肉，一把屎一把尿的拉扯大，现在结婚了成家了，几年几年见不着面，别说养老了。"

"我知道，您还生我气，说我也不劝她回心转意。"花先生记起当时凝重的氛围。

提起这件事，老人至今还心有余悸。想想当时的"盛况"，难免有些"糟心"。"你还别说，要不是你去跟她说努力追求真爱，别听我这个老顽固的话，说不准她的婚姻是另一番模样，我都不愿意去想。"

"您啊，现在总算想开了，也不晚。"花先生给自己和老人倒了一杯茶，说，"放弃或者失去，是人生设置的障碍，总有它存在的意义，也说不准是为了峰回路转，最后总能够柳暗花明。"

"我这种是闭关锁国的思想，现在中国都向世界敞开了怀抱，我也需要与时俱进，尝试了，总比留下遗憾要好。"老人笑得很满足。

我扛过枪，走过长征，感受过饥荒，从艰难困苦到如今的改革开放，我都没有怕过，可是却害怕了时代的变化，电报到BP机、手机也就几年的光景，手机从大到小，从有按键到现在的触屏，也不过眨眼的工夫，我那时候

冬之藏 | 195

是害怕，怕女儿再也不回来，我怕孤单，你们的时光且长，我想着自己这把岁数，命不久矣。那段时间，真的多亏你，现在我也找到了自己的生活，有一群老年朋友，散散步，聊聊天，舞舞剑，吼吼嗓子，多好的日子啊！

老人换了一杯热花茶，端起来一饮而尽。

时间仿佛静止了，花先生打破了沉默，说："时间真快，感觉什么都没有做，一晃几十年就过去了。"

"时间不会辜负任何人，时光的沉淀会把人带入一个新的阶段。在新的阶段里，人能更加认清自己，找到这平凡世界的微小乐趣。就像你，能看到一朵花的美丽，我能听到一只鸟的喜悦，有人能听见一条河水的欢快，那时候，时间与你，你与自然已经融为了一体。

"衰老，是一秒一秒，一天一天，在悄然之间缓慢无形地开始的。起初，我们并不会意识到岁月的流逝是多么的可怕，反而有种想要迅速成长起来的焦虑，盼望着日子能够快一点，再快一点。突然有一天，当我们看着镜中的容颜仔细端详，才发现，时间已骑着快马在人的身体上，思想上，踩下了一串又一串的足迹，你恍然大悟，自己能够拥有的时日已经越来越少，你开始憎恶这些足迹，这些足迹拉开了你伤感的序幕。

"你突然明白，你在不停地失去，你成年了，就逐渐失去了童真，你步入社会，就逐渐失去了玩伴，你步入婚姻，就逐渐失去了单身的自由，你步入了老年，你就将失去人生。

"不过，又有什么关系，谁知道明天和意外哪个先到，珍惜现在和今天也是一种乐趣。人生是个标尺，行走在不同的刻度，一步步失去，又一步步得到。"

"儿女自有儿女的福气，您和您这些老朋友在一起谈天说地，做你们想做的事情，也未尝不是一种乐趣，替我向您女儿问好。"花先生对老人说。

"咚！"十一点的钟声敲响，老人对花先生说："不因失去而烦恼，让心情变糟糕也无济于事，人生就应该活在当下，因为下一秒，你就将失去当下这段时光。"

两个人收拾好茶叶，茶具。随后，老人挂着拐杖，不由花先生搀扶着走出了花店。没有再见，只有背影，以及花先生注视着老人背影的目光。那目光，一直看着，看着，直至老人的背影消失不见。自从四季花店开业，没有特殊情况，老人总会到花先生的店里，10点钟来，11点离去。跟花先生聊聊生活，或者静静地喝茶。

时光就像一束花，每朵花瓣都在诉说着岁月变更的痕迹。

女儿回国后待了几天又走了，老人再次出现在四季花店的时候，他告诉花先生，想请花先生去给他们这群老人讲花道，说："你那天说，我们一群老人在一起也是乐趣，我回去的路上就琢磨，我们这群老家伙，是老了，可是我们还能发挥余热，我们不能想着靠儿女，给儿女增添负担。我们就合计着办个免费的教育中心，我们自身的价值体现了，也有个聚会的场所，说说话，聊聊天，意义都不一样了，原来在一起聊天是拉家常，现在在一起是聊学问。社区特别支持我们的想法，还给我们专门腾出了地方。"

花先生去给上过几次花道，刚开始，是一些老人来学插花，最近几次，很多父母带着孩子，不少年轻人也来了。

很多老年人，前半生付出了辛劳，如今再要老有所为，已有些力不从心，他们，只需要一个精神的归宿。

大雪

初候　鹖鴠不鸣

二候　虎始交

三候　荔挺出

从西安咸阳机场的出口走出来，于坚就在人群中招手喊着："大哥，这边，这边。"花先生朝人群望去，于坚已经跑过来了。

于坚很多年不来机场接人了，自从他接任了陕西嘉泽路桥工程集团公司的董事长一职，只要出行，身边总要跟几个秘书，可是今天，他只身一人就来到了机场。

"让你随便安排个人接送一下，你还专程来了。"花先生看见于坚，便说，"耽误你在成都的业务了，昨天听你说不在西安，你这有些折腾了，真麻烦你。"

于坚接过花先生手中的提包，说："大哥，您这就见外了，难得用上我一次，我就是在月球也会赶回来。"

坐上了于坚那辆黑色的奔驰 G550，行驶在机场高速往西安方向，花先生朝车窗外望去，上次来西安还像在眼前，一晃几年都过去了。

一阵急促的铃声想起，于坚刚接起电话，听筒的声音就像爆炸了一般："听嫂子说你接大哥去了，怎么不跟我们说一声。接到没有？晚上我安排……"

花先生给于坚摆摆手，于坚对电话那头说："大哥有事，晚上就回去了，不张罗了。"电话那头还在喊着，于坚将电话挂断了。

过了几秒钟，电话又来了，于坚看了花先生一眼，花先生正在看着窗外，于坚将手机关机了。

关掉手机，于坚有点不好意思，对花先生说："我就给我媳妇说了，没给其他人说，你看我媳妇这嘴。"

花先生说："不碍事。"

于坚试探性地问花先生："大哥，晚上咱们几个兄弟聚聚。好长时间没见了，您明天再回去吧。"

"不了，有时间再聚。"花先生轻轻地说。

上次来西安时，花先生对小雨说："有时间我再来看你。"可是，小雨没有再等到花先生。

花先生第一次见到小雨，是在他的朋友家，朋友是中央音乐学院的教授，也是希望儿童救助基金会的创始人之一。听朋友说起这个叫小雨的姑娘，花先生一直想见见。

小雨12岁，个子高高的，瘦瘦的，皮肤白净，笑起来有种天真无邪的可爱。除了睡觉，她总是戴个帽子，因为她头上有伤疤，她不愿意让人看见。见到花先生，小雨异常兴奋，围着花先生就说，姜教授说您开个花店，我也特别喜欢花，等我长大了，我也想开个花店。我大姨家种了些月季，每到夏天，五颜六色，可好看了。我给我们家移来一株，本来想要黄色的，可是开花的时候成了粉红色，不过，也挺好看的。

月季花好看是好看，可是有不少刺，你再小心翼翼，也会被扎到。刚开始我们把月季花种在花盆里，可是有一天，我不小心，抬花盆的时候把花盆打碎了，我妈妈就让我把月季移到院子里去。

移到院子里以后，月季花又从旁边长出了一棵，而且花开得比以前更大了。我原来照顾得特别用心，它都没有开那么大的花。我妈妈说，月季花不喜欢束缚。没有东西束缚它，它才能越长越大，越长越高。就跟我一样，都喜欢自由。

月季花很香，但是你不能靠太近去闻，靠得太近，就会害怕，你怕突然被扎到，明明知道有刺还往跟前凑，那就成自讨苦吃了。

……

小雨患有脑瘤，姜教授给筹资做过两次开颅手术，可是大脑神经已经被压迫了，小雨的一只眼睛完全失明，只有另一只眼睛在光线强烈的情况下，模糊能看见一些影像。

姜教授给花先生说，"小雨的母亲患有尿毒症，已经在轮椅上坐了7年，小雨从5岁的时候，就开始力所能及照顾母亲的日常起居，她和母亲互换了角色。每天早上5点起床，先给母亲把早午饭做好，家里收拾好，才去上学，中午不回家，下午回来时，还要去市场把第二天的菜买好，晚上做完晚饭，收拾了厨房，才开始写作业。

即便这样，小雨的学习成绩也名列前茅，一个年级好几百个学生，她每次考试都能稳坐年级前三名，校园活动小雨很少参与，有时间她要照顾母亲，洗衣服，做家务，偶尔有邻居对她们有帮助，她还要去邻居家里自告奋勇的帮帮忙。

人世间很多事情，你来我往，不是生意，很多人所做的并不要求回报。可是小雨总觉得平白无故接受别人的帮助，她和母亲过意不去，母亲行动不便，只有她可以去给别人家换个工。

11岁的时候，小雨突然在学校晕倒，开始大家都以为是营养不良，送到医院检查后，才知道她患有脑瘤。

母亲没有经济收入，家庭的开支，小雨的学费全靠小雨的大姨一家，小雨的大姨和大姨夫都是农民，但是憨厚，两人有个4亩地的猕猴桃园，还有一个儿子，省吃俭用，把家里的收入都给了小雨，小雨从5岁开始，就是家里的小掌柜，她需要学会精打细算，才不至于让她和母亲挨饿。

很多人觉得，5岁就是一个孩子，可是，你不能小看一个孩子，一夜之间，一个孩子可能比很多成年人都懂事，孩子的懂事是真正意义上，不掺杂任何社会因素的懂事，那是弥足珍贵的。

小雨生病，对于这个家庭更是雪上加霜，母亲无奈，在网上发了一个求助的帖子，希望儿童救助基金会开始给小雨的治疗提供帮助。很多人都关心小雨的状况，捐款的人也多，两次手术都比较顺利，只是，小雨的病情发现得晚了，大脑神经已经受到了压迫。

第二次手术后，小雨说她有个梦想，趁她还能看见，她想去天安门。

花先生和姜教授带着小雨和小雨的大姨一起去了天安门，那天的天气并不好，因为第二天早上小雨就要回西安，小雨的妈妈要去医院透析，没有好天气可以等了。

天阴沉沉的，又是下午，小雨给花先生说："叔叔，我特别高兴，你帮我照一张相，咱们也一起照张相，等我病好了，我可以经常看看咱们站在天安门前的样子。"

花先生给小雨照了一张相，站在小雨的旁边，和姜教授还有小雨的大姨合了影，照片是小雨彻底失明的时候，才寄到了小雨的手中。

听说，小雨经常摸着照片，高兴地说："这是天安门，天安门可大了。"

那天晚饭，姜教授临时有事，花先生带小雨在东单吃的饭，小雨说想吃火锅，热闹。花先生给小雨点的小锅，放在小雨面前。小雨说她从来都没有见过还有这么小的火锅，她跟花先生面对面坐着，异常地兴奋，她喜欢跟花先生聊天。

"叔叔，我已经很久没去学校了，我的同学都上初中了，只要有空，我都会复习，说实话，我觉得我现在上初中也没问题，只是没有学校要我。"小雨一边吃饭一边说。

"别大言不惭的！"小雨的大姨给小雨夹了几筷子菜放到小雨面前，说，"让叔叔笑话你。"

"我说真的，那些小学的题太简单。"小雨朝大姨的方向看了一眼，又转过头对花先生说，"我还想带我妈妈来看看天安门，等我病好了，长大了，我就有力气了，现在带她出门还不方便。每次带我妈妈去趟医院，回来我感觉都瘦了好几斤，流汗流得太多了。"

花先生不知道怎么接小雨的话，但是小雨并不在意，她有很多的话要说："叔叔，您看过《假如给我三天光明》吗？海伦·凯勒说她睁开眼睛，发现眼前一片黑暗，那种感觉特别的恐慌。我比海伦·凯勒幸运，至少有只眼睛还能看见一些，所以我就不觉得恐慌。我每天早上起来都要念一段海伦·凯勒的话，现在都能背过去了，我觉得那种感觉特别好：我们每天都应该怀着友善、朝气和渴望去生活。如果由于某种奇迹，我可以睁眼看三天。我要看人，他们的善良、温厚与友谊使我的生活值得一过。我要在黎明起身，去看黑夜变成白昼的动人奇迹。我将再一次迎接黎明，急于寻找新的喜悦，因为我相信，对于那些真正看得见的人，每天的黎明一定是一个永远重复的新的美景。"

花先生对小雨说："你很勇敢。"

小雨笑得特别开心，说："是吧？我也觉得我很勇敢，做手术的时候，我让叔叔阿姨不要用麻药，我可以睡过去，睡过去就不疼了。你信不信？我在叔叔阿姨面前都没有哭，挺疼的，特别疼的时候，我把嘴唇都咬烂了，我想着我要是哭了，叔叔阿姨就不敢给我再做手术了，那我就好不了了，我还想上学，想长大，想去天安门。没人的时候，我偶尔会哭一会儿，哭出来，就觉得不那么疼了。想哭的时候,憋得嗓子眼很难受,哭出来就不那么难受了。"

花先生看着小雨,小雨还是个孩子,有她作为孩子的天真,可是作为孩子,小雨承受得太多,但她的脸上依然写满了快乐。

小雨回家三个月后,就双眼失明了,不到半年就瘫痪在床。

花先生去小雨家看过一次小雨,刚到门口,就能闻到一股屎尿的味道。

提前知道花先生要来,小雨的大姨把屋里已经打扫得很干净了,换了新的床单,家里收拾得整整齐齐。

小雨听见花先生的脚步声,她看不见,可是眼泪就流下来了。花先生看见小雨的眼泪顺着眼角往下一直流,小雨转了个身,背对着花先生,说:"叔叔,一个方向躺着耳朵难受,我换个方向躺一会儿,等下我再转过来。"

小雨抽搐着肩膀,花先生走了出去。

花先生看见小雨腿上绑着砖块,小雨的妈妈低声说:"害怕肌肉萎缩,我希望她有天还能站起来。"

没有跟小雨谈病情,花先生跟小雨聊了一会儿天安门,国庆节的时候,天安门广场前摆了很多的花篮,特别的漂亮。

小雨的家还是那个样子,简单,简陋。

"我是嫁出去的闺女,我的孩子不能在我娘家下葬。孩子太小,她爸爸家那边对她也是不接受的,大家都怕不吉利。我们正在找公墓,所以小雨的骨灰暂时就放在家里。"小雨的妈妈对花先生说。

小雨的骨灰盒上放着她的照片,照片上的小雨,深切的眼眸凝望着眼前,眼睛特别的有神,脸上挂着美丽纯洁的笑容,笑得无忧无虑。两束花放在骨灰盒旁边，已经凋谢，却依旧挺胸抬头，就像重新拾起了对世界逐渐失去的信心，唤回原本已经失去的希望。

小雨的妈妈坐在轮椅上，示意花先生坐下，小雨的大姨给花先生倒了一杯茶，花先生对小雨的妈妈说："节哀顺变。"

"刚坐轮椅，我很抑郁，一个能走能跳的人，突然就限制了活动范围，那是很痛苦的，做透析是疼痛，但那不是内心的痛苦，等小雨开始照顾我的时候，我慢慢控制了自己，我的内心还是烦躁，还是痛苦，可更重要的是，我要让孩子看到希望，我要学着改变，有时间我会看书，从书里，我懂得生命是有时间的。

"在梦里，我可以跋山涉水，周游世界，现实中，我只能坐在轮椅上，思考世界。

"站在人的角度，生命是可贵的，人的生命可贵了，世间的一切才有意义，命运才有价值。站在命运的面前，你所有的疑问，所有问题的存在都是合理的。在命运面前，人没有讨价还价的余地。

"有时候，你看到四季，花开花谢，也是一种命运。"小雨的妈妈望着窗外，对花先生说："肯定是上天觉得小雨太辛苦，让她休息了。这么多年，作为一个孩子，小雨承受了她这个年纪不应该承受的，她走了，我虽然难过，但是总觉得，对小雨来说，这是一种解脱。小雨走的时候，特别的从容镇静。"

痛苦是一个可以让人深度净化的过程。

"小雨离开时，一定满怀着对来世的憧憬。"花先生对小雨的妈妈说，"小雨多么聪明的孩子，躺在床上的时候，想必已经想过自己的生命终将走向哪里，所以她能在离开时有恃无恐。"

"她走的前一天，给大姨说，谢谢大姨一家的照顾，跟我说，妈妈我照顾不了你了，以后你要更坚强。"小雨的妈妈眼眶开始红了，说，"她什么都知道。"

"生命，一切皆无常。"花先生说。

"佛陀说：我们的存在就像秋天的云那么短暂，看着众生的生死就像看着舞的律动，生命时光就像空中闪电，就像急流冲下山脊，匆匆消逝。"小雨的妈妈说，"即便生命短暂，可她还是个孩子。"

"她的世界里，感受到的都是爱，看到的都是光。当她还不了解什么是卑微的时候，她首先学会了在困苦中看到希望。当她还不清楚什么是别人同情的目光时，她看到的都是大家对一个孩子所作所为称赞的微笑。她来到这个世界，带着她的使命，学习和完成了一切关于美好的向往。"花先生对小雨的妈妈说，"人们很容易接受寿终正寝，却很难接受花季少年的离去，可是，花季少年在离去时，没有感受过这个世界的残酷，对这个年纪来说，死亡并不是终点，而是另一种新生。所以，他们才能够走得那么平静，就像走进了母亲的怀抱。"

花先生从小雨家出来就直接去了机场，他对于坚说："感谢你这几年对小雨一家的照顾。"

小雨的大姨给花先生打电话，说："花先生，您朋友刚给我们卸下来几袋子大米和油，我想给他装猕猴桃，他说什么都不要，想给您带几箱，又怕您觉得太沉，路上不方便，我就给您寄过去。"

花先生没有推辞，说："一箱就行，太多我也吃不了。我把钱给您。"

"花先生，您千万别给钱，我不是卖给您。您的朋友这几年把我们园子的猕猴桃都包了，我没感谢您，还能让您破费吗？"小雨的大姨，害怕花先生拒绝，还不停地解释说，"我们也没有什么拿得出手的东西给您，也知道您什么都不缺。可是我们这猕猴桃真的没有打过农药，是纯天然的，纯天然的吃着对身体好……"

"我把地址发给您。"花先生说,"谢谢您。"

第二天,花先生的花店刚开门,快递小伙子就送来了两箱快递,是猕猴桃,小雨的大姨寄的是次日到,加急。

冬至

初候　蚯蚓结

二候　麋角解

三候　水泉动

"花先生!"李国权从花先生背后喊了一声。

花先生扭头,李国权穿着一件厚重的 BOSS 羽绒服,站在了花先生的面前,褪去了六年前初见时的稚嫩,黑框眼镜换成了金边,脸上多了几分成熟和稳重。

和李国权初次相遇,是花先生和朋友在纽约一家中国餐厅吃午饭,老板娘是北京潘家园的人,在纽约认识她的中国人,大多人很亲切地称呼她"潘家园大姐"。

老板娘特别热情,说儿子在美国,她就卖了潘家园的房子跟着一起过来了。她的餐厅不大,以川菜和北京菜为主,挣不了大钱,但能维持生计。在美国,没那么多交际,只要干活,就饿不着。人活得简单,不用逢年过节考虑七大姑八大姨,也不用照顾那么多礼数,但是却少了人情味,在中国,人活一家子,在美国,就活自己。

李国权在"潘家园大姐"的中餐厅打工,特别的有眼色,人也勤快。餐厅离中央公园近，花先生就住附近，吃了一次油腻的美国汉堡，花先生感慨，中国胃还是很难适应美国餐，没有特殊情况，花先生就在"潘家园大姐"的餐厅解决吃饭问题。

餐厅三个钟点工，"潘家园大姐"仅对李国权赞不绝口，花先生对这个小伙子印象颇佳。观察了一段时间，李国权招待客人，很用心，也很耐心，点菜服务从来不投机取巧，他的认真不掺假，没有半点假装的因素。

有天中午，过了营业点，厨师都准备下班了，花先生和"潘家园大姐"聊天，李国权收拾完准备离开，他跟花先生打招呼，花先生问李国权："来美国几年了？"

"三年，我在哥伦比亚大学读环境科学。"李国权说。

"在美国这三年，你有什么感受？"花先生说，"你不着急的话，可以跟我聊聊。"

"不着急。"李国权坐到花先生对面，说，"那我可就说了。"

以前在家，衣食不愁，不操心。来美国了，什么都要自己操心，别的不说，语言沟通就是问题，你觉得你说一口流利的英语，你那是普通话，你拿着普通话跟广东本上的老太太聊几句试试，美国也有方言，我曾在地铁上见过一对华盛顿的老夫妇问纽约的一对夫妇，你们能不能听懂我们说话。我在美国待了三年，人家稍微说话快一些，我根本听不懂，你说怎么跟美国人交朋友。

刚来的时候，我们专业就我一个中国人，从自我介绍开始，我就觉得我的一举一动都是要有民族自豪感的，我代表的是中国。有些人喜欢跟你谈中国，谈政治，我们温室里长大的孩子，懂政治是什么？

没去过中国的老师和学生，会把中国还定义在慈禧太后时期的样子，你不停地解释，看过北京奥运会吧，见过上海世博会吧，他们会跟你问城墙，问辫子，净问些我都没见过没听过的东西，我不是研究历史的，他们爱拿纽约大都汇博物馆的中国跟我讨论，我只能说鼠目寸光，他们也听不懂。

当然，这些只是平淡生活中的一部分。

学校来了中国留学生，我们就走得稍微近一些，都是中国人，见了就亲切。我觉得我的日子比以前充实，可以跟中国留学生一起吃饭，聚会。

来纽约的很多家里条件不错，娇生惯养的多。谈论的话题，总不离美国是个人权国家，我觉得他们是在逃避生活，从思想上找一个理想国度。什么叫人权？

有一次，我们几个留学生出去玩，开着车，警察在后面喊，我们也没有违规越线，就没搭理，继续往前开，人家直接超车逼停我们的车，我们下车还没说话，人家二话不说，把开车的那位同学一把拽过去，转身双手背后，一把枪直接顶到他头上，骂骂咧咧，我们不停地询问原因，解释，说实话，我都不知道我们为什么要解释。最后，罚款 2000 美元，理由是，你拒绝配合执法。

在美国，大家都很小心，因为你是外来者，你没有存在感。

"看见刚才来吃饭的那几个留学生了吗？"李国权问花先生。

花先生点点头。

李国权继续滔滔不绝地对花先生讲述："有两个曾经跟我一起租过房子，一个学园林设计，一个学国际关系。两个人有共同特点，邋遢，厨房我不收拾，吃完饭的碗筷能放到发霉，然后扔了买新的。袜子放一个多月都不洗，房间根本没有站的地方。而且，除了跟熟悉的人说几句话，你看见他，即便你是我的朋友，他们也不会跟你打招呼，他们从内心有一种优越感，觉得自己高你一等。

"当然，这是生活习惯，与我无关。可能大部分留学生不这样，我只是觉得在中国没有给养成好的习惯，这跟家庭有关。

"说了些额外话。"

花先生说："没关系，你继续。"

"学园林设计的这位同学，喜欢拿美国的景观设计和中国做比较，他爱说，你看美国所有的城市景观都是大学做的，中国的城市景观都是农民工做的。9·11国家纪念博物馆的路边，你仔细看就能看出，所有的树都一样粗细，这个用什么技术，你看中央公园的设计，是储水设计，人家用的什么技术……

"核心技术，我们能学习到，固然是好的。

"可是他爱加一句，中国这方面就不行，根本做不了这个。我问他，你去过中国几个公园，别的地方不说，你去过北京几个？他说，不用去，中国的公园就是种树。你怎么跟他沟通？

"学国际关系的那位，开口闭口，你看这在美国，就很公平，这在中国绝对不行。美国现在所有的集团，公司，就连修公路的工人，哪个团体不是资本市场的产物，你能挤进去吗？有家设计公司，半年时间就垄断了纽约市场，人家有丰厚的资金和母公司背景，资本运作在哪个国家都一样，有什么公平可言。

"我不是抱怨，我是感慨，生长在中国，父母挣着中国的钱，你在美国花，怎么就把美国美化成这样，如果真那么美，你就不会在洛杉矶看到满大街的乞丐，不会在纽约街头被一群黑人拦腰抢劫。

"发了几句牢骚，请不要介意。"

花先生说："有牢骚证明你还有激情，并不是坏事。"

"说点别的吧，我做代购，给国内很多人买美国的保健品，一箱一箱的，朋友说，现在大家注重养生，各种补品销量直线上升，我倒是觉得人太懒，不愿意运动，就把吃保健品当成养生的心理慰藉了。

"一个月不少赚钱，因为国内找我买东西的同学朋友多，我一个人忙不过来，我就找了几个留学生一起帮忙，我们现在也小有规模，国内代购炒得火热的品牌，我们几乎在纽约市场都能垄断，然后再把货分销。

"代购这件事情做久了你总会不自觉的抠瓜算枣，我想做另一件事情，代购的事情交给其他同学，毕竟大家有钱赚，能解决一些家庭的开支也是好事。"

李国权想了想，说："不过，这事也只是想想，我就给您说说吧。"

美国有很多中国留学生，租房是个问题，租到美国人家里，一来不安全，二来毕竟房东是美国人，沟通起来并不像中国人这样方便。中国留学生还是喜欢住公寓，可是现在很少有管理完善，只租给中国留学生的公寓，都是鱼目混杂，黑人、白人、拉丁人、黄种人，一栋楼里你都能看见，我们整天提心吊胆的，人与人之间距离更加疏远了。

花先生打断李国权，问："假如有一栋楼，你可以管理，你准备怎么做？"

"那就是中国楼，我们要有保安，保证留学生住宿安全，一栋楼里都是中国留学生，就有很多事情可以做。我们读书不仅仅是为了读书，我们要生存。我们可以把代购的事情给大家分配，这样都有钱赚，经济压力也会减轻。而且，现在美国自由行开始兴起，我们可以接自由行的中国客人，分配这些留学生去接送，他们懂得怎样在美国吃好喝好玩好，少了旅行团每天的早出晚归车马劳顿和冤枉景点门票的开支，大家互利共赢。

"最重要的是，中国留学生在一起，大家还有一种在家的感觉。

"当然，这些留学生，也将是未来的朋友，同窗之情，又在异国他乡，感情会更深一些。人脉就是财富。"

花先生洞悉李国权，他知道李国权是个有想法，也能付诸实施的人。

离开美国前，花先生找到李国权，对李国权说："离哥伦比亚大学两个街口,有 6 栋 30 层的公寓楼,其中 A 栋被北京一家地产公司买下了,我与这家公司的董事长有些交情,你要是愿意,可以做这栋楼的管理者。"

李国权接手了这栋楼的管理,继续在美国读书,直到博士毕业。

"您一点没有变。"李国权接过花先生手中的扫帚,说,"您歇着吧,我来扫。"

头一晚下了场小雪,门口路台上有些积雪,花先生正在清扫。

走进四季花店,花先生给李国权准备了一壶牡丹茶,桌上放一盘砂糖橘和苹果。

"花先生,来找您是想跟您聊聊我未来的发展,我希望您给我一些建议。"李国权接过花先生剥开的砂糖橘,说了声谢谢,继续道,"您知道,我一直在读书,我接触的大多是学生,刚毕业进入社会,在交友方面,也希望您能给我些指点。"

"哪方面的人际交往?"花先生说。

"我举两个例子吧。

"我们同学都说,要衡量一个人对你称兄道弟的真挚标准,就是借钱。我曾经认识一个留学生,见了我没多久,就对我说'在美国,我也没有什么亲戚朋友,咱们以后就是一家人'。态度特别诚恳,我真当真了,隔三差五找我聚,喝啤酒聊天,谈的都是情怀,有情怀的人,我认为总该不会人品太差。他跟我说他的爱情,讲他的不容易,一个对你掏心窝子的人,你会有亲切感。

"不过,时间久了,我发现,情怀这东西用多了,就是虚伪。

"当时有个刚来的留学生过生日,他给人家说送个礼物,几年过去了,都没见到,送礼物这件事情,他不是对一个人说。你能给人家送什么?人家也可能根本不在意,可是你不能信口开河。

"再后来,他说有笔资金想要投资,问我有没有可靠的项目。我借机就说,最近手头紧,能不能给我周转一点,就一星期,我跟他从来没谈过钱,这是唯一一次。

"他几秒后就回复我了,说:我最近也比较紧张,你问问别人。

"这在我的意料之中,只不过肯定了意料的事情,多少还是有些失落。

"后来,他还跟我称兄道弟,全然没这回事的样子。我就把这件事情说了,咱们可以不称兄弟,就说朋友,我找你,就是我有困难,你是不是首先应该问我要多少,用多久?

"我以为人家会解释自己的难处,我也做好了听他解释的准备,可是人家没有。他说:兄弟,我曾经被人骗过,你知道,被人骗了之后比较敏感,所以你开口,我只能拒绝,咱俩认识时间短,很多事情需要时间。

"花先生,我听这话总觉得别扭,可我找不出毛病。"

花先生问李国权:"你骗过他吗?"

"没有。"李国权回答。

"你没骗过他,他却把你跟骗子归为一类人,你们还能交心?"花先生说,"认识时间长短不重要,重要的是发自肺腑的尊重和信任。"

"我有个高中同学,大学时候我们都在纽约,不在一所学校,但互相有来往,读研究生时他去了华盛顿,我还在纽约,他家人来美国玩,纽约和周边城市都是我招呼,我们相互周转资金也是常事。

"最近他找我借钱,我能有多少积蓄,就零花钱,不多。

"他就给我发来信息说:我一般不想跟人开口,我开口的都是我给帮过忙的人,感觉也不是很给力。我给我的师弟师妹都没有说,要不是着急这次也不会说,他们不问原因,也不找借口,直接就给我了。"李国权说:"我也帮助过他，就因为这次，他就旁敲侧击批评我。"

"从一开始他就做好了奚落你的准备，只是在找一个契机，这样的人，大多有个共同点，把人际交往当成了生意，认为他的付出是情，别人还的是礼，没有情感的成分。你仔细观察，这种人走进社会，他对待工作永远只有一个态度，我在这个公司仅仅是过渡，这不是我想要的，我时刻准备着离开，我要寻找我认为最好的工作。

"他们做每一件事都要有回报，在学校里，姑且大家碍于情谊，礼数也会周全。可是他们对社会没有任何贡献，就要求社会无义务地对他们进行反馈，这个时候，哪怕曾经付出的一根针，他都要求千万倍的回响。

"当得不到他们想要的，他们就会质问命运，凭什么是这样？他们从不有价值地衡量命运。得不到自己想要的，就开始狂躁，抵抗社会，抵抗的情绪只是一个折射，是他们不满足现有的状态，或者说他们害怕现有的状态，这个状态与他们步入社会前所想的太有差距。

"他对你的洗刷他认为合理，那是他讨要曾经对你好的代价。一卷卫生纸不能引起他的注意，但他使用卫生纸的时候，没有看到卫生纸，卫生纸对他有了制约，这卷纸就成了引发他愤怒的条件。"

李国权说："这是我目前遇到的两类让我有些想不明白的人，可能以后还会遇到更多形形色色的人，但我相信，大部分人还都是好的，至少是真挚的。毕竟我们的阅历有限。"

李国权把朋友圈打开，翻开一个人的头像和照片，说："虽然朋友圈是网络世界，网络世界是虚幻的，可是我看到他发的朋友圈，总感觉到一种负能量。"

李国权让花先生看，花先生看了一眼，说："朋友圈的状态，就是这个人的当下。人生哪有虚幻，从时间上来讲，你所使用的都是真实的。

"一个人要展现的东西，在生活中的方方面面都会展现出来，比如穿什么样的衣服，说什么样的话，平常使用的东西，一切尽是他内心的折射。除非他特别有心机，即便有心机，他在选择的时候，还是会不经意间折射出他内心所要选择和追求的东西。"

花先生看着李国权的朋友圈照片，说："你看你这个朋友，头像照片是个背影，没有正面，说明他内心有很多秘密不愿意展示出来，也不愿意真正敞开心扉与人交流。而背景照片能显示周围环境对他的帮助和制约，是人生的环境和格局。

"他现在的生活状态是，遇到了事业上的瓶颈和无形阻碍。头像是要对他人表现的，是他的内心，签名格言是要告诉别人的话。

"你这个朋友取名×××，那是大概、仿佛、不确定的意思，表述了他对自己的不认同感。对自己都不认同了，生活也好工作也罢，都处于恍惚的状态。"

"一个朋友圈这么大学问！"李国权惊叹道，随即说，"这个就是我给您讲的，奚落我的那个人，他的确目前工作不是很顺利。"

"《易经》里讲：同声相应，同气相求。"花先生说。

李国权问花先生："您说我应该使用怎样的头像？"

"你自己的个人头像就很好，真实。"

"还有件事情我想请教您。您知道我研究生和博士学的酒店管理，现在有家百年历史的酒店找我做董事长助理，我在美国这几年一直管理中国留学生公寓，也积累了些经验。我在想，我是去创业还是去这家公司。如果去这家公司，我就不能继续管理中国留学生公寓了。"李国权说道，"这话本不应该跟您说，可是我觉得有必要征求您的意见，毕竟在留学生公寓这几年，让我学到了很多。"

"你能对我说这些，说明了你对我的尊重。

"你在管理留学生公寓时,学到的管理,那是不长久的。我建议你去这家酒店学习,一束花,同一时间,不会有两个朝向,人也一样,同一时间,不会有两种生活方式,是花总会开,你不要在乎早开晚开,一切水到渠成,那时候你的平台就不一样了。

"时间会告诉你,经验需要日积月累的努力。企业家的精神,市场的意识,都需要漫长的学习,那些希望一夜之间取得成功的,想的是捷径,可是捷径毕竟不常有,即便有,也险祸丛生。

"关于留学生公寓的事情,你可以选择你认为可以接手的人。留学生公寓给你的,只是起点,不是终点。将机会留给其他你认为有能力的人,不必事必躬亲。或者你找人托管留学生公寓。

"当然,最后的结果还是你自己做主。"

送李国权的时候,花先生对李国权说:"走入社会,你会遇到很多的人,有些人的目光,你大可不必在意。年轻人会意气风发,认为自己的技艺、颜值、精力,一切都是最佳的状态,偶尔感受到这世界的无情,就很容易受挫,开始怀疑自己,进而怀疑人生,最后走上一条平庸的道路。

"这一切都得你去经历,没有因便没有果。

"生活之所以精彩,是因为你在生活中总能体会到那么一些奇迹。你已成年,希望你尽可能始终带着青春时期的热情和真挚,这些东西遗失了,你就很难再找回来了。"

小寒

初候　雁北乡

二候　鹊始巢

三候　雉始雊

黄昏将近，光明正在迅速撤离，何宜忠坐在车里等绿灯，希望能尽快赶到花店，明天公司来外宾，老板指定在四季花店订几束招待客人的花束。何宜忠没时间看匆匆忙忙通过斑马线的人群，也没时间注意行人的姿势，更不会去看行人的脸了，他只想着绿灯亮起时，迅速呼啸而过。

前一天刚下了雪，路上的行人走路，都缓缓的挪着小碎步，生怕一个不留神，摔倒在地。

父亲的电话打来，何宜忠没有接，掐断了，他知道父亲打电话是什么事情，他不愿跟他多说。停好车，尾随一对父子，进了四季花店。

父子俩边走边聊天。

小男孩戴着帽子，围着围巾，穿着厚厚的羽绒服，手上拿着一包糖炒栗子，剥开一个放到嘴里，问父亲："爸爸，花，到底是怎么开的呀？"

何宜忠看了小男孩，又将目光移向了男孩的父亲："因为有春天啊。"

男孩对父亲的答案并不满意，摇摇头说："可是，为什么有些花夏天开，有些花秋天开，冬天这么冷，也有开花的呢？"

父亲想了想，突然问男孩："那你觉得花是怎么开的？"

"花自己想开，所以就开了。"男孩笑得特别天真，像刚刚绽放的海棠花，"花苞长得太大，自己撑破了，你看我的裤子就能看出，去年还挽起个裤腿，今年就短了，妈妈说都成九分裤了。"

一朵花，就像一个宇宙。

花的开放，是它自己力量的自然展现，它积蓄自己的力量，使自己饱满，最后爆破，就像清晨穿破乌云，何宜忠还记得小时候，他最喜欢曦光初见的时刻。

男孩的父亲对店主说："花先生，我刚在电话里跟您讲过，我爱人今天回家，想麻烦您搭配一瓶花放在家里，她进门就能看到。"

花先生说："蜡梅配水仙，非常和谐，我刚选好花瓶，还没来得及搭配，你们就来了，你们需要等一会儿。"

"没关系！"小男孩和父亲异口同声，"谢谢您。"

花先生洗了手，拿出铁丝剪，将几枝枯木枝修剪成合适的构架，以便制作插花使用。然后将做好的枯木构架包裹在一个透明的玻璃花器上，原先平凡无奇的花瓶瞬时变得别具一格。顺着枯木枝构架，花先生先将预先准备好的配花白蓼分散插入，白蓼自然的垂感与枯木枝搭配相得益彰。再将水仙插入玻璃花器中，作为主花的水仙，在白蓼的映衬下，更显清雅可人。清雅的白蓼，有着相思的诗意，代表未曾相见已相识，未曾相识已相思。最后用纯洁的小雏菊和冷冽的澳大利亚蜡梅，错落地插入其中，环绕在水仙四周，清冽中有种丝丝醉人的韵味和自然之美。

何宜忠等待花先生给小男孩和他父亲插花的时间，在四季花店里转转看看。

除了绿植，鲜花，书架上的书，各种花器，四季花店的角落的铁花架上还摆着不少花先生珍藏的"古董"。扇骨、鸡毛掸子、瓷盘、瓦片、口琴、笑脸秤……罗盘，何宜忠心中猛然一惊，没想到在北京，在一家花店还能看到罗盘，他不由自主地取下罗盘，罗盘的后面刻着太何记三个字。

古人把生存、生产、生活中的经验，用各种工具作为载体，传世至今。罗盘就是其中之一，如果对传统文化不熟悉，就会觉得罗盘神秘，何宜忠的家乡，因制作罗盘而出名。罗盘就像一部百科全书，何宜忠从小就必须研读。何宜忠是太何记罗经店第九代嫡系传人，也是国家非物质文化遗产罗盘制作技艺的代表性传承人。

何宜忠家族从事罗盘制作，已经有好几百年的历史。他的太爷爷和爷爷共同制作的罗盘，曾获得过当时比利时万国博览会的金奖。太爷爷创立太何记罗经店，正值徽商鼎盛时期，崛起的徽商借新安江水路之利，通富春江钱塘江入海，把商业版图扩展到了全国，徽商们到处大兴土木，修祠堂，建房屋，修桥修路，他们特别重视建筑与生态与人的和谐，因此罗盘，在此时便开始大显身手，成为商人手中的香饽饽。

何宜忠的家乡，罗盘制作技艺最大的特色，就是所选用的材料必须是天然材料。"精选胚料"是太何记罗经制作技艺中的首道工序。制作一块罗盘，需要通过选料、车盘、分格、清盘、写盘、油货、安装磁针七道工序。前后需要一周的时间，它的原材料主要有两种，一个是银杏树，还有一个是虎骨木。这两种木材都是木质比较细腻，质地坚韧、细密不显纹理，比较适合制作罗盘。虎骨木是制作罗盘材料中的上品，会作为制作罗盘的首选胚料。

虎骨木，有些地方也叫白皂木，因为生长得缓慢，好多没有长成可用之材就被当作柴火砍了，所以也可以叫虎骨柴。虎骨木属于小乔木，耐寒耐旱耐阴也耐水湿。虎骨木枝叶秀丽，红果密集，到了秋天，红绿相映非常美丽。

虎骨树生长速度慢，用作罗盘制作的木料，至少要生长20—40年以上才够尺寸，选用虎骨木制作罗盘是太何记罗经店代代传承的规则，因为虎骨木比较细韧，特别适合传统手工制作，在书写盘面上墨不会滋开，油漆出来的字体清晰且不褪色，制作好的罗盘不易变形，新制的罗盘白如玉，随着时间的推移颜色变得黄中透红，是绝伦的工艺艺术品。

从司南演变而来的罗盘，在盘面上以同一圆心，记载着24节气，阴阳八卦天干地支等信息。是祖先们对人类与自然和谐相处的经验，用于航海军事和堪舆。

父亲带着何宜忠参与了一遍又一遍的罗盘制作，从起初的观摩到上手制作，何宜忠学了20多年。

将千寻万觅购得的虎骨树的树干运送到木材锯板厂，按照罗盘大小不同厚度将木材锯成木板，古代，这项工作必须由裁板工手工完成。再将锯好的木板平叠架空，按质量优劣、不同厚度、不同宽度等板材分别堆放，令其自然通风，风干备用。等木板风干、定型之后，根据不同直径、规格和厚度，在板料上用圆规画出要采用的罗盘的规格尺寸，再用细钢锯按照墨线锯出圆形的罗盘板坯，刨平坯料表面，然后车圆挖孔，才能进入下一道工序。

根据盘谱，从同一个圆心，刻画圆周为这个横格，再按照阴阳八卦，天干地支等内容，刻画直格，在盘面填描墨色后用木贼草皮磨光，再书写盘面。小小的罗盘，包罗万象，书写盘面，要按照祖传图谱，依各种盘式书写分格的内容，从内到外写五行八卦、干支甲子、节气方位、天文历法……盘面上用毛笔撰写的1000多个蝇头小楷，密密麻麻，此项工作需要严谨细心，字体端正无误，写错一个字，将全盘报废，太何记的罗盘从不油印，都是手写，这是祖传的规矩。

写好的盘面，需要用太何记独特工艺熬炼的桐油，多次上油，最后经过反复打磨，使罗盘光洁清晰。

一个罗盘，它的核心是中间的天池，太何记罗盘的第七道工序是安装磁针，这是整个罗盘制作过程中，最关键的工序。钢针经过家里祖传的磁陨石半个月的磁化，就达到灵敏度高，永不退磁的要求。钢针准备好之后，接下来是核心的工艺，敲制铜件。铜件的敲制，是要保证它不能有一丁点的毛边，它的运转才能灵活自如。敲制铜片，要非常小心，力量过大会穿孔，力量太小又会留有毛边。用耳朵听声音，用眼睛看角度，用手调整力量，直至达到要求。

接下来，再精密测定磁针的重心，并安在圆孔里的支点上，最后安装在罗盘的天池中。罗盘装毕磁针，封盖玻璃片，才算大功告成。

何宜忠学的建筑设计，毕业后留在了北京，建筑设计是堪舆之学，懂得罗盘的设计学理念，只会锦上添花，可是，罗盘是古代科技的结晶，现代的人工智能应用，GPS定位，手机软件应接不暇，谁还会用罗盘？科技有时会替代了古老的工艺。

父亲说："要是不做罗盘，生活还有什么趣味。制作罗盘是手艺活，有手艺，走遍天下都不怕。"何宜忠懂得父亲的话看似简单，却含着很深的意味。

父亲这一辈子，把所有的时间都放在了制作罗盘上，他话不多，也简单，他把想表达的都放在了罗盘上。他像一尊雕像，做着大小不一，规格不同的罗盘，选料、打磨、清盘、写盘……罗盘是他生活的小曲，他哼哼咿咿地唱着，从年幼到黄昏，白了少年发，皱纹爬满了脸，不知不觉，孩子大了，自己老了。

不是因为罗盘的事情，父亲不会打电话给何宜忠，他是典型的父亲个性，什么事情都会为孩子想。

小时候，最让何宜忠期待的是，可以跟父亲进山，父亲会爬上树给他摘野果子，那种酸甜的口感，何宜忠长大后再也没有吃到过，因为他吃的水果缺了父亲的爱。外人眼中，父亲是粗犷豪放的汉子，只有做儿子的才知道他心里最细腻的一面。父亲只要出门，无论去什么地方，有好的东西一定会带给何宜忠。所以孩童时代，父亲每次外出回来，何宜忠是最开心的。

父亲对母亲是体贴的，记忆中，只要父亲在家，买菜做饭都是父亲承包，在家用方面也从未让母亲操过心。

父亲的青壮年时期受了不少打击，但何宜忠从未见过父亲忧愁的样子。父亲是乐观主义者，环境再坏，也不皱一下眉头，这一点也潜移默化影响着何宜忠，乐观坚韧就是何宜忠从父亲那里学到的。父亲也是理想主义者，这种理想主义表现在他对生活和生命的态度，他常说："事情总有成败，但人总要往成功的方向走。"父亲的乐观和理想主义，使得他成为一个温暖如火的人，任何事情，只要他在，他总能想办法解决，他让何宜忠对未来充满希望。

何宜忠风趣，这是父亲身教的，再不好的事情，父亲也能说笑，从不把痛苦带给别人，只给别人欢笑。

父亲会带着何宜忠种田、种树，通过这些劳作，教何宜忠劳动者的本事，并觉得做任何工作都应该从劳动者的角度出发。

春节，何宜忠回家，他正在做一处园林设计，思路遇到障碍，就有些苦恼地给父亲讲，父亲却笑着说："你遇到的问题我也遇到了，现在罗盘是工艺品，收藏的人并不多，我是不是还要把这个手艺做下去？"

何宜忠想说："做个罗盘那么费力，也值不了几个钱……"可是他明白父亲这个本分的手艺人，罗盘就是他繁衍传承的整个人生，他不忍将这话说出口。而且他听出了父亲话语的另一层含义。作为罗盘工艺的传承人，何宜忠应该在父亲手中接下太何记罗经店。父亲从不要求何宜忠什么，可是他年纪大了。

"您做了一辈子，当然要做下去。"何宜忠说，他明白父亲听到这句话的快乐。

接下父亲手中的罗经店，何宜忠就有了责任。他还没做好从北京回到家乡，做一辈子罗盘的准备。

"谢谢叔叔！"小男孩想从花先生手中接过送给妈妈的水仙蜡梅，却被爸爸制止了。"你抱不动，我来！"

父子俩从花店走出去了，何宜忠都久久没有回过神。

"有什么我需要帮您的？"花先生走到何宜忠面前问，目光移到了何宜忠手中的罗盘上。

何宜忠缓过神，忙将罗盘放到原来的地方，说："我想预订几束招待客人的花束。"

花先生还没询问何宜忠对花束的想法，何宜忠就问花先生："能问下您，怎么对罗盘还感兴趣？"

"说到罗盘，大家总会第一时间想到迷信。其实不然，罗盘是用在风水探测的，也就是勘测上使用，古代没有现代的仪器，堪舆靠的就是罗盘，它是工具。"花先生将何宜忠放回的罗盘取下，拿在手中，继续道，"你看这罗盘上的每一个圆圈，都代表着中国古人对于宇宙大系统中某一个层次信息的理解。"

"古人认为，人的气场受宇宙的气场控制，人与宇宙和谐就是吉，人与宇宙不和谐就是凶。于是，他们凭着经验把宇宙中各个层次的信息，如天上的星宿、地上以五行为代表的万事万物、天干地支等，全部放在罗盘上。通过磁针的转动，寻找最适合特定人或特定事的方位或时间。罗盘上各圈层之间所讲究的方向、方位、间隔的配合，都暗含着'磁场'的规律。

"恩格斯说'指南针打开了世界市场并建立了殖民地'，指南针的前身叫司南，罗盘就是司南的演变。只不过有了比指南针更加详细的内容，罗盘上逐渐增多的圈层和日益复杂的指针系统，是人类不断积累的实践经验。"

"总而言之，罗盘是一种文化，是中国文化智慧的结晶，我有什么理由不对它有兴趣？"花先生认真地讲述了几句，倒反问何宜忠。

何宜忠哑口，这时，手机"叮咚"一声，是信息，何宜忠借故说："不好意思，我先回个信息。"

信息是父亲发来的：我原想，咱们家世代做罗盘，这门手艺不能在我这里断了,我迫切地想要你接手罗经店,也是出于这个想法。但是最近思前想后,儿孙自有儿孙福,你固有你对待生活的看法,我不能勉强,即便勉强,你也不会用心,既然不用心,何必再在这件事情上浪费时间。希望这件事,就此过去,我活着罗经店就在,你做你想做的事情,你的选择一定有你的道理。

把手机装回衣袋,何宜忠缓过神,与花先生请教了几句关于花的问题,花先生一早就看到何宜忠看到罗盘时的情绪,说:"花开是一种有情,一种内在生命的完成,经过积蓄,饱满,开放,到最后追求自我,才能完成一次花开。人也一样,对某个物件有情,才会有思想的挣扎、不安、满足、喜悦。"

在何宜忠站的这堆"古董"的旁边,立着一个硕大的古铜瓶,铜锈斑驳,显出古器的厚重底蕴,花瓶中插着大枝老梅,梅花只有一枝,搭配这红艳的山茶花和细碎的竹叶,梅花的花枝疏朗,颇有清雅、孤芳自赏和"疏影横斜"的姿态。

"檐流未滴梅花冻,一种清孤不等闲",何宜忠突然心里静得奇妙,好像都听到了梅花开放的努力,他闻到了梅花那含蓄的、清澈的、澄明无比的芬芳。

向花先生道谢后,走出花店,夜幕已经降临,霓虹灯在城市闪烁,忽隐忽现的灯光落在何宜忠苍白的脸上,他怀着对罗盘这门手艺的崇敬之意拨通了父亲的电话。

大寒

初候　鸡始乳

二候　征鸟厉疾

三候　水泽腹坚

大部分人在自己的人生目标里，都会留下这样的标签，有爱自己的人，有一栋属于自己的房子，房子不必太大，但一定要有阳台，阳台能养很多植物，每天阳光照射进来，一壶茶，一本书，几束花，安静地做喜欢做的事情。当然，能有个院子更好，种满喜欢的花花草草。

当很多同龄人奔向城市的水泥钢筋，为了未知的期许倾尽所有青春和热情的时候，安忆辞掉了工作，和父母一起回到了青藏高原上的家乡格尔木。

安忆小时候，跟随父母的工作调动定居荷兰，在荷兰长大，毕业后任宝马汽车的品牌设计师，工作和薪水都不错，生活得很舒适。下定决心回格尔木，是几年前回家探亲，父母那时刚刚退休，在外漂泊的人，都有落叶归根的想法，何况爷爷年纪大了，一个人在格尔木生活。我们都是普通人，日常琐事就是人生，安忆的父母不求以后还有什么惊天地泣鬼神的壮举，只求一家人能回到故乡，陪伴在一起平安健康，就是福气。

格尔木地处高原，典型的大陆高原气候，少雨、多风、干旱，冬季漫长寒冷，夏季凉爽短促。下了飞机，想给爷爷买束花，在爷爷家附近转了好一会儿都没有找到花店，在荷兰，回家的路上，随便一个街角都能碰见鲜花，哪怕杂货店都可以随手抓几枝花拿回家，自己变着花样在花瓶里插出自己喜欢的花束样子。剪枝、换水、插花就像每天都要吃饭一样，成了生活的必需。可是在格尔木，卖花的地方都很少，在市区里走几条街，见一家花店，除了玫瑰、百合、康乃馨、满天星，真没有太多种类的花束。安忆想，是不是很多人也跟我一样，找不到品类齐全的花店？

回到荷兰，安忆跟爸爸妈妈商量，她想把每天买菜都能买束鲜花带回家，这种他们生活中最习以为常的事情带回格尔木，开一家自己的花店。有时间陪爷爷和爸爸妈妈，有家花店，也是种陪伴，陪伴就是一种幸福。

朋友劝她，开家花店，是梦想，是需要付出大量时间和经历去实践的梦想。有些看似新鲜的东西，并不能长久，要不然其他人怎么不做。各种提醒，各种注意，安忆骨子里是任性和执拗的，她相信，在她的心里已经种下一颗种子，这颗种子，从妈妈的首饰盒一直走进了安忆的心中。它在焦灼地盼望着阳光，那束阳光，就是信念，有了信念，她才能够在陪伴家人的路上走下去。

安忆要做的，就是给这颗种子浇水，保护这颗种子不因干涸而失去生机，也不因鸟雀充饥而永远失去。

妈妈的首饰盒，一个碧青色的小盒子，放在卧室的抽屉里，打开盒盖，一小块绿色的绸缎巾包裹着一大一小两个黄金戒指、一对黄金耳环，还有一对小小的黄金手镯，黄灿灿的被绿色的绸缎衬托着，像极了拥簇成团的黄色长寿花。

那是妈妈离开中国时姥姥给她的，姥姥说："不知道能不能活着再见到你，你就拿着做个念想。"

姥姥走得很急，摔倒在门前，就再也没有起来。妈妈总说，姥姥是想出去看看，女儿有没有突然回来。这个首饰盒，他们决定回国陪爷爷的时候，妈妈交给了安忆，安忆把首饰盒放在手心，两手握着又放回到妈妈手里。长大后，我们急切地投身外面的世界，找寻自我的价值。倾听上司的评价，在意众人的口碑，琢磨朋友的心声，甚至为自己喜欢的人能彻夜难眠，我们在世事缤纷中无暇多想，以为爸爸妈妈总会永远陪伴在身旁，我们满眼都是世界的时候，总会忘记回头，看一看身后爸爸妈妈那双凝视我们的眼睛。

开一家花店，能够在春风和煦或者大雪纷飞的日子里都陪伴在爸妈身边。

最初，除了陪伴的种子在心中，安忆开花店，还满怀热情，想让大家的生活都能够被花包围。

没有经过市场调研，没有太多思考，也没有定位，安忆就开始为开花店准备了。选址装修，她知道开店初期的艰难，却不曾想会这么艰难。选地址不能太偏僻，闹市又寸土寸金，看上的地段没有出租空房，出租的地段房子安忆看不上，每天跟房屋中介交涉，也没找到合适满意的房子，最后爷爷对安忆提议，自家的小院也有百十平，又临街，如果安忆愿意，可以改一改做个阳光房，免了租金，开个花店。

且不说装修，就桌椅家具安忆就操碎了心，订好的货，卸了之后发现都不合格，清新梨花纹成了桃木纹，精心设计的招牌，居然打错了一个符号，需要修改重来。那些天，人们总能看到一个扎着辫子的姑娘，从车上卸着旧自行车、旧桌子……

成形的花店装修是典型的北欧风格，阳光、咖啡、沙发，安忆风风火火不知疲倦，亲力亲为布置着自己的小店，店铺装修好了，选花是个问题，她不想自己的店里只有传统的百合、玫瑰、康乃馨，她要给玫瑰配它需要特别的花，玉兰、迎春、栀子花、豆蔻、紫薇、向日葵……就是传统的百合、玫瑰和康乃馨，安忆都选了很多种，就像百合，选了西伯利亚和香水百合，颜色也挑了白、粉、红、黄。玫瑰的选择更多，花深红色，带绒光，高心卷边，花型十分优美，耐插，叶片黑绿，半光泽，枝有中等刺的萨曼莎；花鲜红色带有绒光，高心卷边，花型非常漂亮，瓣质硬，叶片小，色墨绿，质厚。枝硬挺，稍呈弯曲，刺多的红衣教主；金黄色，花色纯正，明快，高心翘角，花型优美，花梗、花枝硬挺、直顺，刺红，较大的金徽章；粉色、淡粉色、双色……

安忆在选花和绿植上耗费了很多的时间和精力，绿植还好，很多鲜花都是空运过来的，她需要开一个多小时的车去机场取。

花店开业时，安忆为了保证每一束花都是私人定制，想要限量供应。因为害怕快递送不到，即使送到，达不到客户的要求，所以需要客人上门来取，安忆想，自己不忙时，也可以亲自送花。

安忆特别认真地养花，插花，每一束花都饱含着安忆太多太多的情感，她觉得花是有温度，有感情的。安忆想让花店不仅仅是花店，她想用鲜花勾起人对这个世界延绵不断的探索渴望。所有的作品都必须清新脱俗，点缀得有情怀，细致到每一片叶子的搭配，这枝花特别，这枝花色彩更和谐，花不新鲜，不用，花有瑕疵，不用。可是，店开了，有了花，安忆又遇到了新的阻碍。花束的成本太大，价格过高，图新鲜看的人多，买的寥寥无几，鲜花干枯了可惜，安忆只能做一间专门干燥花草的花房，来延续这些花草的生命和价值。这在开店之初，是她没有想到的。

不赚钱，没有利润，怎么维持生计？

安忆只能去了解市场，开花店怎样最赚钱？批发低成本鲜花卖高价，卖不新鲜的花以次充好。市场上卖得最好的仍然是传统红玫瑰，一枝、两枝、三枝……九十九枝，只要有花语，总有人买。要么就是喷色的蓝色妖姬，小熊巧克力，过个节，这种用又硬又大的包装纸撑起来的没有温度的流水线作业反而走俏。

在零售和宴会设计上，大部分人会以客户的喜好为主，根据客户给的钱多少，满足客户的要求。任何婚礼或者活动，宾朋满席灯光亮起，花艺师就要急匆匆离开，你们的活干完了，还有必要继续待着吗？

安忆想把最好的作品和服务给大家，可是很多人出门就说她骗钱，想开一家真正的花店，那必须把花店看作梦想而不是谋生的手段。花艺师，是对自己的精神世界足够尊重，并适当给予他人满足的人。安忆需要更大的格局，更宽的眼界，对人生价值更高的追求，来完成自己梦想。

于是，安忆关了花店，开始旅行，她不去景点，就去花店。

在昆明，有家花店的店主，推荐安忆去北京找四季花店的花先生，昆明的气候四季如春，不像北京四季分明，从地理位置来说更贴近格尔木的气候，并且，花先生的四季花店与传统花店不同，花先生是真的懂花。

但凡花木，受雨露滋润生长，最适宜雨水、雪水、露水等天降的水，瓶中养花的水，首选就是雨水，没有办法可以用清澈的湖水，井水咸，用来养花，花枝不会茂盛。也可以用蜂蜜水或者用滚开的水。插花的水，都有些毒素，必须每日换水，花枝才能长久，两三天不换，花朵就凋零败落了。瓶花一到夜里，就当选择避风的地方露天放置，可以延长观赏的时间。

梅花刚折断，就要用火烧折断的地方，烧硬之后，再掺入泥土使其稳定。牡丹花刚折下来，应当用烛火烧折断的地方，等烧软了才能停。荷花刚折下来，应当用乱发丝缠住其根部，取来泥巴封住孔洞。海棠花刚折下来，要用薄荷的嫩叶包住根部再插入水中。

牡丹花适宜用蜂蜜滋养，蜂蜜也不会变质。

竹枝、芙蓉、金凤等要用滚烫的热水来插花枝，叶子也不会枯萎。

插花最忌讳的是：用井水，几天不换水，手上沾满油污，被熏香、染香、香水等熏染，放在密闭的环境中接触不到自然的风，还有更重要的是放置花瓶的位置。

店主将花先生教他的都记在了本子上，拿给安忆看。

怎样挑选器皿，怎样选择插花的水，怎样选取花卉的品种，安忆看得非常仔细。页底，还有一则，店主手抄的小故事：

美国某小镇，有个老奶奶，长着"绿手指"。千万别以为她是个妖怪或有什么特异，这是当地人对好园丁的称赞。

一天，老人在报上看到一条消息，园艺所重金悬赏纯白金盏花。老奶奶想：金盏花除了金色，就是棕色。白色的？不可思议。不过，我为什么不试试呢？

她对八个儿女讲了，遭到一致反对。大家说，你根本不懂种子遗传学，专家都不能完成的事，你这么大年纪了，怎么可能呢？

老奶奶决心一个人干下去。她撒下了金盏花的种子，精心侍弄。金盏花开了，全是橘黄色，老奶奶在中间挑选了一朵颜色稍淡的花，任其自然枯萎，以取得最好的种子，第二年把它们栽种下去。然后，再从花朵中挑选颜色浅淡的种子栽种……一年又一年，春种秋收，循环往复，老奶奶从不沮丧怀疑，一直坚持。儿女远走了，丈夫去世了，生活中发生了很多的事，老奶奶处理完这些事之后，依然满怀信心地栽种金盏花……

二十年过去了，有一天早晨，她来到花园，看到一朵金盏花，开得奇特灿烂。它不是近乎白色，也不是很像白色，是如银如雪的纯白。

她把一百粒种子寄给了那家二十年前悬赏的机构。她甚至不知道这则启事还是否有效，在漫长的岁月里，是否早就有人培育出了纯白金盏花。

等待的日子长达一年，因为人们要用那些种子验证。终于，园艺所长打电话给老奶奶说，我们看到了你的花，它是雪白的。因为年代久远，奖金不再兑现，您还有什么要求吗？

老奶奶对着听筒小声说，我只想问一问，你们可还要黑色的金盏花？我能种出来……

黑色的金盏花至今没有开放，因为老奶奶去世了，世人再没有了这种笨笨的坚持。

但愿你我还能长出新的"绿手指"。

踏进四季花店，整个店铺都是鲜花植物和复古的旧物件，鲜活的绿植和娇艳的花朵赞美怒放，干枯的植物，失色的花朵歌颂衰败，状态参差，却个个栩栩如生，展现着自我的艺术形态，每一件成形的作品，更像是人内心的外化。一进门的鲜花陈列区以外，墙上、桌上、窗台上，都有意无意摆着鲜花或者干花。

店里的客人很多，有几位似乎和花先生很熟悉的常客，他们坐在一起很熟稔地谈天说地，有两个女孩坐在一旁剪窗花，还有拿着两三副对联，问其他人，哪个贴着好看，剪窗花的女孩说："等花先生忙完，让他选吧。"

花先生正以半入世半隐匿的从容给客人插花，那花束，以最细致最微妙的心声，在花先生手中演奏出了最美妙的交响乐章。整个过程的小细节安忆看在眼里，花先生那种摒弃了纷扰杂念，忘我的审视花束的专注，每一个动作，都在记录着点滴的美好。每一束花的形态仿佛不由花先生决定，而是每一枝花草用它们的灵魂告诉花先生，它们想要的朝向和表情。

安忆看着看着，莫名感到豁然开朗的喜悦。一朵看似柔弱的花，在花先生手中，去掉杂叶，突然就变得热情洋溢，剥去烦恼，奔放自在地沉浸在自己的芬芳之中。修剪花枝就像在修剪人生多余的枝节，浇灌人内心的花园。

花先生看见安忆，安忆也看着花先生，两人都简单一笑，就像有过心灵的对话和诉说，那些安忆未曾说出的，花先生都能听得见。安忆心中很舒服，这是做花人单纯的笑容。虽不相识，却能通过花草连接，那些未曾显现的，两人都能看得清，很美好。

四季花店，最珍贵的不是花，也不是花先生的艺，而是花先生的态度，一种宽容优雅的美学态度。

花先生还在店里放个书架，上面摆满了书，世界名著，散文小说，书架的旁边挂着一本顾客的心情记事本。记录着每一束花，每一段关于爱的故事。

有情人之间的暗恋、表白、甜蜜。有夫妻之间的体贴、浪漫、惊喜；有朋友之间的误会、信任、默契；还有父母子女之间的付出、回馈、铭记。

安忆并不认识这些人，每天在空中飞来飞去的赵文琪，摄影师胡铭源……可是想到这些美好而又认真的人就生活在周围，也许在某个角落与他们曾有对视，也许在某个街头与他们擦身而过。安忆就觉得很满足。

那些属于他们的故事，身为主角的花都能够诉说。

花有时开启的是一段爱，结束的是一份记忆，陪伴的却是让人永远怀念的一世情长。

等花先生也和大家一起坐了下来，剪窗花的女孩问花先生："花先生，您备年货吗？"

不等花先生回答，便有人说："现在买什么不方便，不用备年货，大寒迎年，就快春节了，咱们大家一起去吃个火锅吧？"

"快放假了，今年就要过去了。"

"什么时候回家，定了吗？"

……

大家七嘴八舌，四季花店，怒放的是心花。每一朵含苞待放的花骨朵，都表现出冬日的身影渐行渐远，透露出春天即将来临的预兆。

花先生的隔壁两家店，一个是咖啡厅，一个是面包店，他们的店隔着玻璃也像花先生一样，摆着同样格调的花草，不走近细看的人，总以为这三家店本是一家。一件事情，你足够用心，总能潜移默化地影响周围的人。安忆希望她对花的期待，她的情怀和对生活的美好向往能够感染周围甚至更多的人。

赚了吧？花先生赚到了开心，赚到了笑容，他做得用心，没理由不赚钱。

艺术的创造性是永远都带有自己的印记，也是永远不能被模仿的。不需要商业计划书，只要认真的，一点点，一滴滴用心做好事情，遵循自己内心的声音，做自己想做的事情，把花店变成了自己的生活就好。

　　花先生说安忆："你是那种哪怕是弯路也要走直的人，开朗、坦率、善良，有股毅然决然的劲，只要是你认为该做的事情，你会坚持到底，就像有种花在多泥泞的土地里，也会成长得笔直。"

　　坐在回格尔木的飞机上，安忆想，如果人生只是一期一会，我还是要继续走在这条斑斓芬芳的花路上，改变一下这个世界，哪怕是一点点。

　　不忘初心。